Gabriele Raspel
Ein unvergesslicher Almwinter

Gabriele Raspel

Ein unvergesslicher Almwinter

Roman

rosenheimer

2. Auflage

© 2020 Rosenheimer Verlagshaus GmbH & Co. KG, Rosenheim
www.rosenheimer.com

Titelfoto: © gornostaj – stock.adobe.com (oben) und
Tijana – stock.adobe.com (unten)
Lektorat: Beate Decker, München
Satz: SATZstudio Josef Pieper, Bedburg-Hau
Druck und Bindung: GGP Media GmbH, Pößneck
Printed in Germany

ISBN 978-3-475-54838-3

1

Es schien ein ganz normaler Freitag Mitte September zu sein, doch Mila kam auch dieser Tag, wie bereits alle Tage zuvor, surreal vor. Automatisch setzte sie einen Fuß vor den anderen und bewegte sich auf ihren langen Beinen ziellos durch die Oldenburger Innenstadt. Die Sonne strahlte, und die milden Temperaturen hatten zu diesem Spaziergang verlockt und damit ihre Antriebslosigkeit unterbrochen, jedenfalls für eine kurze Zeit. Außerdem war Bewegung für sie das einzige Mittel gegen ihre Langeweile und das qualvolle Gedankenkarussell. Zeit hatte Mila reichlich. Zu viel Zeit. Das war aber auch alles, was sie momentan im Überfluss besaß.

Abermals zogen sich ihre Mundwinkel verbittert nach unten. Ungeduldig strich sie das schulterlange blonde Haar zurück, das ihr der Wind immer wieder ins Gesicht blies. Ihr locker sitzender Mantel wärmte ihre schmale Gestalt kaum, vor allem konnte er nicht verheimlichen, dass sie in den letzten Wochen einige Kilos abgenommen hatte.

Was immer sie machte, sie tat es gründlich. Und Fehler hatte sie begangen, da würde ein jeder die Hände über dem Kopf zusammenschlagen. Wobei sie in diesem Fall ja anfangs lediglich der besten

Freundin und dem Verlobten bedingungslos vertraut hatte. Dieses Vertrauen allerdings hatte sie schließlich alles gekostet: ihren Freund, die Freundschaft zu ihrer bis dahin besten Freundin und, nicht zu vergessen, ihre gesamten Ersparnisse, einschließlich ihrer Zukunftsträume. Ach ja, und die Wohnung mit der sogenannten Freundin zu der für sie allein unerschwinglichen Miete war auch verloren. Zum Glück hatte die nette Vermieterin sogleich einen Nachmieter, einen Enkel, parat, sodass Mila sofort zum Monatsende ausziehen konnte.

Alles weg.

Elisabeth – Charly, wie sie sie nannten, die zarte Rothaarige mit den kräftigen, von Sommersprossen übersäten Händen – hatte sich mit Milas Geld auf den Weg in eine eigene Zukunft gemacht. Mit dem Kapital, das ursprünglich die Himmelspforte zu ihrer gemeinsamen Selbstständigkeit, mit ihr als Masseurin und Mila als Physiotherapeutin, öffnen sollte. Ohne Mila logierte sie nun wahrscheinlich auf Mallorca oder Ibiza – ihren »Trauminseln«, wie sie Mila immer vorgeschwärmt hatte. Und um es dort auch recht nett zu haben, war Milas Freund Markus gleich mit ins Reisegepäck eingesackt worden.

Als Mila ihrer Mutter erzählte, dass Charly auch das nicht passwortgeschützte Sparbuch gestohlen hatte, auf welches sie jeden entbehrlichen Cent für die geplante Praxis eingezahlt hatte, legte Konstanze einen Wutausbruch hin wie lange nicht. Sie raste, weil ihre Tochter sich der altmodischsten

Form der Vermögensbildung bedient hatte, wie sie das Sparbuch nannte, das einem Sparschwein gleich keine Zinsen brachte und noch dazu jedem, der seiner habhaft wurde, Zugriff auf ihr Geld bot, ohne sich dabei anstrengen zu müssen. »Ich denke, du hast es wenigstens sofort sperren lassen. Das hast du doch?«, schickte sie angesichts Milas Gesichtsausdruck alarmiert hinterher.

»Äh ... nein«, antwortete Mila und wurde knallrot. »Als ich auf diese gute Idee kam, war es leider schon zu spät.«

Konstanze fuhr sich geschockt durch die Haare. »Kein Kommentar«, zischte sie dann.

Nach reiflicher Überlegung verzichtete Mila entgegen dem Rat ihrer Mutter auf eine Anzeige, denn sie hielt die Aussichten, die beiden zu finden, für nicht allzu rosig. Konstanze tobte, aber Mila sah sich momentan nicht in der Lage, sich Markus und Charly gegenüber in irgendeiner Form zu wehren. Für die diskrete Arbeit eines Privatdetektivs, den ihr Konstanze schließlich ans Herz legte, hatte sie kein Geld. Das Geld ihrer Mutter dafür in Anspruch zu nehmen, kam gar nicht infrage. Am schlimmsten war die Scham, die Situation nicht durchschaut zu haben. Rein gar nichts hatte sie weder Charly noch Markus angemerkt, als die beiden insgeheim bereits ein Paar waren – was ihr im Nachhinein suspekt erschien und sie ernsthaft überlegen ließ, ob ihre Liebe zu Markus tatsächlich so groß gewesen war, wie sie immer angenommen hatte. Ihn überhaupt zu verdächtigen, gemeinsame Sache mit ihrer Freundin zu machen, auf diesen Gedanken hatte sie erst ihre Vermieterin gebracht, die berichtete, wie sie die beiden öfter gemeinsam die Wohnung hatte verlassen sehen, während Mila noch an ihrer alten Arbeitsstelle arbeitete. Charly hatte da bereits reichlich Freizeit. Die SMS von Markus brachte schließlich Gewissheit: *Sei uns nicht böse, wir zahlen dir irgendwann alles wieder zurück. Kuss Markus.*

Und Tschüß! Smiley mit Küsschen! Kurz und schmerzlos. Den Verlust ihres prall gefüllten Sparbuchs hatte sie erst später bemerkt. Aber bloß keine Panik, sie bekam ja alles wieder zurückgezahlt. Nun, sie war nicht nur böse, sie war wütend und traurig. Wütend auf sich und traurig über den Verlust dieser beiden Menschen, die ihr so viel bedeutet hatten. Und nun wohnte sie also wieder bei ihrer Mutter und ihrer Oma. Na danke! So lieb sie die beiden hatte, mit fünfundzwanzig war der Rückzug in den Schoß der Mutter aus reiner Not nicht lustig. Wenn sie freiwillig zusammenleben würden, das wäre etwas anderes. Aber so? Ihr blieb nichts, als sich sofort eine neue Arbeit zu suchen. Sie hatte bereits Bewerbungen abgeschickt, doch die Möglichkeiten waren in der Region nicht allzu rosig, und es stand zu überlegen, ob sie die Reichweite ihrer Suche nicht ausdehnen sollte.

Bemüht, den Verdruss nicht länger in aller Öffentlichkeit zur Schau zu stellen, setzte sie sich in ein Café am Kanal. Es lagen Decken aus, warm genug, um draußen zu sitzen, und so bestellte sie einen Kakao, der ihre Seele noch immer zu beleben vermochte.

Ihre engeren Freundinnen waren eingeweiht in ihr Dilemma, doch sie drohte deren Geduld überzustrapazieren, wie der rasche Themenwechsel der Freundinnen, der Milas ersten Sätzen folgte, ihr irgendwann klarmachte. Und so hatte sie sich abgewöhnt, sie ständig mit ihrem Kummer zu belästigen. Außerdem bemerkte sie, dass das Gejammer ihre Seele nicht entlastete, im Gegenteil.

Sie legte die schmalen, weichen Hände in den Schoß, die im Gegensatz zu Charly den Patienten nicht halb tot kneteten und in ihm den Wunsch erweckten, mit zahllosen gebrochenen Rippen die Praxis schnellstens auf allen vieren zu verlassen. Sie zog die sanftere Methode vor, bei der die Patienten vor Wohlbehagen schnurrten, weswegen sie sich auch zusätzlich auf Lymphdrainagen spezialisiert hatte, erlernt bei *der* Kapazität in dieser Disziplin in Hinterzarten. Trotzdem hätten sie und Charly gut harmoniert, denn es gab tatsächlich auch Patienten, die es mochten, härter rangenommen zu werden.

»Wahrscheinlich, weil es so ein wundervolles Gefühl ist, wenn der Schmerz nachlässt«, hatte Charly immer grinsend gemeint. Und Mila hatte ihr aus voller Brust zugestimmt. Ja, sie wären beide ein prima Team geworden. Beinahe.

Das Schlimmste aber war, dass dieses niederschmetternde Erlebnis sie der Freude auf die Zukunft beraubte, ihren Enthusiasmus wie eine Seifenblase zerplatzen ließ. Alles, was übrig blieb, war eine große Leere. Sie seufzte, ihre Grübelei trug nicht gerade dazu bei, den herrlichen Altweibersommer zu genießen, und ließ den Blick schweifen: Paare auf Schritt und Tritt. Gelöste Gesichter, so weit das Auge schaute. Heiteres Treiben ringsum. *Furchtbar!* Sie zahlte und verließ das Café.

Nach wenigen Minuten betrat sie das Haus, in dem sie seit dem Desaster ihres Lebens mit ihrer Mutter wohnte, und stieg seufzend die Treppe hinauf.

2

Auch für Milas Mutter Konstanze schien dieser Freitag zunächst ein ganz normaler Arbeitstag zu sein. Und doch war an diesem Spätnachmittag, als bereits alle Kollegen das Büro verlassen hatten, nichts mehr normal. Gerade als sie sich den Schal um den Hals gelegt hatte, um sich auf den Heimweg zu machen, trat der Chef in das Büro.

»Konstanze, hättest du noch ein wenig Zeit? Wir müssen reden ... äh ... Ich muss mit dir ... äh ... etwas besprechen.«

In Konstanzes Ohren brauste das Blut. So hatte sie sich zuletzt vor fünf Jahren gefühlt, als sie in Erwartung einer Wurzelbehandlung auf dem Weg zum Zahnarztstuhl in Ohnmacht gefallen war. Der Chef bat sie um eine Unterredung, was ungewöhnlich war, denn sie hatten sich den ganzen Tag gesehen und miteinander gesprochen. »Wir müssen reden ...« Fingen so nicht alle Katastrophen an? Na also. Dass es sich hierbei um eine Gehaltserhöhung handelte, war so wahrscheinlich wie der über Nacht eingetretene Weltfriede.

»Aber natürlich. Ich bin in einer Minute bei dir.«

Er nickte stumm und schloss die Tür.

Konstanze nahm ihren Taschenspiegel hervor. Gekonnt frischte sie die blasse Gesichtshaut mit einem Hauch Rouge auf und schminkte die tiefen Augenschatten mit einem hellen Stift fort. Wenn sie zum Schafott eilte, denn das bedeutete diese Unterredung, da war sie ziemlich sicher, dann erhobenen Hauptes und so attraktiv wie möglich. Zum Glück hatte sie ihren Lockenkopf noch vor Kurzem vom besten Friseur richten lassen, die ersten grauen Strähnen im brünetten Haar jedoch ungefärbt gelassen, was sie jetzt bedauerte. Ihre grauen Augen betonte sie mit einem graublauen Konturenstift, zog die Lippen nach und lächelte gequält ihrem Spiegelbild zu. *Tja, Konstanze, jetzt gilt es, dem Ende wacker ins Gesicht zu blicken. Und du wirst nicht eine einzige Träne vergießen – jedenfalls nicht hier und jetzt.*

Sie stand auf und reckte sich. Heute trug sie ihre neuen Stiefel mit hohem Absatz, die ihre eins fünfundsechzig um sechs Zentimeter vergrößerten. *Gut so.*

Mit im Schoß gefalteten Händen saß sie eine Minute später hölzern wie eine Marionette, die Knie zusammengepresst, im Sessel, in dem sie so viele Diktate und Anweisungen ihres Chefs Bernhard Matusius entgegengenommen hatte. Aus der Ferne vernahm sie seine Stimme, die tröstliche Worte von sich gab, welche jedoch kaum ihren Verstand erreichten. Der Mann, der ihr im Laufe der Zeit ein väterlicher Freund geworden war und jetzt die Leitung der Firma an den Sohn übergeben hatte, er sprach soeben das Unmögliche aus, das sie bis jetzt so erfolgreich verdrängt hatte.

Ihm war es nicht gelungen, bei Tom durchzusetzen, sie, seine exzellente Assistentin, zu übernehmen. »Dabei habe ich ihm immer wieder klargemacht, wie erfahren du bist, wie sehr die Kunden dich würdigen, und dass sich jeder Chef glücklich schätzen kann, dich als Assistentin zu haben«, wiederholte er.

Sein Mantra hätte er noch tausend Jahre beten können, es hätte den Juniorchef nicht umgestimmt. Der fünfundvierzigjährige Sohn steuerte seine eigenen Ziele an, präzise wie eine Atombombe, hin zu einer zwanzig Jahre Jüngeren, von der getuschelt wurde, dass sie dem Junior bereits vor ihrer Beförderung mehr Anliegen erfüllte als die rein beruflichen.

»Es tut mir schrecklich leid, Konstanze, ich hab alles versucht, aber ich hab's leider nicht geschafft. Tom ist wirklich manchmal ... etwas stur.«

Er ist ein Idiot, dachte sie nur, doch das behielt sie für sich, sie war eben eine wirklich gute Assistentin.

Sie hatte es ja geahnt. Wenn *sie* jemanden nicht mochte, dann mochte der sie in den meisten Fällen eben auch nicht. Aber sie hatte das Undenkbare nie zu Ende gedacht. Weil es ihr Angst einflößte. Sie war fünfzig. Punkt. Und nun hatte das Unaussprechliche sie eingeholt. Ihr war gekündigt worden. Mit einer großzügigen Abfindung. Dennoch war das Ganze natürlich ein Schock.

»Wer kommt schon gegen eine Fünfundzwanzigjährige an«, entfuhr es ihr, als wäre dies der einzige Grund. Eine Zusammenarbeit zwischen Tom

Matusius und ihr hätte ihnen beiden den gleichen Spaß beschert, wie wenn der eine dem anderen ein Stück Seife zwischen die Zähne gesteckt hätte.

»Also ich würde mich immer für dich entscheiden. Auch noch in zwanzig Jahren«, sagte Bernhard Matusius mit einem Lächeln. Mit seinen neunundsechzig sah man ihm jedes seiner Jahre an, was nicht allein an den schütteren Haaren lag, die mittlerweile komplett weiß seinen schmalen Schädel mit der hohen Stirn bedeckten. Auch seine Haltung hatte nichts mehr gemein mit dem jugendlichen Schwung, mit dem er sie über Jahre begeistert und mitgerissen hatte.

Konstanze gab sein Lächeln zurück. Er konnte ja nichts dafür. Sie gönnte es ihm, dass er – und seine Ehefrau nicht zu vergessen – noch etwas mehr erleben wollten. »Es waren gute Jahre, Bernhard. Und ich hoffe, dass du dich jetzt endlich ein wenig schonst und dich mehr dem Golfspielen widmen kannst, wie du es dir immer gewünscht hast.«

Er hob abwehrend die Hände. »Ich fürchte, da steht meine Frau vor«, lachte er. »Außer an den Wochenenden ist mir das Spiel verboten worden.«

»Ich kann deine Frau verstehen.« Sehr sogar, dachte sie, denn außer reichlich Geld hatte Frau Matusius bislang nicht viel von ihrem Mann gehabt. »Ich wünsche euch beiden noch eine gute Zeit. Genießt eure Reisen und euer neues Haus.« Sie stand auf, und sie schüttelten sich die Hände.

»Ich wünsche dir viel Glück, Konstanze. Lass einmal von dir hören«, bat er, doch sie wussten beide, dass es dazu nicht kommen würde.

Sie verließ das Bürogebäude – zum Glück waren die anderen schon gegangen, und sie musste ihnen jetzt keine Fragen beantworten. Sie war ihrem Chef dankbar, dass er mit dieser *Sache* bis zum Abend gewartet hatte. Zum Glück blieben ihre Augen trocken. Denn zum Schluss war ihr tatsächlich zum Heulen zumute, doch sie hatte nicht nah am Wasser gebaut.

Wehmütig ging sie zu ihrem Wagen. Aber dann ließ sie ihn stehen und spazierte die stille Straße entlang. Sie musste einen Augenblick zu sich kommen, ehe sie ihren beiden Lieben mit der traurigen Nachricht ins Haus schneite.

Nach einer halben Stunde stieg sie ins Auto und quälte sich durch den Wochenendverkehr an den Stadtrand von Oldenburg, wo sie seit vielen Jahren in einer gemütlichen Villa lebte, die vor gut einem Jahr von einem reizenden jungen Ehepaar erworben worden war.

Sie hielt vor dem Haus, stieg aus und blieb einen Moment sinnend stehen. Hier auf der Straße herrschte beschauliche Ruhe. Eine bunte Mischung aus Villen mit altmodischen Charme, die nach und nach restauriert wurden, Doppelhaushälften junger Familien und bescheidene ehemalige Arbeiterhäuschen einer früheren Werkzeugfabrik waren umgeben von Gärten in allen Größen.

Wie gut, dass Mila momentan bei ihnen wohnte. Sie öffnete die Haustür, und der Duft, der ihr entgegenströmte, war ungewohnt, aber nicht unangenehm. Der sich nur langsam verflüchtigende Geruch nach Farbe mischte sich heute mit dem

Duft verblühter Blumen und modriger Blätter, der durch das geöffnete Fenster im Parterre hereindrang. In der Woche war der Flur gestrichen worden, und das zarte Gelb der Wände harmonierte hervorragend mit dem Dunkel der Eichentreppe.

Sie stieg die bequemen breiten Holzstufen hinauf in ihre Wohnung. Zum Glück hatte das junge Ehepaar, das nun die Villa besaß, die hübsche Treppe nicht gegen eine moderne getauscht. Die beiden bewiesen ohnehin ein Gespür für den erhaltungswürdigen Stil des Hauses. Die Stuckarbeiten waren nur ausgebessert worden, die alten Fliesen hatten sie gelassen, und auch die Fenster, deren altes Glas das Licht so angenehm filterte. Sie vernahm ihr Lachen und das Quieken des einjährigen Babys. Es war schön, zu wissen, dass sich das Haus, Erbe der rüstigen Tante, die ihr Leben bei einem Verkehrsunfall vor der Haustür verloren hatte, bei den glücklichen jungen Erben in guten Händen befand.

Sie öffnete die Tür, legte ihre Tasche auf die breite, halbhohe Mahagoni-Truhe und folgte dem verlockenden Duft in die Küche. »Hallo, ihr beiden, wo seid ihr?«, fragte sie munter, doch dann sah sie, dass niemand in der Küche die Mahlzeit beaufsichtigte. Rasch trat sie an den Herd und zog den Topf von der Platte, in dem es heftig brodelte. Gerade als sie sich auf die Suche nach ihrer Mutter oder Mila machen wollte, stürzte die Tochter in die Küche, tränenüberströmt.

»Mama ... die Oma ... Sie ... sie ist tot«, schluchzte Mila.

»Wie, die Oma ist tot?«, wiederholte Konstanze konsterniert.

»Na, sie ist … gestorben eben«, brachte Mila stockend hervor.

Konstanze lief hinaus und ans Ende des Flurs, wo die Mutter ihr Zimmer hatte, aus dem soeben Dr. Burger, der Hausarzt, heraustrat.

»Es tut mir leid, Frau Sandtner. Es … ist zu spät. Sie ist von uns gegangen. Ihre Mutter ist vor zehn Minuten friedlich eingeschlafen.«

»Aber sie war doch vollkommen gesund, Sie haben sie doch selbst noch vor einem Monat untersucht«, stieß Konstanze hervor.

»Es tut mir leid, es war ein Schlaganfall … so etwas kann in diesem Alter immer vorkommen«, entgegnete Dr. Burger leise.

Die nächsten Stunden verlebte Konstanze wie in Trance. Viel zu rasch wurde ihre Mutter fortgebracht. Zu spät, durchzuckte es sie immer wieder. Sie war zu spät gekommen. Der einzige Trost bestand darin, dass Maria nicht hatte leiden müssen. Dennoch traf ihr Tod sie und Mila aufs Schmerzlichste.

Könnte ich sie doch nur noch ein einziges Mal umarmen, durchzuckte es sie, als sie traurig vor sich hinstarrte. Warum hatte sie ihr nie gesagt, wie sehr sie liebte?

Weil sie angenommen hatte, dass ihre Mutter dies wusste? Dass es selbstverständlich war?

Aber wäre es nicht viel schöner gewesen, wenn es ihr jemand gesagt hätte?

3

Die folgenden Tage und Wochen waren trostlos, während ihnen draußen einer der schönsten Altweibersommer geboten wurde. Der Herbst verabschiedete sich ungewohnt trocken in einem Feuer aus Farben, wie sie es lange nicht erlebt hatten. Die Luft war glasklar, das Wetter beständig sonnig, doch wegen der fallenden Temperaturen zogen sie sich bereits jetzt, Mitte November, Mütze und Handschuhe an auf ihren langen Fahrradtouren rund um Oldenburg – sie hatten beide ja so viel Zeit.

Wobei jede für sich die meiste Zeit damit zubrachte, eine neue Arbeitsstelle zu finden. Doch zig Briefe, Anrufe und Internet-Bewerbungen später lag ihr Optimismus auf Eis. Wenn man überhaupt geantwortet hatte, dann negativ. Im Gegensatz zu Mila rief Konstanze dennoch nach jeder Absage bei der jeweiligen Firma an. Man war zwar wohlwollend und freundlich, lobte ihr exzellentes Zeugnis, das Ergebnis blieb dennoch niederschmetternd. Immer war es die ihrem Alter und ihrer Berufserfahrung angemessene Gehaltsvorstellung, die einer Neuanstellung im Wege stand. Das Gehalt, das man ihr dann auf ihre Frage hin anbot, lag im Bereich ihres Anfangsgehalts von vor drei Jahrzehnten, womit sie heute mit

Mühe und Not die Miete hätte bestreiten können. Die zweite Variante war die Ausflucht, dass ihr aufgrund der Tatsache, dass sie bisher nur für einen Arbeitgeber tätig gewesen war, sehr wahrscheinlich die nötige Flexibilität fehlen würde und man sich daher anderweitig entschieden hätte.

Mila hingegen erhielt Absagen auf ihre Initiativbewerbungen, weil einfach keine freie Stelle zur Verfügung stand.

Sie bemühten sich beide, einander guten Mut vorzuspielen und nichts von ihren Ängsten und Zweifeln zu verraten, doch Konstanze kannte Mila gut genug, um deren gespielt fröhliche Miene richtig zu deuten. Und so erinnerte sie immer wieder einmal an die Höhe der Abfindung, mit der sie sich eine lange Zeit über Wasser halten konnten – auch weil es sie selbst beruhigte. Dennoch wich die latente Niedergeschlagenheit selten. Tatsache war, dass sie und Mila gerade ziemlich allein dastanden.

Milas Freund hatte sie sitzen gelassen, gemeinsam mit ihrer besten Freundin. Sie hatte keine Geschwister, der Kontakt zu ihrem dänischen Vater bestand aus einigen Postkarten und gelegentlichen Besuchen bei ihm und seiner jetzigen Frau, mit der er keine Kinder hatte. Die geliebte Großmutter war tot, sie hatte praktisch nur noch ihre Mutter. Nicht gerade viele Menschen, die sie trösten konnten.

Und so hatten sie nur einander, denn auch Konstanze war geschwisterlos, wie auch ihre Eltern. Die Familie ihres Ex-Mannes lebte weit verstreut in Dänemark, und der lose Kontakt blieb nur durch ihr beständiges Bemühen noch eine Weile aufrechterhalten, nachdem ihr Mann sich damals getrennt hatte. Viele Angehörige gab es in der Tat nicht. Da war noch die Schwägerin Siv, die in Kopenhagen ein Dessous-Geschäft leitete. Doch der Kontakt war im Laufe der Jahre ebenfalls zum Erliegen gekommen, obwohl sie sich sympathisch fanden. Ebenso der zu ihren dänischen Schwiegereltern, die auf Bornholm ein Familienhotel führten. Sie hatten kein inniges Verhältnis zueinander aufbauen können, da sie und Jens gerade mal zwei Jahre verheiratet gewesen waren, als Mila auf die Welt kam und Jens sie verließ. Zu groß waren zudem ihre charakterlichen Unterschiede und die Entfremdung, nachdem sich ihr Mann in eine andere Frau verliebt hatte. Natürlich kam die räumliche Entfernung noch hinzu, abgesehen davon, dass die Arbeit als Hoteliers ihnen kaum Zeit für private Kontakte ließ. Außerdem waren seine Eltern ohnehin nicht begeistert gewesen, dass ihr Sohn eine Deutsche geheiratet hatte, gab es doch in Dänemark so viele nette Mädchen, die ihren Sohn gemocht hatten – das bekam Konstanze des Öfteren zu spüren. Und so war die zweite Frau von Jens tatsächlich eine Dänin.

Aber es hatte ja keinen Zweck, dem Vergangenen nachzutrauern. Die Zukunft allein zählte. Konstanze lächelte, als sie zu einem plötzlichen Entschluss kam: Sie würden Urlaub machen. Irgendwie, irgendwo in traumhafter Umgebung dem Alltag entfliehen – der kleinen Erbschaft von ihrer Mutter sei Dank.

Aufatmend steckte sie die Hände in die Jackentaschen und schritt schneller aus. Gegen vier setzte die Dämmerung ein, und obwohl sie schon eine halbe Stunde unterwegs war, fröstelte es sie, denn ihre Jacke war für den scharfen Wind, der aufgekommen war, zu dünn. Bevor sie jedoch zu Hause ankam, kaufte sie in dem Antiquitätenladen an der Ecke, den Arno Flavia, ein charmanter Rentner aus Venedig mit malerischen eisgrauen Haaren, mehr als Hobby betrieb, für Mila einen silbernen Fotorahmen, in den sie ein nettes Foto ihrer Mutter und Mila stecken würde. Für ihre beste Freundin erstand sie ein bebildertes Kinderbuch eines amerikanischen Autors, das eine Kindheit in Maine zum Thema hatte und aus den Fünfzigerjahren stammte. Für beides, Amerika und die Fünfzigerjahre, hatte Sybille ein Faible, und Konstanze freute sich sehr über die Entdeckung. Ohne Sybilles Optimismus und seelische Unterstützung wären die letzten Wochen noch schwerer für sie gewesen. Weihnachten lag noch in weiter Ferne, doch für Geschenke war es nie zu früh. Wann immer sie etwas Geeignetes für das Fest oder Geburtstage fand, kaufte sie es und freute sich oft lange vorher über ihr Glück, das jeweils Passende gefunden zu haben.

Eine halbe Stunde später betrat sie die Wohnung, und Wohlbehagen ergriff sie, als ihr an der Wohnungstür wohltuende Wärme und Kaffeeduft entgegenströmten. Sie legte die Geschenke auf die Truhe im Flur, zog die Jacke aus und ging ins Wohnzimmer. Sie fand Mila am Tisch sitzend vor, umgeben von Fotoalben und Schuhkartons, in denen sich zahllose alte Fotografien befanden, die einzusortieren sich noch niemand die Mühe gemacht hatte.

Milas feine Haare leuchteten golden im Schein der Stehleuchte. Ihr Vater hatte ihr die helle Farbe vererbt, er, dessen weizenblondes, dichtes Haar Konstanze sofort begeistert hatte. Auch Milas Bewegungsdrang und die Tatsache, dass sie jeglichen – ohnehin nie sehr großen – Appetit verlor, wenn sie Kummer oder Probleme hatte, waren gemeinsame Charakterzüge. Milas Wangen brannten, und ihre Augen glänzten, so intensiv war sie mit dem Betrachten der Fotos beschäftigt.

Konstanze nahm lächelnd das Bild ihrer selbstvergessenen Tochter auf und sog den anheimelnden Duft der Plätzchen auf dem Teller und der der Mandarinen in der Schale ein.

»Ach, Mama, ich sitze hier schon über eine Stunde. Ich wusste ja gar nicht, wie viele Fotos wir haben!«

Mila strahlte wie selten in letzter Zeit Wohlbehagen aus, das ihr die müßige Beschäftigung, begleitet von der leisen Musik aus dem CD-Spieler, bescherte, und Konstanze atmete tief ein. Für sie gab es kein größeres Geschenk als den Anblick einer lächelnden Tochter, die in irgendeine Tätigkeit vertieft war.

Sie setzte sich zu ihr und nahm eines der Alben zur Hand. »Seltsam, aber ich betrachte die Fotos in diesen Alben viel lieber als die digitalen im PC. Da find ich nie was wieder, bei den Hunderten von

Bildern, die ich in meiner Begeisterung am Anfang gemacht hab. Irgendwie scheint sich mein Blick auf die Fotos zu verändern, wenn ich sie in Händen halte. Außerdem hab ich bei den Fotobüchern in einem Griff gleich alles parat.«

»Weil du dir noch kein richtiges System zugelegt hast. Alles eine Frage der Organisation«, antwortete Mila abwesend. »Schau, wie hübsch die Oma früher ausgesehen hat. Und wie süß du warst, mit dem Finger im Mund.« Mila reichte ihr ein schmales Album, und Konstanzes Augen begannen zu brennen, als sie ein Foto entdeckte, das sie und ihre Mutter auf der Treppe vor ihrem Haus zeigte, in dem sie aufgewachsen war.

So vergingen die Minuten, während sie lange über Maria sprachen und in Erinnerungen schwelgten.

Und dann, als sie sich bereits an das Wegräumen machen wollten, fand Konstanze dieses eine Foto in einem braunen, abgegriffenen Briefumschlag. Es handelte sich um ein Polaroidfoto in Schwarz-Weiß, vielfach in Händen gehalten, wie man an den zahlreichen winzigen Knicken am Rand erkennen konnte. In einer gestochen scharfen Schrift, die nicht von ihrer Mutter stammte – die Schrift ihrer Mutter war groß gewesen und leicht nach links gebogen –, stand dort, wann und wo diese Aufnahme gemacht worden war: *Seiser Alm 1965*. Es zeigte ihre Mutter im Anorak, auf einem Holzschlitten vor dunklen Tannen sitzend. Im Hintergrund waren hohe, schneebedeckte Berge zu sehen, darunter der charakteristische Langkofel, wie sie aus Bildbänden über Südtirol erkannte, und ihre Mutter strahlte und sah sehr schön aus. Konstanze kannte dieses Foto nicht, doch eine innere Stimme sagte ihr, dass es mit diesem Foto eine besondere Bewandtnis hatte.

»Denkst du, was ich denke?«, fragte Mila und blickte Konstanze über den Tisch hinweg gespannt an.

Konstanze nickte gedankenverloren. Das Foto berührte sie in besonderer Weise, doch sie konnte sich nicht erklären, warum. Vielleicht war es der glückliche Ausdruck im Gesicht Marias.

»Ich habe das Gefühl, dass uns dieses Foto etwas sagen will«, sagte Mila und musterte sie mit einem Grinsen.

Konstanze zuckte lächelnd die Schultern.

Ihre Tochter breitete begeistert die Arme aus: »Dieses Foto sagt uns, dass wir uns diese Alm einmal näher ansehen sollten!«

»Und zwar über Weihnachten. Was meinst du?«, stimmte Konstanze zu. »Ich dachte heute Nachmittag nämlich auch schon, dass wir beide erholungsbedürftig sind.«

Mila nickte eifrig.

Konstanze ließ sich ihr Erstaunen nicht anmerken, denn ihre Tochter war in der Regel längst nicht so spontan wie sie. »Und ich hab das Gefühl, dass uns dieses Foto nicht einfach so in die Hände gefallen ist. Da hat die Mutti die Hände im Spiel, ganz sicher.«

»Ach, du kleine Esoterikerin, da hat schlicht der Zufall mitgespielt«, lachte Mila. »Aber egal. Auf jeden Fall wäre unser Weihnachten dieses Jahr zu Hause sehr traurig. Ich bin sicher, dass auch die Oma nicht wollte, dass wir weinend dasitzen und froh sind, wenn das Fest vorüber ist, wo wir Weihnachten doch so lieben.«

»Mir ist eben auf meinem Spaziergang schon derselbe Gedanke durch den Kopf gegangen.«

Milas Augen begannen zu strahlen. »Und ich hab die ganze Zeit überlegt, ob ich dich darum bitten sollte. Ich würde tatsächlich gern die Tage in den Bergen verbringen. Es muss ja kein teures Hotel sein. Und es wird ein stilles Fest werden. Wir könnten uns eine kleine Pension suchen, in der wird sicher kein großes Fest wie in den Hotels. Und Silvester müssen wir auch nicht gleich auf dem Tisch tanzen.«

»So, wie wir es sonst gern halten«, fügte Konstanze mit einem Augenzwinkern hinzu.

Mutter und Tochter blickten sich liebevoll an. Wieder einmal hatten sie wie so oft den gleichen Gedanken gehabt.

Sie räumten die Fotoalben in den Schrank, außer dem Polaroidfoto, das sich Konstanze in die Handtasche steckte, um für Mila einen Abzug davon zu bestellen. Und dann befragten sie das Internet und fanden in kürzester Zeit eine Frühstückspension, die nur zwei bescheidene, günstige Zimmer anbot. Sie berieten sich kurz. Und dann entschieden sie, dass sie sich bei dem Preis volle vier Wochen leisten könnten – vorausgesetzt, sie schlügen nicht über die Stränge – und buchten es sofort.

»Ach, Schatz, ich bin so froh, dass wir jetzt etwas Schönes vor uns haben. Ich ... hab das Gefühl, wir müssen dringend mal raus. Ich hab sogar schon daran gedacht, mit dir nach Dänemark zu deinen Großeltern zu fahren.«

Doch Mila schüttelte den Kopf. »Nicht gerade jetzt im Winter. Wenn, dann überhaupt nur im Sommer, sonst langweilen wir uns womöglich nur. Und außerdem ... Ich hab immer das Gefühl, dass meine Großeltern keinen sonderlichen Wert auf unseren Besuch legen.«

»Das bildest du dir nur ein«, antwortete Konstanze halbherzig. »Jeder sollte doch eigentlich froh sein, wenn die Familie sich zusammenfindet.«

»Du bist ja gut«, lachte Mila. »Unsere Besuche in Dänemark in den letzten Jahren kann ich an einer Hand abzählen – davon abgesehen, dass ich mich nicht entsinne, wann die Dänen einmal hier waren. Papa hat seine Besuche bei uns ja gänzlich eingestellt, seit er verheiratet ist.«

»Stimmt. Leider. Dennoch sollten wir die Besuche nicht ganz einschlafen lassen – zumindest nicht bei deinen Großeltern. Es ist schade, wie alles gelaufen ist, im Grunde liebe ich große Familien.«

»Dass Papa dich sitzen gelassen hat, als ich klein war, ist doch nicht deine Schuld. Und die Besuche bei der Familie in Dänemark waren auch nie sonderlich angenehm. Meine Großeltern sind nett zu mir, aber zu dir waren sie doch nie richtig herzlich – abgesehen davon, dass sie nie Zeit für uns gefunden haben, wegen ihrer Arbeit in dem Hotel.«

»Und mit deinem Markus war es auch nicht besser, obwohl ich mir so viel Mühe gab, freundlich zu ihm zu sein, und ihn immer herzlich willkommen geheißen hab. Aber der konnte gar nicht schnell genug die Laufschuhe anziehen, wenn das Wort ›Familie‹ fiel. Vielleicht bin ich nur kein richtiger Familienmensch«, seufzte Konstanze.

»Markus, dieser Soziopath, ist nicht mehr *mein* Markus. Außerdem ist das ein weiterer Minuspunkt in seinem Scheißcharakter«, fauchte Mila. »Ich jedenfalls möchte einmal eine große Familie gründen, um einen Anfang zu machen«, fügte sie lächelnd hinzu, »denn von einer Großfamilie sind wir beide ja nun meilenweit entfernt.«

Konstanzes schlechtes Gewissen regte sich erneut. »Wir könnten Tante Siv ja mal wieder einladen«, sagte sie zögerlich. »Und deinen Großeltern geht es gut, ich hab vorige Woche noch mit ihnen telefoniert«, fügte sie rasch hinzu. Es stimmte, aber es hatte sie dennoch Überwindung gekostet, da ihr letzter Besuch bereits ein ganzes Jahr zurücklag.

Mila blickte sie grinsend an. »Lass mal, Mama, das kann bis nächstes Jahr warten. Wir machen jetzt erst mal Urlaub und erholen uns«, sagte sie vergnügt, während sie ihrer Mutter einen Arm um die Schultern legte.

Ein inniges Gefühl durchströmte Konstanze. Das einzig Gute nach den vergangenen Wochen war die Hoffnung, dass es jetzt nur noch aufwärts gehen konnte.

Sie entsann sich noch genau an die erste Zeit ihrer Ehe. Ihr Mann, ein junger, aufstrebender Däne in einer Firma, die Zubehör für die Meyer-Werft herstellte, und sie, die soeben unter zwanzig Mitbewerberinnen den Job der Chefsekretärin bei Bernhard Matusius ergattert hatte, waren so glücklich gewesen. So selig miteinander, dass sie manchmal der Gedanke überfallen hatte, es ginge ihnen vielleicht zu gut und es könne ab jetzt nur noch abwärts gehen. Konstanze war schon bald schwanger geworden, und dann hatte das erste Babyjahr ihren Mann derart überfordert, dass er die Beine in die Hand nahm, als ihm eine hübsche blonde Dänin über den Weg lief – unverheiratet und ohne lästigen Anhang wie ein Kind oder gar mehrere. Die Zeit allein mit dem Baby vermochte Konstanze nur dank der Hilfe ihrer Eltern zu überstehen.

Den Job als Verkäuferin hatte Maria aufgegeben, bis Mila in den Kindergarten kam, während Konstanze ganztags ihrer Arbeit nachging. Später, nach dem Tod ihres pensionierten Mannes Michael, der Mila ein umsichtiger Großvater gewesen war, hatte Maria nur noch vormittags gearbeitet, um die Kleine nach der Schule zu versorgen.

4

Voller Eifer stürzten Konstanze und Mila sich in die Reisevorbereitungen. Und schließlich saßen sie im vollgepackten Auto. Sie hatten entschieden, dass Konstanzes normale Sportsachen fürs Langlaufen ausreichten. Die alten Bretter taten es ebenso noch. Mila hingegen wollte ihre rudimentäre Kenntnis im Alpin-Skifahren auffrischen und bekam moderne Ski von einem guten Freund geliehen, sodass sie sich das Geld dafür sparen konnte. Sie benötigte nur noch die passenden Schuhe.

»Weißt du, es ist das erste Mal seit Langem, dass ich mich wieder so richtig freuen kann.«

»Mir geht es genauso«, antwortete Konstanze.

Es war Freitagmorgen vor dem ersten Advent, kurz nach sechs Uhr in der Früh, und trotzdem herrschte auf der Autobahn Richtung Süden bereits lebhafter Verkehr. Am Abend zuvor hatten sie den Wetterbericht verfolgt, doch der hatte klares Wetter ohne Niederschläge oder Glatteis versprochen. Es war noch stockdunkel, und obwohl nicht ganz topfit, hatten sie sich für diese frühe Zeit entschieden, damit sie erstens nicht in die unweigerlichen Staus gerieten und zweitens noch ein wenig Zeit in Nürnberg zur Verfügung hätten, wo sie übernachten wollten. Bis hinauf auf die Seiser

Alm wären sie über zehn Stunden unterwegs – ohne Staus wohlgemerkt, was so häufig vorkam wie eine Sonnenfinsternis. Doch das würden sie sich nicht antun, schließlich lagen gerade genug Sorgen und Kummer hinter ihnen, und sie waren noch lange nicht so belastbar wie normalerweise.

»Hast du auch wirklich alles dabei, Schlüssel, Ausweis, und vor allem die Adresse der Wohnung?«, erkundigte Mila sich, während sie konzentriert auf die Straße schaute. »Und Frauke unsere Adresse und Handynummer gegeben?« Frauke war ihre Nachbarin.

Konstanze lächelte sie von der Seite an. »Ich habe alles, Adressen, Telefonnummern, Zahnseide, Gebetbuch und Gebiss ...«

»Ha, du lügst!«, schrie Mila lachend.

»Richtig, Gebiss stimmt nicht«, gab Konstanze grinsend zur Antwort. Glücklich kuschelte sie ihren Kopf an das Kissen, das sie stets auf Reisen mitnahm. »Ach, Kind, wie schön, dass wir zwei hier so vor uns hinfahren. Ist dir bewusst, dass wir das erste Mal völlig vogelfrei sind? Also ich find's herrlich.«

»Na ja, so kann man's auch sehen«, erwiderte Mila, ernster werdend. »Vogelfrei – ohne Mann, ohne Job, ohne Aussicht auf Arbeit und pleite ...«

»Nun übertreib nicht«, versuchte Konstanze, die Tochter zu beruhigen, die nicht ihre Leichtlebigkeit geerbt hatte, sondern das Leben in ihren Augen viel zu oft mit viel zu großem Ernst betrachtete. »Ich hab ausgerechnet, dass wir, wenn wir sparsam leben, fast zwei Jahre aushalten könnten. Alle beide«, wiederholte sie wie so oft in den letzten Wochen. »Der Abfindung und dem Ersparten, das Mutter uns vererbt hat, sei Dank.« An ihre Altersvorsorge musste sie dabei auch nicht gehen, dachte sie im Stillen, denn die war wirklich ihre eiserne Reserve.

Noch heute erstaunte es sie, wie viel ihre Mutter angespart hatte von ihrer bescheidenen Rente, als hätte sie gewusst, dass es noch einmal so richtig dicke kommen würde. Wie oft hatte Konstanze sie gedrängt, sich auch etwas zu gönnen, doch Maria hatte einfach nicht auf sie gehört. Und so war es bei gelegentlichen Ausflügen mit ihrer Tochter, kleinen Geschenken und Kurzreisen über verlängerte Wochenenden geblieben, die ihre Mutter immer sehr genossen hatte. Zwei- oder gar dreiwöchige Reisen hatte sie abgelehnt – Maria litt schlichtweg unter Heimweh. Sie musste also wirklich nicht nervös werden, sagte Konstanze sich zum millionsten Mal. »Noch kommen wir gut über die Runden.«

»Wenn wir nicht die Sau rauslassen«, kicherte Mila.

»Na, na, ich muss doch sehr bitten.« Konstanze lächelte.

Wie sehr sie ihre Tochter liebte! So verschieden sie waren, so sehr gaben sie sich Mühe, Gemeinsamkeiten zu pflegen und Rücksicht aufeinander zu nehmen – was ihnen in guten Zeiten sogar gelang. Ihre Gegensätzlichkeit in fast allem – außer in den wirklich ernsten Dingen des Lebens, da waren sie sich zum Glück fast immer einig – war so vorhersehbar, dass sie oft genug Gelegenheit zum Lachen bot. Ja, sie verstanden sich gut, und Konstanze versuchte alles, Mila die Angst vor der Zukunft zu nehmen.

»Im nächsten Jahr werden wir zwei Weibsen ja wohl irgendwas gefunden haben, womit wir unsere Kröten verdienen können. Da bin ich guten Mutes.«

»Wie viele Bewerbungen, sagtest du noch gleich, hast du insgesamt abgeschickt?«, erinnerte sie Mila, die Grüblerische von ihnen beiden.

»Dreiundsiebzig. Von den angeschriebenen Firmen hat nicht einmal die Hälfte sich überhaupt die Mühe gemacht, zu antworten. Und der Rest waren Absagen, aber das weißt du doch. Und das werden wir die nächsten vier Wochen auch nicht wieder ansprechen«, sagte Konstanze mit erhobenem Finger.

»Ich hätte nie gedacht, dass eine Fünfzigjährige perfekte Assistentin mit den besten Zeugnissen es so schwer hat, eine neue Anstellung zu finden.«

»Vor allem eine Fünfzigjährige, die fließend Englisch, Französisch, Italienisch und leidlich Spanisch spricht. Mein Problem ist halt, dass ich mit dem alten Chef groß geworden bin und nie in einer anderen Firma gearbeitet hab. Aber genug jetzt, Mila, wir wollen uns vier Wochen lang vergnügen, Kraft tanken und nicht an die Vergangenheit denken«, bestimmte sie, stellte das Radio lauter und lehnte sich mit geschlossenen Augen zurück.

Doch trotz aller Mühe musste sie wieder an den Todestag ihrer Mutter denken. Maria, die nie krank gewesen war, war von ihnen gegangen, ohne dass sie vorher irgendwelche Anzeichen bemerkten, und so hatte Mila und Konstanze diese Katastrophe völlig unvorbereitet getroffen. Dass sich Maria einen Abend zuvor an ihre eigene Mutter erinnert hatte, die ihren Tod vorausgeahnt habe, hatte Konstanze nicht zu denken gegeben. Schließlich plauderte die Mutter in den letzten Jahren immer öfter von der Vergangenheit und den Lieben, die von ihnen gegangen waren.

Konstanze zwang sich zurück in die Gegenwart. »Die Horoskope von uns beiden sind so ausgezeichnet, vor allem in der Liebe. Und Jupiter, also der steht so vielversprechend, dass wir glatt Lotto spielen sollten. Du wirst sehen, alles wird gut.«

Mila stöhnte. »Mama, hör auf! Du weißt, dass ich an diesen Schwachsinn nicht glaube.«

»Hast ja recht«, seufzte Konstanze, »ich ja auch nicht. Ich glaub nur an das Gute darin.« Damit rückte sie ihr Kissen zurecht und schlief ein.

Drei Stunden später machten sie eine Pause und tranken Kaffee.

»Zum Glück sind keine Staus gemeldet. Ich kann's gar nicht glauben«, sagte Konstanze, die jetzt das Fahren übernommen hatte. Sie war eine zögerliche Fahrerin im Gegensatz zu Mila, und so reihte sie sich gemütlich hinter die zahlreichen Lkw ein, das kam ihren Nerven zugute. Und alles, was ihre Nerven momentan schützte, war hochwillkommen.

Am frühen Nachmittag erreichten sie Nürnberg und das bescheidene Hotel etwas außerhalb der Altstadt, das sie für die eine Nacht gebucht hatten. Sie ruhten eine Stunde und legten dann den halbstündigen Marsch in die Innenstadt zu Fuß zurück. Die Altstadt war jetzt, im fröhlichen Glanz der Weihnachtsmarktbuden, noch malerischer als sonst, und sie bummelten vergnügt von einem Stand zum anderen. Von der schmackhaften Nürnberger Bratwurst war Konstanze so angetan, dass sie sogar zwei davon in je einer Semmel vertilgte, wonach ihr, genauer nach dem Verzehr einer Portion heißer Kastanien im Anschluss, übel wurde.

Ausgeruht und froher Dinge traten sie am nächsten Morgen nach einem ausgiebigen Frühstück die Weiterfahrt an. Noch immer herrschte schönstes Ferienwetter, und der Anblick der ersten schneebedeckten Berge ließ ihre Herzen höherschlagen. Doch erst recht stolperten ihre Herzen, als im Radio dringend das Anlegen von Schneeketten für Südtirol geraten wurde.

»Ach du Schande! Ich hab doch noch nie in meinem Leben die Dinger angelegt«, seufzte Mila, die wieder das Fahren übernommen hatte. »Du, Mama?«

»I wo, du weißt doch, dass das bei uns zu Hause nicht nötig ist. Ich war ja schon stolz, dass ich an den Kauf dieser Teile überhaupt gedacht hab«, entgegnete Konstanze.

»Vor allem, wenn man bedenkt, dass der Verkehr bei uns ja bereits bei zwei Zentimetern Schnee vollständig zum Erliegen kommt, da helfen auch keine Schneeketten«, kicherte Mila.

»Außerdem macht das Wetter doch einen so tollen Eindruck. Weit und breit kein Wölkchen, ich denke, die irren sich. Der Schneefall setzt sicher erst heute Abend ein, und wir kommen ohne Probleme an. Es ist ja noch früh. Ich bin jetzt erst mal froh, dass überhaupt Schnee liegt, ist heutzutage ja auch nicht mehr die Regel«, fügte Konstanze freudig erregt hinzu.

Es war Mittag, als sie schließlich zur Straße gelangten, die von Kastelruth, dem Hauptort, in schier endlosen Kehren hinauf auf die Seiser Alm führte, hinweg über mehrere terrassenartige Plateaus mit zahllosen Weilern, bestehend aus oft nur zwei, drei Häusern. Die Zufahrt zur größten Hochalm Europas war für den privaten Autoverkehr zwischen 9 und 17 Uhr gesperrt, doch Gäste durften sie am Anreise- und Abreisetag benutzen. Von Kastelruth gab es zudem die Gondelbahn, die man gebaut hatte, um das herrliche Kleinod vor dem motorisierten Besucheransturm zu schützen.

Allerdings hatte sich der Wetterbericht nicht geirrt. Je mehr sie sich ihrem Ziel näherten, desto heftiger schneite es. Noch allerdings waren die Straßen geräumt. Doch wenige Kilometer vor ihrem Ziel mussten sie erkennen, dass das Räumkommando es bis hierher noch nicht geschafft hatte und es ohne Schneeketten kein Weiterkommen gab.

Sie parkten am Seitenstreifen und überlegten.

»In meinem Leben hab ich noch nicht so viel Schnee gesehen«, murmelte Mila. »Ich fürchte, Mama, wir müssen ran an die Ketten.«

»Verdammt!«, seufzte Konstanze.

Beide hatten nicht damit gerechnet, sie je im Leben aus ihrer schützenden Verpackung befreien zu müssen. Sie zogen sich die komplette Wintermontur über, dann öffneten sie zögerlich die Türen, die der Wind ihnen beinahe aus den Händen riss. Sie stiegen aus.

Es war nicht mehr still wie unten in Kastelruth, als der Schneefall das typische rieselnde Geräusch erzeugt hatte, das ihnen da sehr romantisch erschienen war. Der sanfte Wind unten im Dorf hatte sich hier heroben zu einem heulenden Sturm entwickelt, der ihnen den Schnee in Augen und Mund blies. Berge, Wälder, Häuser und Hütten waren hinter einer weißen Wand verschwunden.

»Hätten wir doch das Auto unten stehen gelassen«, schrie Konstanze und zog ihren Schal fest.

»Hätte uns auch nichts genützt, Mama. Die Bahn hat den Betrieb bei dem Sturm eingestellt«, erwiderte Mila, die den gleichen Gedanken gehabt, doch dies bereits zu Anfang registriert hatte.

»Dann bleibt uns nur ein Taxi.«

»Nix da, Mama, das bisschen Schneekettenmontage werden wir ja wohl schaffen. Lächle, es könnte schlimmer kommen«, witzelte Mila, zerrte aus dem Kofferraum schimpfend sämtliche Koffer, Skischuhe, Beutel und Taschen hervor, um an die in den tiefsten Tiefen des Kofferraums verborgene Plastiktüte mit den Schneeketten zu gelangen.

Danach beförderten sie das Gepäck wieder zurück in den Kofferraum und schlossen die Heckklappe.

Und dann machten sie sich ans Werk – um nach einer Viertelstunde seufzend die Ketten in den Tiefschnee fallen zu lassen: Zwei Schneemänner, denen nur noch die Kohleaugen und die Emailletöpfe auf dem Kopf fehlten, während ihre Nasen bereits perfekt in kräftigem Rübenrot leuchteten. Ihre Augen und Nasen tränten, und die nackten Finger waren wie abgestorben, denn mit den Fäustlingen kamen sie gleich gar nicht zurecht.

Mila spürte, wie der Schnee ihre Hose durchnässte. Plötzlich streifte warmer Atem ihr Gesicht. »Servus, schöne Frau, kann man helfen?«, wurde sie, die sich in den Schnee gekniet hatte, plötzlich ganz nah von der Seite angesprochen.

Sie erhob sich rasch, ehe ihr übel wurde. Die männliche Gestalt, beide Hände in der Steppjacke, hatte sie im Schneegestöber gar nicht kommen sehen, erst recht nicht im Röhren des Sturms gehört. Sie machte einen Schritt zurück, um der Alkoholfahne zu entgehen, die seinem Mund entströmte, und blickte in die Augenschlitze eines Mannes, dessen Alter sie schwer schätzen konnte. Mit dem dunklen Bartansatz und wirren Haarwust, der bereits von einer Schneehaube bedeckt war, geschützt weder durch eine Mütze noch eine Kappe, sah er recht verwegen aus. Lediglich einen leichten Schal hatte er umgebunden, dies jedoch so lässig, dass ihr der Anblick der bloßen Haut einen Schauer über den Rücken jagte, obwohl sie während ihrer aussichtslosen Arbeit ins Schwitzen geraten war. Ob es nur an der voluminösen Steppjacke lag oder ob er wirklich so ein breites Kreuz besaß, konnte sie nicht feststellen.

Der Unbekannte war offenbar übernächtigt, vom Alkohol benebelt, aber möglicherweise ein starker Mann – man musste zufrieden sein in ihrer momentanen Situation.

»Gern. Wir haben Probleme mit den Schneeketten.«

»Ich weiß, ich hab Sie vom Hotel aus beobachtet«, sagte er grinsend. Seine Stimme klang tief und sexy.

Vor allem wohl dank des tüchtig genossenen Alkohols, schoss es ihr durch den Kopf. Amüsiert deutete sie auf die Schneeketten. »Also, dann langen Sie zu«, lud sie ihn lächelnd ein.

Ihre Mutter sprach kein Wort, hatte nur einen zurückhaltenden Gruß herausgebracht. Und als sie sah, wie er sich bückte und fachkundig hantierte, stieg sie mit sichtbarer Erleichterung ins Auto. Doch da erschien er an der Tür.

Sie öffnete das Fenster einen Spalt weit. »Ja bitte?«

»Fahren Sie ein Stück vor, damit ich an die hinteren Ketten kann«, ordnete er an.

»Warum?«, fragte sie konsterniert, denn es hatte sie und Mila einige Mühe gekostet, die Dinger unter die zwei Reifen zu bugsieren. Allerdings hatten sie es nicht geschafft, sie festzuschnallen.

»Weil Ihr Wagen Vorderradantrieb hat, da machen wir nur vorne die Ketten dran.«

»Wieso nur vorne? Reicht das denn bei dem vielen Schnee?«, fragte sie besorgt und zog sich angesichts seiner Fahne ein wenig ins Auto zurück.

»Freilich.« Die Antwort kam kurz und präzise. Konstanze gehorchte umgehend, setzte den Wagen in Bewegung und fuhr ein Stückchen vor. Der Fremde hob die Hand, damit sie anhielt. Im Spiegel beobachtete sie, wie er sich nach den Ketten bückte. Mila stand bereits entspannt daneben, die Hände in die Taschen geschoben und augenscheinlich bereit, in wenigen Minuten zurück ins warme Auto zu steigen.

Plötzlich erhob der Mann sich aus der gebückten Lage. »Entschuldigung«, kam es gepresst und längst nicht mehr so forsch wie zu Beginn, dann machte er den Abgang, in einem Tempo, das man angesichts seines übernächtigten Gesichts nicht vermutet hätte. Mit anderen Worten, er verschwand hinter dem nächsten Busch, und dann ließ das Geräusch Mila wünschen, der Sturm würde an Lautstärke zunehmen. Es bestätigte ihren Eindruck, dass der Herr zu viel Alkohol genossen hatte.

Sie beobachtete aus den Augenwinkeln, wie er aufs Haus zueilte, und verdrehte die Augen. Dann machte sie sich wieder selbst ans Werk, ohne der Gestalt noch weitere Beachtung zu schenken. Tja, dachte sie, die Gentlemen von heute sind auch nicht mehr das, was sie mal waren.

Doch sie sollte sich widerlegt sehen, denn kurz darauf erschien ein zweiter Mann, die ältere und

gleichfalls attraktive, wenn auch weniger derangierte Variante des ersten. Eindeutig der Vater.
»Grüß Gott, mein Sohn lässt sich entschuldigen. Darf ich Ihnen derweil weiterhelfen?«, fragte er sehr höflich. Auch er wirkte übernächtigt, machte dennoch einen gepflegten und vertrauenerweckenden Eindruck, ohne Alkoholfahne.
Mila nickte erleichtert.
»Gestern gab's ein großes Fest für unseren Sohn, und die Feier dauerte etwas länger,« erklärte er ihr nur zehn Minuten später nach getaner Arbeit.
»Hauptsache, es hat Spaß gemacht«, lachte Mila.
»Wo soll's denn hingehen?«
»Zur Pension Zirler«, antwortete sie.
»Fein. Meine Eltern und mein Bruder Luis führen die Pension. Es wird Ihnen dort sicher gefallen. Kennen Sie den Weg?«
»Ich denke schon, wir haben ja ein Navi.«
»Immer geradeaus, Sie können es gar nicht verfehlen. Alsdann wünsche ich Ihnen einen schönen Aufenthalt.«
»Herzlichen Dank für Ihre Hilfe und auf Wiedersehen«, sagte Mila.
»Und fahren Sie langsam, wenn Sie zum ersten Mal mit Ketten unterwegs sind.«
»Werden wir machen.«
Er nickte. »Servus und einen schönen Urlaub. Vielleicht sieht man sich mal.«
Sie lächelte ihn freundlich an und stieg ins Auto. Er beobachtete, wie Konstanze vorsichtig anfuhr, dann drehte er sich um und verschwand in dem Hotel mit Namen »Lärchenhof«.

Ohne Probleme gelangten sie zur Pension Zirler. Von oben kam ihnen der Schneeräumer entgegen, gerade als sie auf den kleinen Parkplatz vor dem Haus fuhren.

Aufatmend stiegen sie aus. Und dann geschah das Wunder.

Mit offenem Mund, staunend und breit lächelnd sahen sie sich um. Der Schneesturm legte sich so prompt, wie er angefangen hatte. Die Wolkendecke war aufgerissen, und vor ihren Augen erstreckte sich ein prächtiger Flickenteppich, glänzten Pisten glatt wie Babypopos, erhoben sich steile und sanftere Berggipfel ringsum, wurden weiße Schneeflecken von Loipen durchschnitten, dann und wann verschlungen von kleineren und größeren Wäldchen, in denen sich verwunschene Wege versteckten.

»Gibt es einen wundervolleren Ausblick? Mein Gott, ich habe noch nie so was Schönes gesehen«, flüsterte Mila. »Ich frag mich, warum ich noch nie von dieser Alm gehört habe. Auch im Sommer muss es herrlich sein. Ach, es ist wirklich ein Traum!«

»Das kannst du laut sagen«, gab Konstanze ebenso leise zur Antwort. »Ich hab noch nie einen so blauen Himmel gesehen. Und das zehn Minuten nach dem heftigsten Schneefall, den ich je erlebt hab.« Lächelnd blickte sie den schwarzen Wolken nach, die sich Richtung Süden verzogen. »Hier gibt es ja wirklich alles, hohe Berge, weite Almen und Wälder. Weißt du was, Schatz?«, fragte sie gut gelaunt, »hier fahr ich nie wieder weg.«

»Ich glaub fast, da folge ich dir.« Mila nickte begeistert. »Bei uns zu Hause wartet man schließlich nicht auf uns, auch wenn du anderer Meinung bist.«

Konstanze war froh, dass der traurige Klang der letzten Wochen aus Milas Stimme verschwunden war, und legte ihr glücklich den Arm um die Schultern. »Dann komm, lass uns hineingehen.«

Das Haus hatte ein aus Feldsteinen gemauertes Erdgeschoss, die erste Etage mit dem umlaufenden Balkon und das Obergeschoss waren aus Holz. Die Balkone luden zum Sonnen ein, und das Dachgeschoss mit seiner Loggia wirkte gemütlich und würde einen himmlischen Rundumblick erlauben. Sie entdeckten die Klingel und läuteten. Keine Minute später wurde die Tür geöffnet. Und vor Konstanze stand ein Mann, so schön, so männlich, so ... aufregend, wie sie noch nie einen gesehen hatte. Sie schluckte trocken, dann gelang es ihr, den Mund wieder zu schließen, der ihr vor Bewunderung offen stand, und endlich bekam sie ihren Atem wieder unter Kontrolle. Doch ihre aufmerksame Tochter hatte die Situation im Griff.

»Hallo, guten Tag«, sagte Mila mit munterer Stimme und unterbrach damit die Stille, die weder ihre Mutter noch der Mann zu bemerken schienen, die lediglich einander anstarrten, als wäre ihnen ein Geist erschienen. »Wir sind Konstanze und Mila Sandtner aus Oldenburg. Wir haben bei Ihnen zwei Zimmer gemietet.«

Der Mann, Konstanze schätzte ihn auf Ende vierzig, vielleicht aber auch jünger, denn sein attraktives Äußeres ließ ihn alterslos erscheinen, fuhr sich durch seine dichten dunkelbraunen Haare, die in weichen Wellen seinen ausdrucksvollen Kopf umrahmten.

»Grüß Gott«, antwortete er, endlich aus seiner Sprachlosigkeit erwacht, doch der Blick aus seinen großen Augen lag dabei immer noch auf Konstanze.

Diese hatte den Eindruck, dass nicht nur ihr warm geworden war, sondern sich auch auf seinem Gesicht eine interessante Röte ausgebreitet hatte, die seine braune Gesichtsfarbe unterstrich und ein Leuchten in seine wundervollen braunen Augen zauberte. Oh mein Gott! Hatte sie sich jemals auf den ersten Blick verliebt? Nie! Na also. Selbst früher, bei ihrem Mann, war die Liebe langsam gewachsen, doch ihre körperlichen Veränderungen ließen momentan auf genau diesen Gefühlswirrwarr schließen. Sie blickte ihn an, er überragte sie nur unwesentlich, und hoffte, dass er nichts von ihrem inneren Aufruhr bemerkte. »Guten Tag«, brachte sie schließlich mit einem Lächeln heraus.

»Dann treten Sie doch ein«, sagte er mit seiner schönen Stimme, die weder zu tief noch zu hoch war und Konstanze erbeben ließ. Wer hätte gedacht, dass sie mit ihren fünfzig Jahren noch wie eine Siebzehnjährige reagieren konnte.

»Meine Mutter lässt sich entschuldigen, sie musste kurz weg, aber ich kann Ihnen auch die Zimmer zeigen. Sie liegen in der ersten Etage und haben beide einen Balkon nach Süden. Dort hat man einen schönen Ausblick.«

Gleich links vom Eingang öffnete er die Tür und wies in ein kleines gemütliches Zimmer. »Dies ist das Frühstückszimmer, vielmehr unser Aufenthaltsraum. Hier haben wir auch Bücher und Spiele und einen CD-Player. Natürlich ist WLAN vorhanden, und Fernseher sind in Ihren Zimmern. Frühstück gibt es ab acht Uhr und so spät Sie wollen, auch mittags. Wenn Sie dann nur Bescheid geben würden, dann kann sich meine Mutter danach richten, denn Sie sind die einzigen Gäste. Wenn Sie untertags Kaffee oder Tee möchten, können Sie sich hier jederzeit bedienen.« Er wies auf die Theke an der Schmalseite des hellen und freundlichen Raumes, auf der eine Kaffeemaschine bereitstand. »Und wenn Sie Lebensmittel haben, die gekühlt werden müssen, haben wir für unsere Gäste hier einen Kühlschrank, das heißt, Sie können hier jederzeit eine kalte Brotzeit zu sich nehmen.«

Konstanze schwieg. »Sehr schön«, sagte Mila.

Und dann folgten sie ihm die Holztreppe hinauf. Als er die erste Tür öffnete, die wie ein Bogen gearbeitet war, entfuhr Konstanze ein begeisterter Ausruf. »Das Zimmer ist wirklich sehr schön! Und dann erst dieser Blick«, setzte sie entzückt hinzu.

Er wandte sich nach links. »Das Bad befindet sich hier. Vorsicht, die Tür ist nicht sehr hoch.« Er öffnete sie, auch sie war nicht rechteckig, sondern bogenartig. In dem tatsächlich nicht sehr großen Raum stand zu Konstanzes Freude allerdings eine Wanne bereit, in der eine Familie ausreichend Platz für eine Wasserschlacht gefunden hätte.

»Wie eine Puppenstube! Ich bin ja so glücklich«, tat Konstanze ihre Begeisterung kund.

Mila warf ihr einen kurzen Blick zu. Im Gegensatz zu ihrer Mutter neigte sie nicht zu solchen Gefühlsausbrüchen.

Der Mann lächelte.

Auch Milas Zimmer war hübsch, allerdings mit modernen hellen Landhausmöbeln ausgestattet, während das von Konstanze noch altmodisches dunkles Mobiliar aufwies, und schien erst kürzlich renoviert worden zu sein.

»Also, Mama, ich denke, wir können froh sein«, sagte Mila mit einem Lächeln. »Ich will hier jedenfalls nie wieder weg.«

»Darüber können wir ja später noch reden«, gab der Mann schmunzelnd zur Antwort. »Aber vorher darf ich mich Ihnen erst vorstellen, entschuldigen Sie, hätte ich beinahe vergessen. Ich bin der Sohn des Hauses, Luis Zirler.«

Konstanze hatte Mühe, ihre Mimik unter Kontrolle zu bringen. Sie hätte ihn ewig anstarren können. »Freut mich.« Sie schüttelte seine große Hand, in die sich ihre eigene angenehm schmiegte, die Wärme seiner Finger genießend.

»Wenn Sie noch Fragen haben, können Sie sich jederzeit an meine Mutter wenden. Ich muss leider weg, aber sie ist sicherlich bald wieder da.« Er händigte ihnen zwei Schlüssel aus. »Dieser Schlüssel ist für das Zimmer und der für die Haustür.«

»Fein«, krächzte Konstanze.

»Da fällt mir ein – darf ich Ihnen noch beim Gepäck helfen?«, fragte er, als er schon im Flur stand.

Konstanze bemerkte, dass er es tatsächlich eilig zu haben schien, und winkte ab. »Danke, es geht wirklich. Wir haben nicht viel dabei.« Das war die Untertreibung des Jahres, angesichts der Trolleys, die es spielend mit den hübschen Übersee-Schrankkoffern von früher aufnehmen konnten. Plus einer Reisetasche mit Büchern sowie ihrem Netbook, während Mila nicht ohne ihr Tablet auf Reisen ging.

»Mama«, kam die bittende Stimme Milas, »vielleicht wäre es doch ganz nett, wenn Herr Zirler uns bei den großen Trolleys hilft – wir haben Steine gebunkert, und bis hier herauf wäre es doch eine schöne Plackerei«, sagte sie und schenkte Luis Zirler ihr hübschestes Lächeln.

»Aber sicher, kein Problem«. Er nickte, und dem strafenden Blick ihrer Mutter ausweichend, folgte Mila seinem raschen Schritt hinunter.

Er nahm die beiden Trolleys, packte sich noch die Büchertasche unter den rechten Arm, und ehe Konstanze protestieren konnte, eilte er wieder hinauf.

»Danke, das reicht.« Es war Konstanze ein wenig peinlich, dass sie mit Gepäck reisten, welches ihnen spielend zwei Winteraufenthalte ermöglichte. Einschließlich dem Frühjahr. Aber seit sie einmal in den Bergen bedrängt durch Lawinenabgänge drei ganze Tage in einem Hotel hatten verbringen müssen, in dem es weder Zeitungen noch Bücher zum Lesen gab, deckte sie sich mit Lesestoff immer so ein, dass sie spielend drei weitere unfreiwillige Aufenthalte hätte überstehen können.

»Der Rest ist wirklich nicht schwer«, versuchte Konstanze ihn jedoch zurückzuhalten, als er hinunter zum Auto kam und sich drei weiterer Taschen bemächtigte.

»Geht schon, so eilig hab ich's auch nicht«, sagte er und eilte hinauf, als trüge er lediglich zwei Semmeltüten und nicht Taschen mit Winterstiefeln, Skischuhen, Langlaufschuhen und Hausschuhen. Als das Gepäck, bei dem Konstanze schleierhaft war, wie es in dem kleinen Wagen überhaupt Platz gefunden hatte, in die jeweiligen Zimmer hinaufgeschafft war, verabschiedete er sich. »Dann also einen schönen Aufenthalt«, sagte er zum Abschied nickend.

Nachdem er das Zimmer verlassen hatte, versagten Konstanzes Beine ihren Dienst. Sie fiel auf ihr Bett. »Schatz, hast du jemals einen so schönen Mann gesehen?«, brachte sie kurzatmig hervor und legte die Hände auf die heißen Wangen.

Mila begann schallend zu lachen. »Ja, aber er ist tatsächlich ein außergewöhnliches attraktives Mannsbild«, erwiderte sie fröhlich.

Konstanze schmunzelte. »So sind sie, die Tiroler Buam, ich ahnte es gleich.«

»Die du ja gut zu kennen scheinst – trinkfest und von Dauer. Aber er passt auch wirklich perfekt in dein Beuteschema. Kräftig, dunkelhaarig mit Locken. Papa hatte schon recht, als er meinte, er sei ein Ausrutscher in der Wahl deiner Männer gewesen.«

Konstanze lachte. »Und seine braunen Augen nicht zu vergessen, Schatz. Außerdem sind seine Haare nicht lockig, sondern nur wellig. Papa war wirklich der einzige Blonde, der mich je interessiert hat. Abgesehen davon, woher willst du mein Beuteschema kennen?«

»Ich bin schließlich seit fünfundzwanzig Jahren deine Tochter und kenne mich aus mit dir.«

»Dein Vater war aber auch ein schöner Mann«, sinnierte Konstanze. »Ein dänischer Hüne mit exakt so weizenblonden Haaren, wie du sie hast, und genauso glatt wie Spaghetti. Außerdem war er einen Kopf größer als dieser Mann. Ach, ich hab wirklich das Gefühl, dass tolle vier Wochen auf uns warten.«

»Die Zimmer sind klasse, jedenfalls meins. Deines ist ja ein bisschen dunkel ...«

»Mir gefällt's«, unterbrach Konstanze sie.

»Und die Gegend ist einfach fantastisch, ich geb dir in allem recht, Mama. Wir werden uns mit guter Alpenküche mästen, die Männer aus der Gegend anlocken und es krachen lassen.«

»Aber so richtig«, pflichtete ihr Konstanze bei, der große Partys oder gar Barbesuche ein Gräuel waren und die zu Hause abends kaum ausging, von wenigen Restaurantbesuchen mit ihren Freundinnen abgesehen.

»Was ist? Wollen wir erst auspacken oder erst was essen gehen?«

»Erst essen«, entschied Konstanze.

»Hier gleich gegenüber ist ein nett aussehendes Hotel, da kriegen wir sicher was Feines.«

»Einverstanden.«

Sie schlossen die Zimmertüren, liefen die Treppen hinunter und traten vor die Tür. Es war bitterkalt, doch das schöne Wetter erfreute ihr Herz.

Im Hotel »Zirler Hof« gegenüber aßen sie zu Mittag, dann begaben sie sich zurück in die Pension.

»Frau Zirler kann uns sicher sagen, wo wir in der Nähe einen Laden finden, in dem wir fürs Abendessen Brot, Wurst und Käse kaufen können«, sagte Konstanze nachdenklich. »Der nette Herr Zirler sagte ja, dass wir die Stube ruhig in Anspruch nehmen können. So würden wir ein bisschen sparen.«

»Ich fürchte, da müssen wir mit dem Bus runterfahren«, antwortete Mila. »Mir ist weit und breit kein Lebensmittelladen aufgefallen.«

»Macht ja nichts, die Busse hier fahren ziemlich oft, wie ich im Internet gelesen habe.«

»Das werden wir ja in den nächsten vier Wochen noch erkunden können.«

Sie gingen in ihre Zimmer, um die Koffer auszupacken und zu ruhen, und verabredeten, am späten Nachmittag nach Compatsch zum »Platzl«, dem Zentrum der Alm zu laufen, wo sie sich in der Touristeninfo mit Informationen über Skikurse, Busabfahrtszeiten, Pferdeschlittenfahrten und Einkaufsmöglichkeiten eindecken wollten. Tatsächlich stellte sich dabei heraus, dass sie zum Einkaufen ganz hinunter ins »Dorf«, wie der Talort Kastelruth genannt wurde, fahren müssten. Doch sie entschieden, dass sie damit bis Montag warten wollten, denn für heute hatten sie genug vom Fahren. Am Abend würden sie schon nicht verhungern.

Dann wanderten sie gemächlich auf einem bequemen Forstweg zu einer etwas höher gelegenen Hütte, in die sie einkehrten. Diese befand sich oberhalb einer Sesselbahn, welche wegen ihrer einzelnen Sitze inzwischen nur noch benutzt wurde, um hinauf zu einer beliebten Schlittenabfahrt zu gelangen, da sie dem heutigen Ansturm der Skifahrer nicht mehr gewachsen war. Dies erfuhren die beiden Frauen vom Liftboy, genauer dem Inhaber des Lifts, einem ungefähr vierzigjährigen Mann, dessen großen Kopf eine zu kleine Pudelmütze bedeckte, unter der dunkle Locken hervorquollen, und dessen Gesichtszüge sich unter einem wirren Vollbart versteckten.

Am frühen Abend kehrten sie erwärmt von einem starken Grog und satt von einer deftigen Speckplatte zurück von ihrem ausgedehnten Spaziergang. Überall leuchtete es aus den Fenstern der Hotels, Pensionen und mit Tannengrün, Sternen und Lichterketten geschmückten Ferienhäuser in die Dunkelheit hinaus. Vor einzelnen Türen privater Häuser standen Windlichter und vermittelten ein Bild heimeliger Stimmung und Gemütlichkeit. Der böige Wind des Tages hatte sich gelegt, und blau schimmernde Sterne blitzten auf. Eine Weile stapften sie schweigend durch den knirschenden Schnee und lauschten dem ihren städtischen Ohren ungewohnten Geräusch.

Mila spürte, dass sich ihre Mutter bereits jetzt ebenso entspannte wie sie. Es war eine gute Idee gewesen, dieser Winterurlaub. »Was hast du morgen vor?«, erkundigte sie sich.

Konstanze zuckte die Schultern. »Ich werde es langsam angehen lassen. Ich bin noch nicht sicher, ob ich mich schon wieder auf Alpinski traue oder doch lieber die erste Woche nur langlaufen soll. Und du? Wirst du dich zum Skikurs anmelden?«

»Ja, ich denke schon. Es ist ewig her, dass ich Ski gelaufen bin, und im Kurs macht es mehr Spaß.«

»Finde ich auch.«

»Dann komm doch mit«, versuchte Mila, ihre Mutter zu animieren.

Doch Konstanze schüttelte den Kopf. »Ich habe ehrlich gesagt keine Lust, jeden Morgen pünktlich um neun auf der Matte zu stehen. Ich will frei sein. Viel spazieren gehen, mir die Loipen anschauen, fotografieren. Mir wird schon nicht langweilig werden.«

»Dann stört es dich also nicht?«

Konstanze umfasste lächelnd ihre Schultern. »Mach, worauf du Lust hast. Du solltest doch wissen, dass deine Mutter keine Langeweile kennt.«

Mila nickte. Sie war froh, dass ihre Mutter in der Tat so unkompliziert war. Konstanze wusste sich immer zu beschäftigen.

»Montagmorgen werde ich mit dem Bus runter ins Dorf fahren und uns Brot und Aufschnitt besorgen. Du kannst dich ja morgen schon für den Kursus anmelden.«

Mila nickte.

»Ich bin so froh, dass wir hier sind«, sagte Konstanze seufzend. Der Aufenthalt in den Bergen würde ihnen neuen Schwung geben und helfen, die traurigen Ereignisse der Vergangenheit besser zu überwinden.

5

Am späten Nachmittag desselben Tages schloss Roman hinter dem letzten Kunden die barocke Eichentür seiner Apotheke in Bozen. Nun war also wirklich Schluss. Er bemerkte beinahe selbst erstaunt, wie gelassen, nein heiter, er diesen neuen Lebensabschnitt begrüßte. Aber er hatte ja auch Zeit genug gehabt, sich auf sein Leben im Ruhestand vorzubereiten.

Mit seinen dreiundsechzig Jahren fällte er die Entscheidung, zu gehen. Er wollte mehr Freizeit, hatte einfach keine Lust mehr, länger den ganzen Tag in der Apotheke zu stehen. Er würde sich nicht langweilen, schließlich war er gesund, immer noch recht fit, ohne Knie-, Hüft- oder Rückenschmerzen, und liebte die Bewegung an der frischen Luft. Mit ein paar guten Freunden spielte er regelmäßig Karten, oder er genoss ihre Begleitung, manchmal, wenn er Lust dazu hatte, auf seinen Spaziergängen oder beim Skilanglauf auf den ausgedehnten Loipen der Alm. Und außerdem gab es das Lesevergnügen in seinem gemütlichen Heim, wenn der Wettergott sich einmal für allzu grausiges Wetter entschied und ihn ans Haus fesselte.

Hannerl, seine langjährige Helferin, die intelligent und patent genug gewesen wäre, eine Apotheke zu führen, sich jedoch das lange Studium nicht hatte leisten können, hatte für ihn eine kleine Abschiedsfeier mit befreundeten Ärzten und langjährigen Kunden organisiert. Und nun bestand sie darauf, die Gläser und die kleine Küche noch zu wienern. Doch die letzte Viertelstunde wollte er allein in den vertrauten Räumen verbringen, seinen eigenen kleinen Abschied feiern.

Er nahm sie bei den mageren Schultern und zog sie von der Spüle fort. »Hannerl, jetzt mach endlich Schluss. Alles ist blitzblank.«

»Na, gut, wenn du meinst«, antwortete sie offenbar bedrückt. Ihre aufgesetzte Heiterkeit an diesem Abend hatte ihn nicht täuschen können. Heute wirkte sie nicht so eindrucksvoll und schlank wie sonst, sondern hager, fast eingefallen und älter als fünfundsechzig. Nicht wenige Kunden hielten sie für die Apothekerin. Sie überragte seine eins zweiundachtzig um gut und gerne fünf Zentimeter. Auch ihre Haare, die sie immer noch sorgfältig schwarz färbte, schienen glanzlos, und das Rot ihrer Wangen war verschwunden. In all den Jahren hatte er sie nicht einen Arbeitstag ohne Wimperntusche, Lippenstift und Rouge erlebt. Ihre Disziplin war der seinen haushoch überlegen. Ebenso ihr Pflichtbewusstsein.

»Dann ist das jetzt also wirklich der Abschied.« Ihre Stimme klang so müde, wie sie aussah.

»Ja, Hannerl, so ist es. Das ist der Lauf der Dinge. Tu mir einen Gefallen, und genieße die Zeit, die du endlich für dich hast.«

»Oh freilich, wird mir mal ganz guttun. Die ewige Steherei und das Schleppen haben meinen

Rücken ruiniert. Manchmal war es halt doch viel, aber ich will ja nicht klagen«, fügte sie rasch hinzu.

Oh nein, wirklich nicht, dachte Roman ein wenig spöttisch. Ihre Opfermiene und der wehleidige Zug um ihre Mundwinkel, der sich in sturer Regelmäßigkeit verstärkte, sobald er sich nach ihrem Befinden erkundigte, würden ihn nun nicht mehr länger verfolgen.

»Hannerl, ich möchte dir nochmals für alles danken, was du für mich und die Apotheke geleistet hast«, bekundete er rasch. Hannerl wäre für ihn durchs Feuer gegangen, er wusste es wohl.

»Ach, ich hab doch nur meine Pflicht getan«, antwortete sie bescheiden, doch ihre Augen leuchteten. »Dann bleibt mir also nur, Ade zu sagen«, sagte sie ein wenig aufgesetzt.

»Nein, ich sage Servus. Wir werden uns ja wohl hoffentlich noch ab und zu sehen«, sagte er mit so viel Herzlichkeit, wie er aufbringen konnte.

»Wer weiß, wie viel Zeit uns noch bleibt«, bemerkte sie gerade so, als würden sie beide morgen tot umfallen.

»Das weiß niemand, aber ich bin guten Mutes, dass wir beide noch recht lange das Leben im Ruhestand genießen können«, entgegnete er betont munter.

Sie reichten sich die Hände zum Abschied, verzichteten auf eine Umarmung. Es war sowieso nicht ihre Art, jeden automatisch in die Arme zu schließen und gar zu küssen, kaum dass man einen ersten Blick auf sein Gegenüber geworfen hatte. Das wäre ihnen beiden allerdings auch höchst unpassend erschienen. Er war der Chef, sie die Angestellte. Punkt.

Vor zwei Jahren hatte er ihr angeboten, nur noch halbtags zu arbeiten. Als Dank hatte sie drei Tage lang nicht mit ihm gesprochen. Schweigen war ihre Waffe, und wie immer hatte er als Erster fast auf Knien um Versöhnung gebeten und sie so lange bedrängt, bis sie endlich einlenkte. Sie fürchtete, für ihn als Mitarbeiterin zu alt zu sein und dass er sie gegen eine Jüngere austauschen wollte. Nun, das war nie seine Absicht gewesen, und er hatte sein Bestes gegeben, sie zu beruhigen.

Als sie vor zweiunddreißig Jahren in der Apotheke anfing, hatte sie sich sofort in ihn verliebt. Natürlich hatte er es bemerkt, ihre Liebe aber einfach nicht erwidern können. Genauer gesagt, es nie geschafft, die Liebe einer Frau zu erwidern. Er war ein Einzelgänger, gewissermaßen bindungsunfähig, sinnierte er, und sich trotz einsamer Stunden in der Jugend gewiss, dass dies leichter zu ertragen sei als eine Ehe. Die Ehe seiner Eltern hatte ihn abgeschreckt und er sich irgendwann an das Single-Dasein gewöhnt. Inzwischen lebten auch seine Eltern nicht mehr, und er wohnte allein in ihrem Haus, was auch gewöhnungsbedürftig war. Aber das würde er schon schaffen. Geschwister, mit denen er dieses schöne Erbe gerne geteilt hätte, gab es ja leider keine.

Als Hannerl endgültig hinausgegangen war, ging er ein letztes Mal durch die Räume. Er hatte die Apotheke gut verkauft sowie ohnehin schon ein sattes Vermögen angespart und war nun in der Lage, einem angenehmen Leben in Gesundheit, Wohlstand und Frieden entgegenzusehen.

Ohne Wehmut schloss er ab und warf den Schlüssel in den Briefkasten. Sein Nachfolger besaß ja bereits den Zweitschlüssel.

Da er kaum getrunken hatte, fuhr er mit dem Auto hinauf auf die Alm. Zuerst die vierzig Minuten von Bozen nach Kastelruth und dann noch einmal zwanzig Minuten bis zu seinem Haus auf der Seiser Alm. Wie oft er diese Strecke in den letzten Jahrzehnten zurückgelegt hatte! Morgen begann die heimelige Adventszeit, und zur Freude aller war es bereits seit vielen Tagen kalt genug für die Schneekanonen. Und später kam der Neuschnee, sodass man beginnen konnte, die Pisten zu präparieren. Er war ein guter Skiläufer und stellte sich noch jedes Jahr auf die Bretter. Jetzt würde er sehr viel mehr Zeit haben, diesem Hobby zu frönen.

Die Straße zur Alm war menschenleer. Die weiß verschneiten Berge leuchteten in der sternklaren Nacht unwirklich und in strenger Schönheit. Schon morgen würde er sein altes Hobby wiederaufzunehmen: das Fotografieren, entschied er – die zauberhafte Bergkulisse bot ja nun ausreichend attraktive Motive. Dazu würde er das Angebot von Rolf Unger, dem Sohn seines Spezis Sepp, annehmen, einen seiner Fotokurse zu besuchen. Der Mann versuchte seit einiger Zeit, von seiner Fotokunst zu leben, und konnte jeden Kunden gebrauchen. Und ihm würden ein paar Tipps vom Profi nicht schaden.

Schließlich erreichte er sein Elternhaus. Es strahlte eine zeitlose Schönheit aus, wie alle alten Bauernhäuser. Seine Eltern waren Milchbauern gewesen, und erst nach Mutters Tod hatte sein Vater sich endgültig vom Vieh getrennt. Damals, als Roman die Apotheke angeboten worden war, erschienen seine Aussichten, sich erfolgreich selbstständig zu machen, gleich null. Nur der schwere Entschluss seines Vaters, der Familie Zirler für den Bau ihres Hotels ein Stück Land zu verkaufen, hatte ihm dies ermöglicht. Eine Entscheidung, die auch von seiner Mutter vorbehaltlos begrüßt worden war. Für ihre Familie ging sie durchs Feuer. Sein Vater war notgedrungen in die bäuerlichen Fußstapfen seiner Familie getreten, weil man ihm keine andere Wahl gelassen hatte. Aus dieser Erfahrung heraus zeigte er großes Verständnis für den Berufswunsch seines Sohnes und unterstütze ihn aufrichtig, als dieser entschied, zu studieren.

Das würde er den Eltern nie vergessen. Es war traurig, dass er sich jetzt, mit einem solchen Mehr an Freizeit, nicht mehr um sie kümmern konnte.

Er parkte das Auto im ehemaligen Viehstall. Draußen herrschten einige Grad unter null. Die eisige Luft tat ihm gut, doch da es bereits elf Uhr war, entschied er sich gegen einen Abendspaziergang. Dazu standen ihm demnächst ausreichend Tage zur Verfügung.

Er betrat die geräumige Diele des Bauernhauses, zog sich Mantel und Schuhe aus und ging auf Socken in die Küche. Alles an diesem Haus war wohlproportioniert und praktisch. Die Fenster hatten die richtige Größe und verfügten dank der dicken Mauern über breite Fensterbretter, auf denen er Blumen zog, die sich in seiner Gesellschaft augenscheinlich sehr wohlfühlten. Er schlief im ersten Stock in einem großzügigen Zimmer, das er gemütlich mit Tisch, Sessel, Stehlampe und kleinem Bücherregal ausgestattet hatte, auf dem ein modernes Radio und ein kleiner Fernseher standen, über dessen Sendungen er beständig einschlief – sofern er ihn einschaltete, was durchaus nicht die Regel war, denn er las gern. Neben angeschlossenem Bad gab es den Luxus eines Ankleidezimmers und einer Bibliothek, die er auch als Arbeitszimmer nutzte. Unten befanden sich Küche und Wohnzimmer sowie das ehemalige große Schlafzimmer seiner Eltern, das jetzt als Gästezimmer hergerichtet werden konnte – wozu er bisher jedoch weder Zeit noch Lust gehabt hatte. Hinter der Küche lag die Waschküche, ferner ein Bereich, den er »Gartenzimmer« titulierte, in dem die Gartenstiefel, Gartenkleider und Sonnenhüte sowie sein geliebter Rotwein lagerten und wo es einen großen Spülstein aus Granit zum Säubern der Schätze gab, die er dem Gemüsegarten abtrotzte. Die im Dachgeschoss gelegenen zwei weitläufigen Zimmer mit Duschbädern waren an Feriengäste vermietet worden, womit die Familie das Einkommen aufgebessert hatte in den Jahren, als man sein Studium finanzierte und sie das Darlehen für die Apotheke abbezahlten. Diese standen allerdings seit Langem schon leer. Er hatte seine Wohnung nach seinen Bedürfnissen eingerichtet – nicht zu viele Möbel, alles luftig und hell.

Er holte den geöffneten Rotwein von gestern und ein Glas aus der Küche, stieg die Treppe hinauf ins Schlafzimmer und setzte sich in seine Leseecke am Fenster. Nachdem er sich Wein eingeschenkt hatte, stellte er beide Füße auf den bequemen Schemel und blickte zufrieden hinaus auf die Häuser in der Nachbarschaft: das Hotel der Familie Kurt und Karla Zirler und das Haus, in dem Kurts Bruder, Luis Zirler, mit den Eltern wohnte, alle gute Freunde von ihm. Behaglich hing er seinen Gedanken nach.

Plötzlich musste er an seinen Vater denken. Er ließ noch einmal das Gespräch, das sie beide kurz vor dessen Tod ein Vierteljahr zuvor geführt hatten, Revue passieren.

»Ich fürchte, deine Mutter und ich sind schuld an deiner Ehelosigkeit«, hatte Paul kurz nach dem Unfalltod seiner Frau vor über einem Jahr gemeint, als sie bei einer Flasche Wein im Erker ihres Wohnzimmers beisammensaßen, vertrauter als sie es je zu Lebzeiten der Mutter gewesen waren.

Roman hatte keine Lust, dieses Thema mit seinem Vater zu besprechen, und in der Hoffnung geschwiegen, jener begreife, dass ihm nicht nach irgendwelchen ehelichen Vertraulichkeiten der Sinn stand.

»Irmgard war eine gute Hausfrau und Mutter, aber als Ehefrau war sie schwierig«, fuhr sein Vater jedoch fort. »So lieb sie auch sein konnte, sie bedeutete für mich manches Mal schlicht die Hölle, das ist die einzige Entschuldigung, die ich für meine Verfehlungen anbringen kann. Denn glaub mir, ein Engel war sie wahrlich nicht.«

Lass gut sein, ich weiß es doch, bat Roman im Stillen in einem Anflug von Verzweiflung.

Doch sein Vater schien von dieser Bedrücktheit nichts zu spüren, sondern fuhr fort: »Nie konnte ich es ihr recht machen. Wenn ich ihr Blumen kaufte, klagte sie einen Tag später, dass ich ihr das Haushaltsgeld nicht erhöhte. Erhöhte ich daraufhin das Haushaltsgeld, stöhnte sie, dass ich nie Zeit für sie hätte. Wenn ich dann einen Urlaub vorschlug, reagierte sie unwirsch und meinte, abgesehen davon, dass wir uns dafür nach einer Aushilfe fürs Vieh umschauen müssten, warte später die doppelte Arbeit auf sie. Dabei hatte sie nur ihren Haushalt zu führen, wobei ihr die Putzfrau in den letzten Jahren das Grobe abnahm. Natürlich war es in den Anfangsjahren mit den Gästen Mehrarbeit für sie, aber in den letzten zwanzig Jahren hatten wir die Zimmer, wie du weißt, in Ferienwohnungen umgewandelt, die nach Abreise der Gäste von der Putzfrau in Ordnung gebracht wurden. Ums Vieh und den Hof überhaupt hab ich mich ganz allein gekümmert.«

»Ich weiß«, erwiderte Roman leise. Im Grunde war seine Mutter immer latent unzufrieden gewesen, doch beiden Männern war es nicht gelungen, diesen Zustand zu ändern. Er vermutete eine versteckte Depression, doch als er in einer stillen Stunde seine Mutter darauf ansprach, hatte sie diesen Gedanken als Torheit dargestellt und professionelle Hilfe voller Wut abgelehnt. Depressionen gehörten bei ihr zu Krankheiten, die auf purer Einbildung beruhten und nur Menschen widerfuhren, denen es zu gut ging. Oder die sich langweilten. »Und das tu ich ja wohl weiß Gott nicht«, hatte sie ihn angefahren in einem Ton, der jedes Widerwort verbot.

Sein Vater hielt einen Moment inne, dann fuhr er bekümmert fort: »Du entsinnst dich sicherlich an unser letztes gemeinsames Weihnachtsfest. Da schenkte ich ihr eine wirklich teure Kette, und wie reagierte deine Mutter? Ihre Antwort lautete, man könne auch einmal etwas anderes schenken als immer nur Schmuck. Dabei war das nur die passende Kette zu dem Armband, das ich ihr zum Geburtstag geschenkt hab. Und so ging es immer.«

Roman sagte zu alledem nichts. Das letzte Weihnachtsfest mit seiner Mutter war wirklich nicht sehr angenehm gewesen, wie so oft in all den Jahren. Es fiel ihr halt schwer, Geschenke anzunehmen – sie enthoben sie ihrer Opferrolle, und das hatte sie nicht zulassen können. Wirklich glücklich oder zumindest zufrieden war Irmgard nur, wenn er oder sein Vater Schwäche gezeigt hatten, im Krankheitsfall oder in früheren Jahren, als Roman auf die finanzielle Unterstützung seiner Eltern angewiesen war. Dann lebte sie auf, war zur Stelle, verschenkte ihr letztes Hemd oder verbrachte Nächte, um einen Angehörigen zu pflegen. Doch wehe, man versäumte, ihr für jede Kleinigkeit auf Knien zu danken und stetig zu versichern, dass sie ein Engel sei. In der Tat hatte er es nie erlebt, dass sie einen Fehler eingestanden hätte. Niemals.

Sein Vater Paul hatte recht. Natürlich war auch er kein Heiliger gewesen, aber er hatte sich Mühe gegeben, eine gute Ehe zu führen. Der Mutter konnte einfach nichts und niemand etwas recht machen. Nein, eine Ehe wie die seiner Eltern, darauf konnte Roman verzichten.

»Und trotz ihrer Nörgelei – ich liebte sie wie keine andere«, hatte der Vater dennoch gesagt. »Für uns beide wäre sie durchs Feuer gegangen.«

Als Roman aufatmete, im Glauben, die Analyse der elterlichen Ehe habe endlich ein Ende gefunden, kam das Finale, das ihn dann doch niederschmetterte.

»Ob alles anders verlaufen wäre – wer weiß es? Vielleicht bin ich ja schuld an meinem ... an unserem Unglück.«

Paul hielt inne und Roman betete, er möge Schluss machen. »Lass gut sein, Vater, es ist ja nichts mehr zu ändern.«

Doch der Vater wollte augenscheinlich eine Beichte loswerden, und so ergab sich Roman in sein Schicksal und lauschte den leisen, abgehackten Worten.

»Einmal, und ich schwöre, dass es nur einmal geschah, wurde ich deiner Mutter untreu.«

Roman schnappte unhörbar nach Luft. Damit hatte er wirklich nicht gerechnet. Der normalerweise kräftige Tonfall von Pauls Stimme hatte jetzt den Klang eines gebrechlichen Neunzigjährigen angenommen, bemerkte er voller Trauer.

»Maria war ein süßes Mädchen aus Oldenburg, einem Ort im Norddeutschen«, fuhr Paul fort. »Es war nur eine gemeinsame Nacht. Eine Nacht, in der mir deine Mutter gestanden hatte, in unserer Ehe nicht glücklich zu sein. In dieser Nacht wurde ich schwach und verbrachte sie mit einem unserer weiblichen Gäste. Eine Trennung meinerseits von deiner Mutter wäre nie in Betracht gekommen, nicht wegen des Geredes der Leute, das kannst du mir glauben. Und ich war mehr als dankbar, dass sie ebenfalls von einer Scheidung abgesehen hat. Nein, aus dem einfachen Grund, dass ich mich nie von dir hätte trennen können«, setzte er mit glänzenden Augen hinzu, zog sein Taschentuch hervor und schnäuzte sich. »Aber ganz ehrlich, ich bereue es noch heute, ihr später meinen Fehltritt mit Maria gebeichtet zu haben. Das war neben diesem einen Fehltritt der größte Fehler meines Lebens.«

»Vater, ich hab in all den Jahrzehnten immer empfunden, dass du ... dass ihr beide euch die größte Mühe gegeben habt, dass eure Ehe funktioniert«, bemerkte Roman in dem zaghaften Versuch, seinen Vater zu trösten.

Paul schenkte ihm ein Lächeln und nickte bedächtig. »*Er war stets bemüht ...* So steht es im Schulzeugnis, wenn es dennoch nichts genützt hat.«

»Ach, Vater.«

»Wart, ich hab noch ein Foto von ihr, von Maria, unserem Gast. Sie war mit einer Freundin da, und ich machte dieses Foto ... als Erinnerung, denn es sind sehr schöne Stunden gewesen.« Er stand auf und ging ins Schlafzimmer. »Deine Mutter hat es zum Glück nie gefunden, und es wegzuwerfen, konnte ich mich nicht überwinden.« Mit diesen Worten zeigte er Roman mit zittriger Hand ein altes Polaroidfoto. »Maria hat das gleiche von mir geschenkt bekommen«, fügte er hinzu.

Roman betrachtete es schweigend. »Sie ist hübsch.«

»Ja, das war sie.«

»Hast du nie wieder von ihr gehört?«

Paul stutzte einen winzigen Moment. »Doch. Einmal noch. Und das war …, als sie mir mitteilte, dass diese eine Nacht nicht ohne Folgen geblieben ist.«

Romans Kopf fuhr hoch. »Oh!, … Das ist aber … wirklich … äh … Das … das bedeutet mithin …«

»… dass du einen Halbbruder oder eine Halbschwester hast. Ja!« Paul nickte.

Roman fuhr mit den Händen durch seinen dichten Haarschopf. »Du meine Güte«, brachte er schließlich hervor. Da musste er dreiundsechzig Jahre alt werden, bis er erfuhr, dass es einen Halbbruder oder eine Halbschwester gab. Er war sprachlos. Beide saßen einen Moment stumm beisammen. Draußen heulte ein gewaltiger Schneesturm, und die Uhr an der Wand tickte leise wie immer. »Und du hast nie wieder den Kontakt gesucht? Oder sie finanziell unterstützt?«, fragte er schließlich.

»Ich hab's natürlich angeboten, doch Maria war ja schon mit dem anderen Mann zusammen …

und … wollte das Kind mit ihm großziehen, ohne dass ich in irgendeiner Weise dabei ins Spiel kam.«

»Na, die war ja mutig«, rief Roman. Ihm fehlten immer noch die Worte.

»Sie schrieb, dass sie ihrem Verlobten verschweigen wolle, dass er nicht der biologische Vater des Kindes sei. Damals war ich ehrlich gesagt ein bisschen froh, dass es so gelaufen ist«, gestand Paul leise.

»Hast du denn erfahren, wie sie nach ihrer Heirat hieß?«

»Nein, ich habe mich nach ihrem einzigen Brief an mich nie mehr bei ihr gemeldet. Wohlgemerkt auf ihren ausdrücklichen Wunsch«, schickte er hinterher. »Außerdem kam der Brief hier ohne Absender an. Ich wusste nur, dass sie in Oldenburg lebte.«

»Wie war ihr Mädchenname?«

»Maria Schmidt.«

»Wenn ich jetzt also Kontakt zu meinem Bruder oder meiner Schwester aufnehmen wollte, hätte ich keine Chance«, sagte Roman mehr zu sich selbst.«

»Ja, willst du das etwa?«, fragte Paul alarmiert.

»Keine Sorge, Papa, das hab ich nicht vor«, antwortete Roman beschwichtigend.

»Gott sei Dank. Hätte ja sein können, dass dein Ansinnen in dem Fall möglicherweise zu viel Staub aufwirbeln könnte.«

Roman merkte, dass es ihm wohl tatsächlich gelungen war, seinen Vater zu beruhigen. Nein, er hatte auch nicht vor, für Unruhe zu sorgen.

Sie schwiegen erneut, allein die geheimen Geräusche des alten Hauses waren ihre vertrauten Begleiter.

Als Roman soeben aufstehen wollte, um den Tag endgültig zu beschließen, fuhr sein Vater mit heiserer Stimme fort: »Weißt du, was ich am allermeisten bedauere? Die Tatsache, dass wir am Tag ihres Unfalls diese schreckliche Auseinandersetzung hatten.«

Roman betete, dass sein Vater ihm jetzt nicht wieder von diesem Streit erzählen würde, über dessen genauen Inhalt er ohnehin nichts wusste und wissen wollte. Es war Pauls gehütetes Geheimnis, doch klar, dass jeder, der nach einer heftigen Auseinandersetzung den oder die Liebste verlor, sich Vorwürfe machte. Aber er musste jetzt wirklich nicht seinem Vater erneut sein Ohr für diese weitere Beichte leihen. Er wusste, dass Paul sich diesen Streit nicht verzieh. Dennoch, es reichte für heute.

Der Vater schien seine Gedanken lesen zu können, jedenfalls verfiel er erneut in Schweigen.

Roman nutzte die Chance, ergriff die Hand seines Vaters. »Lass gut sein, Papa. Es ist ohnehin nichts mehr zu ändern. Wir alle müssen uns am Ende des Lebens etwas verzeihen, was wir liebend gern ungeschehen gemacht hätten. Ich glaube, niemand verliert einen Angehörigen, dem er ausnahmslos guter Freund, liebender Ehemann, Bruder oder Kollege war. Wir sind alle keine Engel.«

Eine Binsenweisheit, dachte er seufzend, aber wie könnte er auch seinen Vater sonst trösten?

»Du hast recht, mein Sohn«, ächzte Paul.
Die Stimme seines Vaters schien jeden Moment zu brechen. Oh nein, bitte nicht! Roman wagte kaum, ihm in die Augen zu sehen. Aber da hob Paul sein Glas: »Auf die Liebe.«
»Auf die Liebe.«
Roman atmete auf. Und dann tat er etwas, was er schon lange nicht mehr getan hatte: Er umarmte seinen geliebten Vater. Dann drehten sich beide wortlos um, ließen die Gläser stehen, was normalerweise nicht ihre Art war, und gingen in ihre Zimmer, um zu schlafen – wobei sie die ersehnte Ruhe wahrscheinlich beide nicht so rasch finden würden, so aufgewühlt, wie sie waren.

Roman trank sein Glas leer und schaute auf die Uhr. Fast zwölf. Aber er war trotzdem noch hellwach. Und so füllte er sein Glas mit dem Rest des trockenen Rotweins, nahm ein Buch aus dem Regal und las. Gegen eins hatte er die nötige Bettschwere. Er legte das Buch beiseite. Wieder fiel ihm dieses besondere Gespräch mit seinem Vater ein. Und dann fällte er einen Entschluss. Gleich morgen würde er damit beginnen, diese Maria ausfindig zu machen. Das Internet machte so vieles möglich.

Der folgende Morgen kam, und Roman ließ den PC links liegen. Was für ein Unsinn, nach dieser Frau suchen zu wollen, wenn sie überhaupt noch lebte, denn sie schien gleichaltrig mit dem Vater. Wem würde dies etwas nützen?

Ihm selbst, beantwortete eine leise Stimme in seinem Innersten diese Frage. Ja, er wäre schon neugierig auf diesen Halbbruder oder die Halbschwester. Aber selbst wenn die Suche erfolgreich wäre, würde er möglicherweise in eine Familie hineinplatzen, die von diesem Fehltritt keine Ahnung hatte – und nicht überall wäre da die Freude so groß wie bei ihm, denn er hatte als Kind immer Geschwister vermisst. Nein, diese unsinnige Idee würde er nicht weiterverfolgen, überlegte er und spürte bei aller Neugierde doch auch eine Erleichterung, die ihm die Richtigkeit seines Entschlusses vor Augen führte.

6

Am Morgen des ersten Advents betraten Mila und Konstanze den Aufenthaltsraum und blieben einen Moment am Eingang stehen.

»Hm, es duftet nach Äpfeln und Nüssen«, sagte Mila.

»Und nach frischen Kiefernzweigen.« Konstanze nickte lächelnd und wies auf die runde Vase auf dem Tisch, in der die Zweige ihren Duft verströmten, gemeinsam mit den rotbackigen Äpfeln in einer ovalen Holzschale. »Wie hübsch das Zimmer dekoriert ist, alles ganz natürlich, nichts ist überladen.«

In der Stubenecke stand unter dem Herrgottswinkel auf einem Tisch ein prächtiger Adventskranz mit roten Kerzen und Schleifen. Die breiten Fensterbänke aus Holz schmückten Bergkiefern mit aufgesprungenen Zapfen sowie Nüssen aller Art.

Es war gerade neun Uhr, recht früh für Ferien, empfand Konstanze, aber Mila, die Ungeduldige, wollte nicht so spät bei der Anmeldung für die Skikurse sein.

Sie setzten sich an den Tisch, auf dem zwei Gedecke standen. Konstanze genoss, dass sie allein sein würden, während Mila sich durchaus Gesellschaft gewünscht hätte.

Und schon öffnete sich die Tür, und herein trat eine kleine, drahtige Frau in den Siebzigern mit schwarzen Haaren, die zu einem straffen Knoten zusammengebunden und von grauen Strähnen durchzogen waren. Doch ihre lustigen dunklen Augen strahlten Humor und Wärme aus, was die Strenge der Frisur milderte. Sie trat an den Tisch, wobei Konstanze bemerkte, dass sie scheinbar Schmerzen beim Laufen hatte.

Sie stellte ein schwer beladenes Tablett ab. »Grüß Gott, miteinand«, sagte sie herzlich lächelnd. »Ich bin Josefa Zirler, die Pensionswirtin.«

»Grüß Gott. Ich bin Konstanze Sandtner, und das ist meine Tochter Mila.«

Sie reichten sich die Hände, und Konstanze fiel auf, wie klein die Hand der Pensionswirtin war und wie gepflegt ihre in einem zarten Rosé lackierten Nägel aussahen. Einen Moment wurde sie verlegen, als sie den forschenden Blick bemerkte, mit dem Frau Zirler sie taxierte.

»Ich hoffe, die Zimmer gefallen Ihnen.« Frau Zirler zündete die erste Kerze am Adventskranz an.

»Danke, sie sind sehr gemütlich, und der Ausblick – einfach wunderbar«, antwortete Mila, und Konstanze nickte beipflichtend.

»Ist es Ihnen warm genug oben?«

»Ja, danke.«

Josefa legte eine Hand auf den altmodischen Rippenheizkörper. »Wenn nicht, sagen Sie einfach Bescheid.«

Und während Josefa die Kipferl, das duftende Körnerbrot, die Marmelade, Käse, Wurst und Eier aufbaute, entschuldige sie sich wortreich, dass sie sie gestern nicht schon hatte begrüßen können. Doch sie, genauer der Pfarrer und die Gemeinde, hatten überraschend Besuch aus Afrika erhalten.

»Sie müssen wissen, mein Mann und ich arbeiten in einem Projekt von der Gemeinde mit, bei dem wir Spielzeug basteln und Kleidung nähen, und diesmal kam also eine Abordnung des afrikanischen Dorfes, das wir betreuen. Und da musste ich doch wenigstens zur Begrüßung dabei sein, vor allem, wo sie nur wenige Stunden Zeit hatten und noch andere Gemeinden besuchen wollten.«

»Und die Sachen fertigen Sie speziell für Weihnachten? Was für eine nette Idee«, sagte Mila.

Josefa goss ihnen den Kaffee in die Tassen und zündete die Kerzen auf dem Tisch an. »Ursprünglich war es so gedacht, aber da ich gerne nähe und mein Mann mit Vorliebe Spielzeug aus Holz herstellt, haben wir uns entschieden, das ganze Jahr für die Kinder zu arbeiten. Sie glauben ja nicht, was für eine Freude die Mädel haben, wenn sie wieder einmal ein neues Kleidchen oder eine Schürze bekommen. Und mein Mann ... Mei, die Bauernhöfe, die Tiere und Lastwagen, die er geschnitzt hat, die kann man ja nicht mehr zählen, und die begeisterten Briefe, die wir dann erhalten, die sind halt unsere ganze Freude.« Ihre Augen leuchteten, während sie erzählte, und Konstanze wurde es warm ums Herz.

»Da bekommt man direkt Lust, etwas zu basteln«, sagte sie, »aber leider hab ich zwei linke Hände für so was.«

»Linke Hände gibt's nicht«, erwiderte Frau Zirler kopfschüttelnd. »In unserem Bastelkreis hilft eine der anderen, wenn's kritisch wird, und noch immer sind nette Sachen entstanden, auch wenn's so gar nicht für die Kinder taugt, wie Eierwärmer oder Kaffeekannenwärmer«, fügte sie augenzwinkernd an. »Die werden dann halt auf unserem Weihnachtsbasar verkauft, und das Geld geht an die Mission. Also jeder kann etwas dazu beitragen. Und gehäkelte Socken hat bisher noch eine jede hingekriegt, glauben 'S mir.«

Mila schmunzelte. Die gute Frau Zirler kannte ihre Mutter nicht. Die hatte sich früher alle Mühe gegeben, ihrer Tochter etwas Selbstgebasteltes zu schenken, so wie von Mila gewünscht, und nur die Tochterliebe hatte die seltsamen Gebilde geadelt, die Konstanze ihr als gehäkelten Hund, gestrickte Katze oder genähte Maus widmete. Doch Mila war sicher, dass kein Kind seine Geschenke mehr geliebt hatte als sie das, was ihre Mutter unter Mühen zustande brachte, einschließlich der Riesenschals, die sich immer an den Seiten einrollten. Dass Mila bestickte Geschenke – Sticken war irgendwann für ein, zwei Monate eine Lieblingsbeschäftigung ihrer Mutter gewesen – nicht ausstehen konnte, hatte sie allerdings nie übers Herz gebracht zu gestehen. Und so hatte Mila brav zwei Bücher mit einer bestickten Buchhülle geschützt – die einzige Ausbeute der Sticklust ihrer Mutter. Wenn auch nicht jene, die sie mit in die Schule nehmen musste.

»Wenn Sie so erzählen, bekomme ich gleich Lust, loszulegen«, lachte Konstanze. »Aber leider hab ich keine Wolle und auch keine Stricknadeln dabei.«

»Oh, daran soll's nicht mangeln«, gab Josefa trällernd zur Antwort.

Mila schwieg wohlweislich und widmete sich den duftenden Kipferln.

»Frische Almbutter, die wird Ihnen schmecken«, sagte Josefa ganz unnötigerweise, denn Konstanze lief allein beim Anblick all der Köstlichkeiten das Wasser im Munde zusammen. »Und die Erdbeer-Rhabarber-Marmelade ist von mir gekocht.«

»Es sieht alles wunderbar aus«, sagte Konstanze und stopfte sich seufzend die Ecke eines Kipferls in den Mund.

»Und der Kaffee ist ein Gedicht«, sagte Mila glücklich. »Er hat genau die richtige Stärke.«

»Dann lassen Sie es sich schmecken. Und wenn Sie noch mehr Kaffee möchten, ich bin gleich gegenüber in der Küche. Sie wissen ja, dass Sie sich jederzeit hier herinnen Kaffee kochen können? Und auch der Kühlschrank steht Ihnen natürlich zur Verfügung, falls Sie am Abend hier herunten essen mögen. Ich hoffe, mein Sohn hat Ihnen alles gezeigt.« Sie wies auf die Anrichte, auf der alle Zutaten zum Kaffee- und Teekochen bereitstanden.

»Ja, danke, das hat er. Und wir werden wahrscheinlich tatsächlich abends hier ein paar Brote essen, wenn's recht ist.«

»Dann wünsch ich Ihnen einen schönen Tag. Das Wetter soll ja gut werden. Sie wissen, wo die Information und die Skischule sind?«

»Ja, haben wir alles bereits gefunden«, antwortete Mila.

»Wenn Sie mögen – wir haben auch selbst Langlaufbretter und Alpinski, da können'S sich gern bedienen. Und Schuhe müssten auch noch einige herumstehen«, schlug Josefa vor. »Es hat sich im Lauf der Jahre so einiges angesammelt.« Sie lächelte.

»Super, da werd ich als Erstes nachsehen, vielleicht muss ich ja gar keine Schuhe ausleihen«, freute sich Mila.

»Also nur zu. Sie finden alles im Schuppen hinterm Haus, auch Schlitten, wenn Sie mögen. Wir haben eine feine Rodelstrecke. Sie müssen nicht einmal zu Fuß hinauf, der Lift ist extra für die Rodler, gleich die Straße hinauf, ungefähr eine Viertelstunde von hier.«

»Ich werd wahrscheinlich nur langlaufen, ich war so lange nicht mehr auf Alpinski, aber meine Langlaufbretter sind mittlerweile auch uralt«, seufzte Konstanze.

»Skilaufen verlernt man nicht. Und Sie sind ja noch jung. Aber wie Sie wollen. Schauen Sie ruhig hinein, und bedienen Sie sich.«

»Herzlichen Dank.«

»Alsdann, einen schönen Tag. Und wie gesagt, wenn Sie noch was brauchen, rufen Sie mich einfach.« Mit diesen Worten verschwand Josefa hinüber in die Küche.

»Sie ist sehr nett, findest du nicht auch?«, fragte Mila.

»Sie ist reizend. Aber ist dir aufgefallen, wie sie mich am Anfang angestarrt hat? Als würde sie

einen Geist sehen«, wunderte sich Konstanze.
»Na ja, egal. Ich freu mich jedenfalls, dass wir es so gut angetroffen haben. Und das Angebot mit den Skiern ist natürlich wunderbar. Ich finde vielleicht einen schönen modernen Nowax-Ski. Meine müssen ja immer noch gewachst werden«, sagte sie bedauernd.
»Ich werd ebenfalls mal nachschauen. Möglicherweise finde ich wirklich ein Paar passende Skischuhe. Dann hätten wir das Geld fürs Ausleihen gespart.«

Sie aßen zu Ende, dann gingen sie hinüber in den Schuppen, der ein halbes Sportgeschäft bestücken konnte, und nach einigem Suchen und Anprobieren hatten sie beide tatsächlich moderne Schuhe für Mila und Ski, die man nicht mehr wachsen mussten, für Konstanze gefunden. Sie verabredeten sich für den Mittag im Zirler Hof der Familie von Luis Zirlers Bruder, in dem es ihnen am Tag zuvor so gut geschmeckt hatte, danach gingen sie ihrer Wege.

Josefa räumte währenddessen den Tisch ab, dann stieg sie die Treppe hinunter in die Werkstatt ihres Mannes Hermann. Sofort schlug ihr der wohlvertraute und geliebte, ein wenig blumige Duft des Tabaks entgegen, den ihr Hermann bevorzugte. Sie hatten bereits um acht gefrühstückt, da beide um Schlag sieben erwachten – ihre Aufstehzeit seit Jahrzehnten –, wonach Hermann sich auf den Weg zur Post in Kastelruth gemacht hatte, wo er angestellt gewesen war. Josefa hatte sich zu ihrer

Reinigung und Näherei begeben, die ihr vier Jahrzehnte gehört hatte, bis zu deren Verkauf an ihrem siebzigsten Geburtstag. Die heilige Messe besuchten sie nicht sonntagmorgens, sondern am Vorabend, damit sie morgens Zeit für sich und eventuelle Gäste hatten.

Josefa ließ sich langsam in den Lehnstuhl neben der Werkbank sinken, den er vor zwei Jahren extra für sie aufgestellt hatte, damit sie hier unten am Nachmittag gemeinsam eine Tasse Kaffee zu sich nehmen konnten, wofür er sich gerade vor Weihnachten ansonsten selten Zeit nahm, um rechtzeitig seine Schnitzereien zum Fest fertigzustellen. Heute schmerzte ihre Hüfte sie aber auch zu arg. »Sag, hast du unsere neuen Gäste schon gesehen?«, fragte sie.

»Nein, warum?« Hermann, ein Mann mit markanten Gesichtszügen, zog an seiner Pfeife, wie immer um diese Uhrzeit. Die nächste gönnte er sich erst am Abend nach dem Abendessen, denn irgendwann, vor vielen, vielen Jahren, hatte er beschlossen, sich das Rauchen abzugewöhnen, es jedoch nie ganz geschafft. Groß und schmal, mit einem Hang zum Rundrücken saß er auf dem Hocker vor der Werkbank, wo er die Räder für einen neuen Lastwagen glatt schmirgelte –, mit seinen großen Händen, die ihm dennoch diffizilste Arbeiten ermöglichten und mit denen er die feinsten Linien zeichnen konnte. Aus dem Radio im Hintergrund erklang wie immer leise Musik des Lokalsenders.

»Zwei Frauen. Aus Oldenburg in Deutschland. Ganz nette. Aber das Besondere ist, wie die ältere

Frau aussieht. Also mich hat fast der Schlag getroffen, als ich sie gesehen hab. Du, die gleicht dem Roman aufs Haar, könnte fast seine Schwester sein. Und außerdem ist da eine große Ähnlichkeit mit dem Roman seiner Großmutter. Ich bin ja früher bei denen ein- und ausgegangen, und obwohl ich noch so klein war, entsinn ich mich noch ganz genau, wie sie ausgesehen hat.«

»Dem Roman, also unserem Roman seine Großmutter?«

»Ja, unserem Nachbarn Roman Zallinger«, erwiderte sie ein wenig ungeduldig. Hermann stand manchmal auf der langen Leitung.

»Ja, der hat aber doch gar keine Schwester«, antwortete er bedächtig, ohne seine Arbeit zu unterbrechen.

Kruzifix, stöhnte Josefa innerlich. »Nein, ich sagte ja auch, dass sie aussieht wie seine *Großmutter*«, sagte sie mit Betonung auf jeder einzelnen Silbe. »Obwohl sie auch ihm nicht unähnlich ist. Also dem Roman.«

Hermann schob die Pfeife vom rechten in den linken Mundwinkel. »Ja mei, des soll's geben.«

»Was tatsächlich bedeutet, dass wir alle einen Doppelgänger haben«, sagte Josefa versonnen und tippte sich mit dem Zeigefinger auf die Lippen. »Und? Kommst du gut voran mit deinem neuen Modell?«, fragte sie dann nur der Form halber. Denn alles, was ihr bewundernswerter Mann anging, erledigte er mit Bravour, wobei sie ihn in Verdacht hatte, dass er auch nur das anfing, von dem er sicher war, dass er es schaffen würde.

»Freilich. Bin fast fertig. Jetzt kommt nur noch die Bemalung. Ich hab mir gedacht, dass ich es vielleicht auch mal mit Menschen versuchen sollte«, sagte er nachdenklich, denn figürliche Darstellungen waren schwierig für ihn. Häuser, Bäume, Autos, alles kein Problem. Doch Kreaturen – eine Herausforderung.

»Fein. Ich bin dann oben und pack meine Kleidchen zusammen. Die von der Mission wollen sie gleich mitnehmen, damit sie wirklich zu Weihnachten für die Kinder da sind. Und da muss ich mich sputen, sie wollen heut Nachmittag noch mal vorbeikommen. Der Pfarrer hat ja Geburtstag, und da nehmen sie sich extra zwei Stündchen Zeit. Morgen früh geht's dann zurück nach Afrika.«

Er brummte zustimmend, nahm die Pfeife aus dem Mund und klopfte sie in dem Holzaschenbecher aus, den er selbst geschnitzt hatte, eine Schale von der Größe seines wuchtigen Schädels. »Was gibt's heut Mittag zum Essen?«

»Hirschbraten mit Knödel und Blaukraut«, entgegnete sie und war auch schon draußen, denn es pressierte ihr wirklich. Die vierzig Kleidchen und die zwanzig Schürzen sollten doch schön verpackt und nicht einfach in ein Paket hineingestopft werden.

Fröhlich vor sich hin summend, zog sie sich am Handlauf Stufe für Stufe hinauf in ihr Zimmer. Diese vermaledeite Hüfte! Im nächsten Jahr würde sie sich wohl oder übel der fälligen Operation unterziehen müssen. Sie durfte gar nicht daran denken.

7

Mila eilte nach dem Frühstück zur Skischule und buchte ihren Skikurs. Da ausreichend Schnee lag, begann schon morgen früh der erste Kurstag. Wunderbar! Sie spazierte gemächlich über das Platzl, wo die meisten Hotels lagen und wo der Lift, der von Kastelruth heraufführte, ankam. Sie erstand ein Taschenbuch im Kiosk, dann trank sie einen Kaffee in einem Bistro. Später bummelte sie zurück in die Pension, wo sie ausgiebig im neuen Liebesroman las. Das Smartphone blieb wie verabredet unangetastet, denn ihre Mutter und sie hatten sich die Regel auferlegt, im Urlaub nur einmal am Abend dieses anzurühren, und bisher hatten sie sich daran gehalten, was ihr nicht leichtgefallen war. Als sie sich bereit machte, mit ihrer Mutter in den Zirler Hof zum Essen zu gehen, merkte sie, dass sie den ganzen Vormittag nicht ein Mal an Markus, ihren Exverlobten, gedacht hatte. Ein gutes Zeichen.

Nach dem Essen legte sich ihre Mutter ins Bett und ruhte –, etwas, das sie sich in den letzten Wochen angewöhnt hatte und das sie sehr genoss. Mila setzte sich an den kleinen Schreibtisch am Fenster, von dem aus man einen sagenhaften Blick auf die Alm hatte. Sie schaltete das Licht der Stehlampe ein und holte ihr Tagebuch hervor.

Tagebuchschreiben – auch etwas, das neu für sie war. Nachdem Markus sie betrogen hatte, tat ihr das tägliche Aufschreiben gut, doch während der letzten Tage hatte sie es etwas vernachlässigt, weil ihr die Zeit fehlte, wie sie sich einredete, oder sie abends zu müde gewesen war. Doch der eigentliche Grund war natürlich nicht der Zeitmangel, sondern die Tatsache, dass es für sie ungewohnt war, ihre Gefühle schriftlich festzuhalten. Zögernd begann sie, beschränkte sich jedoch anfangs nur darauf, die Tagesabläufe festzuhalten. Zum Niederschreiben ihrer Gefühlswelt fühlte sie sich noch nicht in der Lage.

Nachdem sie mehr als eine Stunde geschrieben hatte, anfangs mühsam, dann immer flüssiger, legte sie sich ebenfalls aufs Bett und las, und ehe sie sich versah, fielen ihr die Augen zu. Als sie erwachte, war es bereits kurz vor vier, und es begann schon zu dämmern. Sie entschied, dass ihr nur frische Luft helfen konnte, das Gefühl der Benommenheit zu vernichten, welches sie nach dem langen Schlaf verspürte. Sie vermied es, an die Tür ihrer Mutter zu klopfen, um sie nicht zu stören, sondern schaute in den Frühstückraum, doch er war leer, also schlief Konstanze vielleicht. Nicht schlimm, denn ihre Mutter sah nach den letzten Wochen und den schlaflosen Nächten ebenfalls ziemlich mitgenommen aus: Sie hatte mindestens drei Kilo abgenommen, auch wenn sie das verneinte. Immer versuchte sie, Mila zu schonen, dabei hatte ihre Mutter viel eher Schonung nötig, dachte Mila mitleidig.

Sie öffnete die Haustür und trat hinaus. Die kalte Luft traf sie wie ein Schlag, und sie zog den Schal enger um den Hals. Ihr Blick wanderte die scharf im Hintergrund aufsteigende Bergkulisse entlang, und ehe sie sich versah, rutschte sie auf der spiegelglatten Eisfläche aus, die sich in einer Wasserlache gebildet hatte.

»Hoppla!«

Halt suchend ergriff Mila den Arm, der sich ihr bot, sodass sie vor einem Sturz bewahrt wurde. Die Stimme hatte sie sofort erkannt. Das war doch ihr freundlicher Helfer, der sich dann so spontan verabschiedet hatte. Diesmal war sein Atem rein, frisch, warm. Angenehm.

Sie setzte ihre verrutschte Mütze, unter der ihre langen blonden Haare hervorschauten, gerade.

»Das wär beinahe schiefgegangen. Dankeschön.«

»Gern gescheh'n«, kam es fröhlich zurück.

Mila wurde es warm.

Er stutzte, dann rief er: »Das ist ja das hübsche Mädchen, dem ich bereits gestern hatte helfen wollen.«

Seine dunkle Stimme ließ ihr Herz stolpern. Schönen Stimmen verfiel sie in der Regel auf Anhieb. Was leider nicht auf den Charakter schließen ließ. Markus besaß eine ausgesprochen einnehmende Stimme. »Was Ihnen beim ersten Mal zwar nicht ganz gelungen ist, aber diesmal haben Sie es ja wieder wettgemacht.« Sie grinste.

Er fuhr sich durch die dunklen Haare, die auch diesmal durch keine Mütze bedeckt waren. »Ich möchte mich vielmals entschuldigen, aber ich war an diesem Morgen noch nicht ganz fit. Kommt selten vor, dass ich so ... äh ... verschlafen bin.«

»Es war zwar schon Mittag, und Sie waren noch blau wie eine Haubitze«, stellte sie richtig. »Aber macht ja nichts. Ihr Vater hat sie nett entschuldigt. Er sagte, es gab eine große Feier«, fügte sie hinzu, nur um das Gespräch aufrechtzuerhalten. Er war halt ein sehr attraktiver Mann.

»Und ob es was zu feiern gab. Ich bin an dem Tag offiziell zum Geschäftsführer unseres Hotels ernannt worden«, entgegnete er mit Stolz in der Stimme.

»Vom Zirler Hof?«, fragte sie erstaunt. »Alle Achtung.«

Er lachte. »Nein, der wird von meinem Vater geführt. Ich bin für den Lärchenhof zuständig. Unserem neuen Haus, drunten beim Platzl.«

Endlich fiel ihr auf, dass er sie immer noch umarmt hielt, und sie löste sich von ihm, obwohl sie seine Nähe durchaus länger hätte genießen können. »Das war natürlich ein Grund, es groß zu feiern. Ich gratuliere noch nachträglich zum Geschäftsführer«, sagte sie und fügte ein wenig verlegen nach einer kleinen Pause hinzu: »Also, dann einen schönen Tag.«

»Halt, nicht weggehen«, rief er und hielt sie am Arm fest.

Wie angenehm diese Berührung war, durchzuckte es sie.

»Bitte – darf ich mich für mein unhöfliches Verhalten von gestern entschuldigen, indem ich Sie für morgen Abend zu meinem Geburtstag einlade?«

Sie überlegte nur eine winzige Sekunde. Auf diesem Geburtstag würde sie völlig fremd sein, aber egal. Sie hatte Urlaub, und im Urlaub sollte man Gelegenheiten, sich zu amüsieren, wahrnehmen. Jedenfalls so harmlose wie eine Geburtstagsfeier, fügte sie in Gedanken hinzu. Außerdem gefiel ihr dieser Mann. »Aber gern, obgleich ich Ihr Verhalten ja nicht unhöflich fand.«

»Ich schon, und Sie müssen mir glauben, dass mir so was wirklich nicht oft passiert. Oder vielmehr schon sehr lange nicht mehr passiert ist«, verbesserte er sich.

Sie nickte grinsend. »Ich hatte immer schon ein Faible für Märchen.« Sie bemerkte, wie er rot wurde, und hatte ihren Spaß.

»Also sagen wir sieben Uhr, wäre Ihnen das recht?«

»Gern. Wo findet die Feier statt?«

»Hier im Zirler Hof. Je nachdem, wie viel Wein fließen wird, ist das für alle das Bequemste, denn niemand muss eigens mit dem Auto nach Hause fahren.« Er grinste.

»Das heißt, Sie schlafen ebenfalls hier«, konnte sie sich nicht verkneifen, ihn zu necken. »Eine gute Idee.«

»Man wird sehen«, meinte er. »Ihre Mutter ist natürlich ebenfalls eingeladen.«

»Fein. Bis dann.«

Sie hob die Hand zum Abschied, doch erneut wurde sie zurückgehalten. »Übrigens, das hätte ich beinahe vergessen. Ich bin Simon Zirler«, sagte er ein wenig verlegen. »Der Sohn von meinen

Eltern ... äh ... Ich mein, der Sohn von Kurt und Karla Zirler, den Hoteliers vom Zirler Hof«, stotterte er mit hochrotem Kopf.

Mila verkniff sich ein Lächeln. Gott, war der süß. »Und ich bin Mila Sandtner. Meine Mutter heißt Konstanze. Wir sind Gäste aus Norddeutschland«, informierte sie ihn heiter. »Nochmals vielen Dank für die Einladung. Wir kommen gern.« Damit drehte sie sich endgültig um und ging vorsichtig weiter, um nicht wieder auszurutschen, auf den Lippen ein fröhliches Lächeln.

»Ich freu mich«, rief er ihr hinterher.

Sie folgte gemächlich der schmalen Straße, die durch das Wäldchen hinauf zum Skilift führte, und dann weiter über die Höhe und wieder hinab, erneut durch eine Ansammlung von Lärchen, deren nackte Zweige sich unter der Schneelast bogen. Sie blieb stehen und schaute in Richtung einer tiefer gelegenen Siedlung, wo sich einige weitere Liftanlagen befanden, wie man ihr in der Information erzählt hatte. Doch bis dorthin wäre es über eine Stunde Fußweg und die Skiläufer nutzten dafür natürlich den Bus, der jede Viertelstunde fuhr. Und so drehte sie an einer Weggabelung um und bummelte zurück Richtung Sessellift, vor dem sich eine kleine Schlange gebildet hatte mit Leuten, von denen die meisten einen Schlitten unterm Arm trugen. Eine Rodelbahn, wie schön! Es war eine Ewigkeit her, dass sie einen Hügel hinabgerutscht war, einen kleinen Hügel wohlgemerkt, in nichts zu vergleichen mit dieser aufregenden Bahn. Es würde sie wahrscheinlich viel Überredungskunst kosten, ihre Mutter für dieses ausgelassene Vergnügen zu gewinnen, aber man hatte ihr versichert, dass die Strecke nicht gefährlich sei.

 Vergnügt und ein wenig aufgeregt vor ihrer ersten Verabredung in diesem Urlaub, lief sie zurück. Als sie die Pension erreicht hatte, fiel ihr ein, dass sie gar kein Geschenk für Simon Zirler hatte. Sie seufzte. Mit leeren Händen dazustehen, wäre ja blöd. Aber sicher konnte Konstanze morgen in Kastelruth eine Kleinigkeit für Simon erstehen. Als sie ihr Zimmer betrat, überlegte sie voller Vorfreude, was sie zum Fest anziehen sollte.

8

Konstanze hatte tatsächlich fast zwei Stunden geschlafen, und so war es bereits halb fünf und dunkel, als sie in den Aufenthaltsraum ging, um sich dort ein Kännchen Tee zuzubereiten. Mila war nicht auf ihrem Zimmer, und auch sonst nirgends auf der Etage zu finden. Eine eingeschaltete Tischlampe tauchte den Raum in behagliches Licht. Auf dem Tisch stand ein verlockend duftender Kuchen mit dickem Schokoladenguss, so, wie sie ihn liebte, und davor lag ein Zettel, auf dem stand: *Lassen Sie es sich schmecken!* Lächelnd nahm sie eine der großzügig geschnittenen Scheiben, stellte den Kuchen zusammen mit Tee und Tasse auf ein Tablett und verließ dann den Raum. Frau Zirler, bei der sie sich bedanken wollte, befand sich nicht in der Küche, und so stieg Konstanze mit dem Tablett nach oben, setzte sich gemütlich ans Fenster in ihrem Zimmer, wo sie die rote Kerze in dem Halter aus dunklem Holz entzündete. Der Frieden, den sie verspürte, kam nicht allein vom köstlichen heißen Tee und dem Kuchen, sondern auch von dem Blick auf die verschneite Bergwelt und die erleuchteten Häuser.

Die Pension lag am Rand des kleinen Wäldchens, das sich bis weit hinter den Sessellift hinaufzog, sodass die dunklen Schatten seiner Tannen die Aussicht auf die Bergspitzen versperrten. Rechts gegenüber lag der Zirler Hof und etwas weiter ein großes Bauernhaus, das sehr gemütlich wirkte. Doch vor ihr und linker Hand konnte der Blick weitläufig schweifen. Jenseits des schmalen Fahrwegs, auf dem sie hergekommen waren, erstreckten sich die Wiesen, durch die etliche Loipenspuren gezogen waren. Dahinter erfreuten die Hänge mit den ungefährlichen und perfekt präparierten Pisten den Alpin-Skiläufer – und möglicherweise auch sie, denn diese zu bewältigen, würde sie nicht allzu viel Mut kosten. Das Licht der Pistenraupen bewies, dass man bereits eifrig damit beschäftigt war, die Pisten für den nächsten Skitag herzurichten.

Und nun erhoben sich die grandiosen Felszacken – Langkofel, Fünf-Finger-Spitze, Plattkofel, die Rosszähne und der gewaltige Schlern – gerade so, als böten sie den mehr oder weniger sanften Hängen Schutz gegen alles Böse, einschließlich seiner Bewohner in den behäbigen Bauernhöfen, traumhaften Hotels und malerischen Pensionen und Hütten. Und als hätte die Schönheit des Gebirges allein nicht gereicht, sinnierte Konstanze entzückt, war das gesamte Panorama überzogen mit einer dicken, luftigen Schneeschicht. Ein Bild, liebreizender als jenes in den Schneekugeln, die ihr früher als Kind der Vater so oft zum Geschenk gemacht hatte. Ja, Konstanze wusste natürlich, dass sich diese Schönheit auch in Chaos verwandeln und diese majestätischen Felskönige den Menschen Schaden zufügen konnten. Doch all das blendete sie aus und gab sich jetzt in diesem Augenblick schlicht deren wunderbarer Anmut hin.

Konstanze lächelte, als ihr der Vorwurf ihrer Tochter, sie sei eine »echte Kitschnudel«, einfiel. Zauberhafte Naturerlebnisse hatten nichts mit Kitsch zu tun. Und wenn sie diese zu Hause gern aufleben ließ in Form malerischer Darstellungen oder Fotografien, dann mochten andere das Kitsch nennen, das war ihr völlig egal. Sie vermochte, wenn sie es zuließ – und das tat sie oft beim Betrachten ihrer hübschen, wenn auch wertlosen Gemälde oder nach dem Lesen eines liebenswerten Romans – in einer Welt der Träumerei zu versinken, jenseits jeglicher Alltagsrealität, in der das Böse nicht vorkam. Eine Gabe, die es ihr ermöglichte, jedweder Unbill ihres Lebens zu entfliehen und ihren Optimismus nicht zu verlieren. Ihre Tochter neckte sie öfter deswegen, doch auch das war ihr egal. Im Gegenteil, sie bedauerte, dass Mila nicht in der Lage war, sich so vollkommen ihren Träumen zu ergeben. Konstanze kannte sie zu gut und wusste, dass sie keinerlei Illusionen mehr nachhing – nach dem Betrug des Freundes samt Freundin schon gar nicht. Verträumt war Mila nie gewesen. Selbst früher hatte ihr Plan zu einer eigenen Physiotherapiepraxis nichts mit Träumerei zu tun gehabt, war er weder weltfremd noch realitätsfern, sondern gut durchdacht und -kalkuliert gewesen.

»Ich habe keine Träume, ich habe Ziele«, hatte sie Charly, ihrer damaligen Freundin, einmal geantwortet und sich dabei an Stirn getippt, als diese von einer eigenen Physiotherapiepraxis auf Mallorca fantasierte, woraufhin Charly sich aufregte, man dürfe doch auch einmal träumen.

»Ja, genau wie die Auswanderer aus dem Fernsehen, die dumm wie Bohnenstroh ohne Sprachkenntnisse, ohne Geld und manchmal sogar ohne ausreichende Berufserfahrung ins Blaue ziehen, wo die Golddukaten angeblich nur so von den Bäumen rieseln«, schimpfte Mila ihre Freundin damals aus.

Ziele zu verfolgen ist ja auch sicher wichtiger, als Träumen nachzuhängen, dachte Konstanze, der diese Zielstrebigkeit abging, in einer Anwandlung von Stolz – sie und ihre Tochter waren halt Yin und Yang. Sie fand es allerdings bedauerlich, dass Mila, so durch und durch Realistin, zu einer solch simplen Möglichkeit, sich dem Ernst des Lebens für eine Weile zu entziehen, nicht fähig war. Dass sie überhaupt eine Selbstständigkeit in Betracht gezogen hatte, war allein ihrer Beharrlichkeit zuzuschreiben, mit der sie dieses Ziel ansteuerte. Sie hatte schließlich jeden Cent auf die Seite gelegt, und das schon sehr früh. Seit ihrer dreijährigen Ausbildung zur Physiotherapeutin bevorzugte sie Geldgeschenke, etwas, das vor einigen Jahren vor dem Weihnachtsfest zu einem großen Streit zwischen ihr, ihrer Mutter und Mila führte. Maria hatte nichts dagegen, im Gegenteil, und Konstanze hasste es. Doch irgendwann hatte sie es akzeptiert – und jedem Geldgeschenk noch ein anderes Präsent hinzugefügt. Mila litt natürlich doppelt. Zu dem Betrug ihres Freundes und der vermeintlichen Freundin gesellte sich die bittere Gewissheit, dass sie ihr Ziel für sehr, sehr lange Zeit auf Eis legen musste, denn sie konnte rechnen, und ein Kredit kam für sie in ihrer Lage nicht infrage.

Konstanze stand auf und schaltete das kleine Radio auf dem Nachttisch ein, denn sie wollte nicht erneut den kummervollen Gedankenkreisel in Bewegung setzen. Sie nahm ihren neuen Liebesroman und schaltete die Stehlampe ein. Dann sank sie erneut in den Sessel, setzte die Lesebrille auf und schlug die erste Seite des Buches auf. Zum Glück, dachte sie erleichtert, lehnte Mila wenigstens keine Unterhaltungsromane ab. Vielleicht versteckte sich ja doch ein Bruchteil einer Träumerin in ihrem Innersten, wenn auch nur von der Größe eines Puzzlesteinchens. Seufzend legte sie die Füße auf den umgedrehten Papierkorb, als es an der Tür klopfte.

»Hallo, Mama«, sagte Mila.

Konstanze hob den Kopf. Wie hübsch Mila aussah. Die Mütze, unter der ihre blonden Haare hervorlugten, ließ sie jünger als fünfundzwanzig erscheinen. Die Wangen waren gerötet, und die Augen strahlten. Gut so. »Hallo, mein Schatz«, grüßte sie liebevoll. »Wo hast du denn die ganze Zeit gesteckt?«

»Ich war spazieren.«

»So lang?«

»Ja, und es war wunderbar!« Mila strahlte. Sie trat in das Zimmer und setzte sich auf Konstanzes Bett. »Und ich habe bereits ein Date«, vermeldete sie mit einem Lächeln. »Und du ebenfalls. Für morgen Abend hat uns Simon Zirler eingeladen. Du weißt, der, der so blau war, dass ihm schlecht wurde«, fügte sie grinsend hinzu. »In den Zirler Hof. Er ist gerade zum Geschäftsführer vom Lärchenhof unten am Platzl ernannt worden, und heute wollte er sich entschuldigen und ... hat uns für morgen zu seinem Geburtstag eingeladen.«

»Das ist aber nett.«

»Stimmt. Und er ist wirklich ... sehr süß. Ich wollte dich übrigens bitten, für ihn morgen etwas zum Geburtstag zu kaufen.«

»Oh, sicher. An was hast du gedacht?«

»Da wir ihn nicht kennen, sind Bücher das einzig Wahre, finde ich.«

»Na ja, wenn du meinst. Wir kennen ihn nicht, aber was Besseres fällt mir da auch nicht ein.« Konstanze nickte.

Mila stand auf. »Ich werde jetzt erst mal ein heißes Bad nehmen, draußen ist es schweinekalt.« Damit wandte sie sich zur Tür. »Wir sehen uns dann unten beim Essen. Ich hab leckeres Brot und Käse gekauft, das gab's in dem kleinen Käseladen am Platzl, der erfreulicherweise offen hatte.«

»Fein. Dann bis gleich. Sagen wir sechs Uhr?«

Mila stöhnte. »Mama, ich bin noch keine Rentnerin. Wie wär's mit sieben?«

»Wie wär's mit halb sieben?«, versuchte Konstanze, die stets hungrig war, ihr Bestes.

Mila seufzte erneut. »Gut, einverstanden.« Mit diesen Worten verschwand sie nach nebenan in ihr Zimmer.

Punkt halb sieben ging Konstanze hinunter in den Aufenthaltsraum. Doch ihre Tochter war noch nicht da.

In genau dem Moment ging die Tür auf. Konstanze, die gerade den Kühlschrank geöffnet hatte, um den Käse herauszunehmen, den Mila erstanden hatte, sagte: »Oh, Schatz. Das bisschen Käse, das du gekauft hast, ist ja was für einen hohlen Zahn. Ich fürchte, jetzt werden wir doch eine Pommesbude aufsuchen müssen, damit ich nicht hungrig ins Bett falle.«

»Da wüsste ich aber was Besseres«, ertönte da eine männliche Stimme.

Konstanze fuhr herum. »Ach du liebe Güte, ich dachte, es sei meine Tochter«, entfuhr es ihr. Verlegen erhob sie sich so elegant wie möglich aus der tiefen Hocke.

»Darf ich Sie vielleicht aus Ihrer Not befreien und Sie zum Essen einladen? Allerdings mag ich keine Pommesbuden. Wie wäre es mit einem netten kleinen Restaurant?«

Konstanze stockte der Atem. Gab es etwas Großartigeres, als mit fünfzig von einem attraktiven Mann zum Essen eingeladen zu werden? Und das trotz ungefärbter Haare, ohne Lippenrot oder Rouge auf den Wangen. Tja, so waren sie eben, die Tiroler. »Aber gern«, erwiderte sie strahlend.

»Fein. Geben Sie mir fünf Minuten, damit ich mir was anderes anziehen kann. Ich hole Sie um sieben ab. Ist das in Ordnung?«

»Perfekt«, sagte Konstanze. Sie wunderte sich, wie leicht ihr die Worte von den Lippen kamen,

denn ihr Herz rumpelte, und ihr Mund war trocken. Aber das merkte er nicht, wie sie hoffte.
»Dann bis gleich.«

Konstanze ging die Treppe hoch, und als sie an Milas Zimmertür klopfen wollte, um ihr die Nachricht zu überbringen, wurde bereits geöffnet.
»Hallo, Mama, bin schon fertig.«
»Hallo, Schatz.« Konstanze drängte Mila zurück ins Zimmer. »Schätzchen, du wirst es nicht glauben, aber Luis Zirler hat mich soeben zum Essen eingeladen. Wär das für dich in Ordnung?«
»Na klar, Mama, das ist doch prima«, erwiderte ihre Tochter mit lachenden Augen. »Wir scheinen hier richtig zu sein, die Einladungen von tollen Männern fliegen uns ja nur so zu.«
Konstanze drückte ihr einen Kuss auf die Wangen. »Dann werd ich mich rasch schön machen. Meine Güte, ich bin aufgeregt wie eine Siebzehnjährige bei ihrer ersten Verabredung.«
»Ist ja auch schon viel zu lange her, dass du abends mal in männlicher Begleitung aus warst.«
»Das kannst du wohl sagen. Alsdann, Schatz, dir einen schönen Abend.«
»Und dir erst«, sagte Mila mit einem Lächeln.
Konstanze wandte sich um und verschwand eilig in ihr Zimmer. Da sie keinen Rock oder gar ein Kleid dabeihatte, zog sie ihre schwarze Hose an, dazu einen hellblauen Rollkragenpullover und passende Stiefel. Dann ging sie ins Bad, ein wenig Wimperntusche, ein wenig Lippenstift – fertig. Das kleine Muttermal am äußeren linken Augenwinkel

ließ sie ungeschminkt. Dieses hatte sie in ihrer Jugend manchmal gestört – bis sie dann und wann nette Komplimente von irgendwelchen Jungs bekommen hatte. Seitdem störte es sie nicht mehr. Und schon klopfte es an der Tür. Mit leichtem Herzklopfen ging sie, um zu öffnen.

Toll sah er aus, der Luis Zirler. Er schaute sie nur schweigend an.

»Ich bin fertig«, sagte sie lächelnd und deutete sein Schweigen und die aufgerissenen Augen so, wie sie es sich wünschte: Ihr gutes Aussehen hatte ihm die Sprache verschlagen. Da waren die aus Kummer verlorenen Pfunde doch zu etwas gut gewesen.

9

Luis Zirler fand in der Tat, dass sie schlicht hinreißend aussah. Ach du meine Güte, was hatte er nur getan? Diese Superfrau zum Essen einzuladen … Hoffentlich hatte er genügend Gesprächsstoff parat und saß nicht wie ein Depp vor ihr, fuhr es ihm geschockt durch den Kopf. Gut, dass er die Krawatte trug. Als er ihren fragenden Blick bemerkte, brachte er schließlich, sich räuspernd, hervor: »Sollen wir?«

»Gern. Ich habe einen Wahnsinnshunger.«

»Dann hätten wir die erste Hürde ja bereits gemeistert, wenn Sie nicht auf Ihre Figur achten wollen. Ich meine, nicht, dass Sie das nötig hätten, im Gegenteil.« Verlegen hielt er inne. *Luis, du bist ein vollkommener Trottel! Weiter so, und sie verlässt das Restaurant noch vor dem ersten Gang.* Er war viel zu spontan mit seiner Einladung gewesen, einer Einladung an einen Gast, der zwar vier Wochen blieb, aber dann wieder heimfuhr. Das hatte er doch früher schon einmal gemacht – mit verheerenden Folgen. Warum nun bei ihr? Er hatte keine Ahnung. Außer dass er sich Hals über Kopf verliebt hatte, wenn er die Zeichen richtig deutete. Nun, heute würde er einen netten Abend verbringen, hoffentlich. Und dann würde er zum Tagesgeschehen zurückkehren. Fertig!

»Danke für das Kompliment, aber ich kann essen für drei. Sie werden sehen«, lachte sie.

Na gut, sie hatte Humor und schien gern zu essen, im Gegensatz zu manch verstörten Frauen, die ständig Diät hielten. Und war intelligent genug, dass sie seine ungeschickte Anspielung als das verstand, was sie war: als Kompliment.

Sie verließen das Haus und stiegen schweigsam in sein Auto.

»Ich hoffe, ich habe Sie jetzt nicht geschockt mit meiner Aussage«, neckte sie ihn.

»Im Gegenteil, ich liebe Frauen, die beim Essen zulangen.« Er startete den Wagen, und sie bogen auf die schmale Almstraße.

»Na, Gott sei Dank. Wobei das natürlich alle Männer lieben – und nebenbei hingerissen von schlanken Frauen sind.«

»Ich mag weibliche Figuren«, erwiderte er mit einem Lächeln. »Ich meine, nicht dass Sie meinen, ich finde Sie dick.« *Au weia! Weiter so, Luis. Du bist auf einem guten Weg!*

»Das hör ich gern. Wohin werden Sie mich führen?«

»Ich dachte an den Lärchenhof. Er wird seit Neuestem von meinem Neffen geleitet«, erwiderte er. »Und Simon hat die Speisekarte modernisiert. Als er die ersten veganen Gerichte anbot, wurde er zwar belächelt, aber ob Sie es glauben oder nicht, sie werden verlangt.«

»Ich bin gespannt. Gehört der Lärchenhof auch Ihrer Familie?«

»Meinem Bruder.«

»Somit besitzt die Familie Zirler nicht nur diese schöne Pension, das hübsche Hotel nebenan, sondern noch ein drittes Haus. Ich liebe Familienunternehmen«, sagte sie anerkennend.

»Ja, hat was für sich. Manchmal. Aber der Lärchenhof ist wirklich ein ganz besonderes Schmuckstück. Das Hotel war in die Jahre gekommen, und Kurt und Simon haben es nach Feng-Shui-Regeln umbauen und einrichten lassen, wenn Ihnen das was sagt.«

»Klar kenn ich Feng Shui.« Konstanze nickte. »Find ich toll – wobei man bei bestimmten Grundsätzen wohl nur dran glauben muss. Während andere Regeln einfach nur verständlich sind.«

»Nun ja. Mein Neffe, der sich sehr mit dem Thema beschäftigt hat, hat mir aufgezeigt, was bei unserer Pension alles nicht stimmt. Demnach hatten meine Eltern und ich zwei Möglichkeiten: entweder das Haus abzureißen oder mit Spiegeln und Bambusflöten zuzuhängen.«

»Und wozu haben Sie sich entschieden?«

»Nicht für Ersteres, wie Ihnen aufgefallen sein dürfte.« Er grinste. »Mein Vater hat die Hände übern Kopf geschlagen, und ich hab mein ganzes Überzeugungstalent dar eingelegt, nur ja keine Delfine aufzuhängen oder grimmig blickende Statuen am Eingang zu postieren. Aber das fand auch meine Mutter selbst unnötig. Und so blieb alles beim Alten. Arm sind wir dabei ja auch nicht geworden, wie uns Simon prophezeit hat. Und krank zum Glück auch noch nicht. Mein Bruder und er haben sich natürlich vollkommen an diese

Prinzipien gehalten, sodass dem Reichtum und dem Glück der beiden nun nichts mehr im Wege steht«, sagte er trocken.

Kurz bevor sie das Platzl erreicht hatten, bog er links ab, und einen Moment später standen sie vor dem Lärchenhof. Durch die Holzlamellen, aus denen die Vorderfront bestand, schimmerte gedämpftes Licht und vermittelte einen warmen und einladenden Eindruck. Im Restaurant, das modern und dennoch gemütlich gestaltet war, standen die Tische weder zu weit auseinander noch zu nah beieinander.

Luis Zirler wurde herzlich von den Angestellten gegrüßt. Er kannte sie alle und schien öfter hier einzukehren.

»Dein Tisch ist für dich reserviert«, sagte Resi, eine junge Mutter mit drei Kindern, die an zwei Abenden in der Woche im Restaurant kellnerte.

Zielsicher steuerte er auf den Tisch in der hintersten Ecke zu, von dem aus man das gesamte Restaurant im Auge hatte. Alle Tische waren belegt wie immer – ein gutes Zeichen –, und das bereits in der Nebensaison. Er freute sich für seinen Neffen Simon. Durch seinen frischen Wind, den dieser nicht nur in der Gestaltung des Hauses bewiesen hatte, sondern auch in der Küche, aßen bei ihm nicht nur Gäste des Hauses, sondern auch Einheimische oder Gäste der umliegenden Pensionen und Ferienwohnungen. Er bot gute Kost ohne großen Schnickschnack, altbekannte Tiroler Speisen neben leichten Gerichten mit exotischem Touch sowie vegetarische und vegane Köstlichkeiten, dies alles mit viel Fantasie zubereitet, und zu bezahlbaren Preisen.

Sie setzten sich und widmeten sich der Karte.

Konstanze entschied sich für eine Pfannkuchensuppe, während Luis für sich eine Zwiebelsuppe bestellte.

Als sie beim Nachtisch angelangt waren, erschien Simon an ihrem Tisch und fragte, ob ihnen alles recht sei.

Konstanze lobte das Essen und meinte es ehrlich.

»Es geht doch nichts über entspannte Familienverhältnisse«, sagte sie, als Simon sich wieder verabschiedet hatte.

Luis war froh, dass sie sich augenscheinlich amüsiert hatte, so wie auch er. Es war ihm entgegen seiner anfänglichen Bedenken recht leichtgefallen, sich mit ihr angeregt zu unterhalten. »Ja, aber Simon ist auch etwas ganz Besonderes«, entfuhr es ihm, und er hob das Glas mit dem delikaten Dessertwein, den Simon an den Tisch auf Kosten des Hauses hatte bringen lassen. »Er ist einer der ganz jungen Hoteliers und gerade erst aufgestiegen zum Hoteldirektor. Er ist wirklich mit Herzblut bei der Sache.«

»Ja, das merkt man, und ich finde es wunderbar. Sie leben gemeinsam mit Ihren Eltern, Ihr Bruder wohnt nebenan, und Ihr Neffe scheint ebenfalls ein Prachtmensch zu sein und wird das Familienunternehmen weiterführen. Das hat man ja auch nicht alle Tage«, entgegnete Konstanze.

»Nun, bei uns ist auch nicht immer alles so rosig. Vor allem in der Vergangenheit hat es zwischen meinem Bruder und mir ehrlich gesagt ganz schön gekracht.« Er überlegte, ob er ihr mehr erzählen sollte – die Sache mit Karla, seiner Schwägerin, und seinem Bruder –, doch dann entschied er, sie nicht gleich beim ersten Treffen mit brisanten Familiengeschichten langweilen zu wollen.

»Wo ist es das schon? Je mehr Familienmitglieder, desto mehr Reibungspunkte«, sagte sie mit einem Lächeln. »Bei uns halten die sich in Grenzen, denn unsere Familie ist sehr klein.«

»Leben Ihre Eltern noch?«

»Nein«, antwortete Konstanze kopfschüttelnd. »Mein Vater ist schon lange tot, und meine Mutter verstarb im September.«

»Sie sind nicht verheiratet?« Er fragte eigentlich nur pro forma, denn er hatte natürlich darauf geachtet, ob sie einen Ehering trug.

»Ich war es, aber mein Mann hat sich schon vor vielen Jahren von mir scheiden lassen. Mila, meine Tochter, war noch ganz klein, als er ging. Und nur dank der Hilfe meiner Eltern hab ich alles ganz gut über die Bühne bringen können.«

»Und wie schön, dass Sie jetzt hier auf unserer Alm gelandet sind.«

»Ja, meine Tochter und ich haben aber auch wirklich einen Urlaub verdient«, seufzte sie.

»Hatten Sie so viel Arbeit in der letzten Zeit?«

»Nein, im Gegenteil. Wir sind beide arbeitslos – aus verschiedenen Gründen. Wir haben mittlerweile zig Bewerbungen geschrieben, doch bisher hat es noch nicht geklappt mit der Arbeitssuche.«

»Das ist schade. Darf ich fragen, welchen Beruf Sie ausüben?«

»Ich habe als Assistentin der Geschäftsführung eines Zulieferers einer großen Werft im Emsland gearbeitet. Aber jetzt hat der Junior das Ruder übernommen, und bei ihm ist für mich kein Platz.«

»Das tut mir leid. Und was macht Ihre Tochter beruflich?«

»Sie wollte mit ihrer Freundin eine Physiotherapiepraxis eröffnen. Aber dann hat sich diese angebliche Freundin in den Freund meiner Tochter verliebt, und die beiden haben sich mit dem Sparbuch meiner Tochter auf in den Süden gemacht.«

»Oh, das ist wirklich hart. Da kann man Ihnen beiden nur viel Glück wünschen. Aber so, wie ich Sie kennengelernt hab, finden Sie mit Sicherheit wieder einen Weg hinaus aus der Arbeitslosigkeit.« *Blablabla!* Was Passenderes fiel dir aber auch nicht ein, haderte er mit sich.

Sie nickte. »Hier oben auf der Alm werden wir auf jeden Fall Kraft für die Zukunft tanken können. Es ist einfach wunderschön hier.«

Er schwieg einen Moment. Nun komm schon, Esel, sag was, und stell dich nicht an wie ein dummer Bursch, der nicht bis drei zählen kann, befahl er sich.

»Und wie steht's mit Ihnen?«, unterbrach sie da zu seiner Erleichterung die eingetretene Stille. »Sind Sie verheiratet? Welchen Beruf haben Sie?«

»Ich bin Lehrer an der Oberschule. Und auch geschieden.« Wie es zu der Scheidung gekommen war, verschwieg er, obwohl ihr die Neugierde ins Gesicht geschrieben stand. Doch mehr über sich zu verraten, war er nicht bereit. Dieses Kapitel gehörte nicht zu diesem Abend, den er und augenscheinlich auch sie bisher so genossen hatten. Um sie abzulenken, fragte er: »Wie sind Sie denn auf diese Gegend gekommen?«

Er fragte nicht nur, um sie abzulenken, sondern sie auch unverhohlen beim Reden betrachten zu können. Sie war einfach umwerfend. Sie hatten oft hübsche Frauen zu Gast in ihrem Haus. Aber diese hier sah nicht nur gut aus, sondern sie hatte auch etwas, das ihn bis in sein Innerstes aufwühlte. Achtung, Junge, warnte er sich. *So hat es bei deiner ersten Liebe ebenfalls begonnen.* Doch dann verwarf er den Gedanken wieder. Das war lange her. Warum sich nicht für einen Abend von einer schönen, charmanten Frau begeistern lassen? Dazu war er ja wohl noch nicht zu alt.

»Ich fand nach dem Tod meiner Mutter ein Foto unter ihren Sachen. Es ist auf der Seiser Alm entstanden«, fügte sie hinzu. »Meine Mutter machte einen so glücklichen Eindruck, sodass Mila und ich uns entschieden, hierher zu fahren.«

»Eine gute Idee.«

Sie schwiegen einen Moment. »Übrigens, haben Sie morgen Nachmittag schon etwas vor?« Die Frage war ihm einfach entschlüpft, und beinahe erschrocken hielt er inne.

»Nein, eigentlich nicht. Ich möchte nur morgen früh mit dem Bus hinunter nach Kastelruth, um fürs Abendessen einzukaufen. Wir wollen ein wenig Geld sparen ... Einmal essen gehen pro Tag muss reichen«, fügte sie leise hinzu.

»Manchmal findet sich ja vielleicht auch jemand, der Sie zum Essen ausführt«, lächelte er.

»Exakt. So wie heute. Ich danke Ihnen vielmals. Es war ein sehr schöner Abend.«

»Der Abend ist ja noch nicht vorbei.« Er schmunzelte erneut. »Ich wollte Sie für morgen zu einem Schneespaziergang einladen. Oder zum Langlaufen.«

»Das wäre schön, ich meine, der Spaziergang. Denn ich bin noch nicht mit den Langlaufbrettern unterwegs gewesen und fürchte, ich könnte zu langsam für Sie sein.«

»Es soll ja nicht in einen Wettstreit ausarten. Wie steht's mit Alpin?«

»Nein, ich mache nur Langlauf. Alpinski bin ich seit meiner Jugend nicht mehr gefahren. Ich gestehe, dass mir dazu ein wenig der Mut fehlt.«

»Skifahren verlernt man nicht«, antwortete er.

»Das Gleiche hat mir Ihre Mutter versichert. Vielleicht klappt es ja noch, ich werde sehen. Aber ich will es langsam angehen lassen.«

»So ist's recht. Also sehen wir uns morgen Nachmittag?«

»Gern.«

»Sagen wir drei, passt Ihnen das?«

»Perfekt.« Sie nickte.

Sie schwiegen, und Luis wurde ganz ruhig und spürte eine Zufriedenheit wie lang nicht mehr. Er war beileibe nicht unzufrieden mit seinem Leben, aber die Stunden mit Konstanze waren eben mehr.

So schön der Abend allerdings war, so wurde es doch nun Zeit, nach Hause zu fahren. Es war fast zehn Uhr, und morgen früh musste er wieder seine Schüler mit klarem Kopf unterrichten. »Sind Sie einverstanden, dass wir uns auf den Weg machen?«, fragte er, und sie nickte. Er rief die Bedienung, und als sie das Restaurant verließen, hakte er Konstanze unter, damit sie auf dem glatten Schnee in ihren hochhackigen Stiefeln nicht ausrutschte.

Sie stiegen ins Auto, er schaltete das Radio ein, und es erklang leise Barmusik. Schweigend fuhren sie zur Pension. Als sie wieder ausstiegen, rutschte seine Begleitung prompt auf dem glatten Schnee aus, was ihm die Gelegenheit gab, ihr seinen Arm zu bieten.

»Danke.«

Er öffnete die Tür und ließ Konstanze den Vortritt. Während er abschloss, wartete sie. Er wies mit der Hand zur Treppe. Dass die Dame stets vorausging, hatte ihm seine Großmutter beigebracht, damit der Mann die Frau im Falle eines Sturzes auffangen konnte – eine sinnvolle Umgangsform, auch heute noch, dachte er schmunzelnd. Flüchtig nahm er den Duft ihres Parfums wahr, der ihm sehr gut gefiel. Sicher hatte sie schöne Beine, die er unter der langen Hose jedoch nur erahnen konnte. Ihre Figur war wohlproportioniert. Es erfreute ihn, dass sie nicht so dünn war. Ein Mann hatte doch gern etwas Weiches in Händen. Und dass ihr Körper weich war, lag auf der Hand.

Bevor sie hinaufging, wandte sie sich ihm noch einmal zu. »Herzlichen Dank für den schönen Abend.«

»Nichts zu danken. Es hat mir auch gut gefallen. Das Wetter soll morgen ganz gut werden. Aber ziehen Sie sich trotzdem warm an, es ist kalt da heroben. Vor allem am Nachmittag, wenn die Sonne nicht mehr scheint.«

»Wird gemacht.«

Auch sie schien noch keine Lust zu haben, den Abend zu beenden. Verlegen schob er sich seine dichten Haare aus der Stirn. »Und bitte nicht die mörderischen Stiefel von heute Abend. Sie könnten es bereuen«, grinste er.

»Meinen Sie wirklich?«, ging sie auf seinen heiteren Tonfall ein. »Schade. Ich finde sie sehr schick. Und als Großstadtmädel kennt man sich nicht aus. Außerdem benötigt man bei uns selten Haferlschuhe.«

»In der Scheune müssten noch einige Stiefel herumliegen«, schlug er vor.

Sie lachte. »Nein, nein, keine Sorge, das war nur ein Scherz. Ich bin gut ausgerüstet, wie Sie sicher an den Schrankkoffern bemerkt haben, die Sie freundlicherweise für uns hochgeschleppt haben.

»Es war mir ein Vergnügen«, entgegnete er mit vor Belustigung funkelnden Augen.

»Lügner.«

»Also gute Nacht. Es war sehr nett mit Ihnen.«

»Mit Ihnen auch.«

Sie machte immer noch keine Anstalten, die Treppe hinaufzugehen, und es durchzuckte ihn, sie einfach in die Arme zu nehmen. »Und schlafen Sie gut, damit ich Sie morgen nicht hoch auf den

Berg tragen muss«, krächzte er. Himmel, was für einen Unsinn er von sich gab!

»Wie, ich soll selbst kraxeln?«, fragte sie mit gespielter Entrüstung. »Ich dachte, die Buam aus Südtirol tragen ihre Madln auf Händen.«

Wäre sie eine von hier gewesen, hätte er sie an sich gerissen und auf ihren roten Mund geküsst, doch leider ging das ja nun nicht. »In der Regel schon, jedoch nicht gleich am ersten Tag.«

»Morgen kennen wir uns schon fast zwei Tage, die Begrüßung von gestern nicht zu vergessen.«

»Ich werde es mir überlegen.« Er wies erneut galant mit der Hand zur Treppe. »Aber vielleicht darf ich Sie die Treppe hinauftragen. Wär Ihnen das recht?«

»In der Regel schon – jedoch nicht gleich am ersten Tag.«

»Richtig, man soll nichts überstürzen, wobei wir uns morgen Mittag ja schon fast zwei Tage kennen – den Ankunftstag nicht zu vergessen«, wiederholte er.

Sie ließ ein perlendes Lachen ertönen und stieg langsam die Treppe hoch. Ein paar Stufen hinauf, und sie würde ihr Zimmer erreichen und wäre verschwunden, seufzte er innerlich. Zu schade.

»Ach, übrigens, in den Bergen über eintausend Meter duzt man sich.«

Am oberen Treppenabsatz blieb sie stehen und drehte sich um. »Wie nett.«

Ihre Hand lag auf dem Geländer, und er bewunderte ihre Schönheit. Ach, wenn er Mumm gehabt hätte, würde er jetzt ihren Kopf mit den Händen umfassen und sie küssen. »Ja, so ist es.« Seine Stimme klang rau, als stünde er kurz vor einer Erkältung – was nicht der Fall war.

Als sie lächelte, funkelten ihre Augen. Das Licht der Flurlampe fiel auf ihr Haar und ließ ihre halblangen Locken rotbraun schimmern. Ob die Farbe echt war? Sicher war sie das. Obwohl, bei den Frauen wusste man ja nie. Egal. Auf jeden Fall hatte sie wunderschöne graue Augen. Und dieser kleine Leberfleck im äußeren linken Augenwinkel – wie apart und verlockend er war. Wie alt sie wohl sein mochte? Er würde gleich morgen früh einmal bei seiner Mutter nachforschen.

»Und wie hoch ist nun die Seiser Alm?«, unterbrach sie seine Betrachtung.

»Eintausendachthundert Meter. Und mein Name ist Luis«, brachte er hervor.

»Ich bin Konstanze.«

Ach, würde sie doch bei ihm rasten, genauer in seinem Zimmer, und noch viel genauer in seinem Bett, aber sie musste ja unbedingt in ihr Zimmer. Leider. Er benötigte dringend eine kalte Dusche.

»Also dann, Konstanze. Schlaf schön. Bis morgen Nachmittag um drei.«

»Servus und pfüat di, Luis.«

Er schaute ihr hinterher, dabei überlegend, ob er sie bis an ihre Tür geleiten sollte, doch dann unterließ er es, sondern ließ seinen Blick auf ihr ruhen, bis sie um die Ecke verschwand und ihre Zimmertür ins Schloss fiel. Dann ging er die letzten Stufen hoch in seine Wohnung.

Himmel – was für eine Frau. Er entsann sich nicht, dass er sich jemals so Knall auf Fall in einen Gast verliebt hatte – außer natürlich in Gitte, seine Exfrau, damals als junger, ungestümer Mann. Ansonsten hatte er nie bei einem weiblichen Gast Schwäche gezeigt. Aber diese Konstanze war ja auch ein außerordentlich prächtiges Weib. Die, rief er sich zur Ordnung, in vier Wochen wieder über alle Berge oben in den hohen Norden abdüsen würde. Wenn er es doch zu verhindern wüsste!

Als er sich später ins Bett legte, musste er die ganze Zeit an sie denken. Wann hatte er das letzte Mal über eine Zukunft mit einer Frau fantasiert? Das war schon viel zu lange her. Aber er war keine fünfundzwanzig mehr, sondern seit September runde fünfzig Jahre alt. Er würde die Wochen mit ihr genießen – wenn sie ihm denn ein wenig ihrer knapp bemessenen Zeit schenkte –, und dann würde wieder Routine in seinen Alltag einkehren. Er war immer sehr zufrieden in seinem Alltag gewesen – zumindest in den letzten Jahren. Und so würde es auch bleiben, denn auf ein erneutes Desaster wie mit seiner ersten Ehefrau Gitte – ebenfalls einer Touristin aus Deutschland – konnte er wirklich verzichten.

10

Montagmorgen wachte Konstanze mit einem Kribbeln im Magen auf. Ganz klar – sie war verliebt. Es war das erste Mal seit Jahren, genauer seit Jahrzehnten, dass sie wieder von dieser berauschenden Gefühlswallung heimgesucht wurde.

Sie schaute auf die Uhr. Viertel vor acht. Zwar hatte sie mit Mila keine genaue Zeit ausgemacht, weil sie nach dem Abend mit Luis eigentlich lange schlafen wollte, doch sie wusste, dass ihre Tochter um Viertel vor neun zum Lift gehen würde, wo der Skikurs begann. Um Viertel nach acht würde sie sich demnach mit ihr zum Frühstück treffen können. Zeit, aufzustehen, sie konnte ohnehin nicht mehr schlafen, sondern fühlte sich frisch und ausgeruht. Am Abend zuvor war sie ins Bett gefallen und sicher gewesen, dass sie vor zwei Uhr in der Nacht kein Auge zumachen würde, doch das Gegenteil war der Fall. Dank des Weines und trotz des erregenden Intermezzos im Hausflur mit Luis war sie beinahe auf der Stelle eingeschlafen. Ihr Abschied hatte auch ihn im gleichen Maß wie sie aufgewühlt, das spürte sie ganz genau. Am Ende schien es sogar, als wollte er sie küssen. Doch dann hatte sie sich einen Moment zu früh umgedreht und die Gelegenheit verpasst.

Sie lächelte. Es war so, wie es immer beschrieben wurde: Als hätten sie sich schon immer gekannt. Über seine Ehe hatte er geschwiegen, obwohl sie zum Zerspringen neugierig war und ihm begierig ihr Ohr geliehen hätte. Hingegen berichtete er ausführlich über seine Arbeit als Lehrer. Man spürte, wie sehr ihn diese Tätigkeit erfüllte. Er unterrichtete Sport und Mathematik an der Oberschule in Bozen. »Danach werde ich mich viel auf Reisen begeben. Denn auch wenn ich meine Heimat liebe, von der Welt hab ich bisher noch nicht viel gesehen.«

»Aber Sie haben doch so viel Ferien«, hatte sie erstaunt geantwortet.

»Stimmt, aber es gab auch immer viel zu tun – abgesehen davon, dass die Arbeit für die Schule auch manchen Ferientag bestimmt. Wir hatten ja stets Gäste zu versorgen. Sie sind übrigens die letzten, die wir aufgenommen haben. In den Ferien nahm ich daher meiner Mutter so viel wie möglich von der Arbeit mit den Gästen ab, denn sie hatte ja ihre Reinigung, dazu die Näherei. Außerdem gehört uns ein Wald, der gehegt werden muss. Zudem gehe ich gern auf die Jagd, sodass meine Tage immer voll ausgefüllt sind.«

Wie gut er es hatte, dachte sie mit einem Hauch von Selbstmitleid. Sie selbst würde noch einige Zeit all ihre Energie aufwenden müssen, um beruflich wieder Anschluss zu finden.

Sie stand auf, um das Fenster zu öffnen und die beklemmenden Gedanken schnell wieder zu verscheuchen. Als die frische Luft ins Zimmer strömte, atmete sie tief ein, hob beide Arme und streckte sich genüsslich. Dann stemmte sie die Hände auf die Fensterbank und blickte hinaus auf die frostklirrende Anmut der Berge und Almen ringsum. Es war noch dämmrig, doch das blasse Firmament kündete bereits von einem sonnigen Tag. Dem Nachmittag mit Luis blickte sie in einer Mischung aus Freude und Spannung entgegen. Um neun begann Milas erster Tag im Skikurs, und sie selbst würde hinunter nach Kastelruth fahren, dort bummeln, Kaffee trinken und einkaufen, vor allem auch das Geschenk für Simon besorgen.

Als sie mit der Morgenroutine fertig war, verließ sie ihr Zimmer und klopfte bei Mila an. Diese öffnete beinahe gleichzeitig die Tür, und gemeinsam stiegen sie die Treppe hinunter in den Aufenthaltsraum. Wieder duftete es wunderbar nach Kaffee und frischem Brot. Josefa kam auch sogleich herein und brachte das Frühstück mit selbst gebackenem Roggenbrot, Weizensemmeln, selbst gekochter Himbeermarmelade, Honig, Wurst, Käse und Obst. Das Angebot, ihnen Rührei zu braten, lehnten sie dankend ab, der Tisch war überreichlich gedeckt. Selbst Mila verzichtete heute auf ihr Müsli.

Als sie wieder hinausgegangen war, erkundigte sich Mila mit leiser Stimme, wie der Abend verlaufen war.

»Er war wunderbar, mehr kann ich nicht darüber sagen«, entgegnete Konstanze strahlend.

»Und du wirkst wie ein junges Mädchen, das sich gerade Hals über Kopf verliebt hat.« Mila lächelte.

Konstanze kicherte leicht verschämt, nahm eine Scheibe vom Roggenbrot und strich mit Hingabe Butter darauf.

»Ach, Mama, es kommt doch so selten vor, dass man sich verliebt. Also – warum genießt du nicht einfach das Schöne daran, auch wenn es nur für vier Wochen ist?«

Konstanze zuckte lächelnd die Schultern und belegte das Brot mit deftigem Tiroler Speck. »Du hast recht. Man ist nur einmal jung. Jetzt wünsche ich dir erst einmal einen schönen Vormittag. Übrigens, heute Nachmittag bin ich wieder mit Luis verabredet.«

»Ach, ihr seid schon per Du?«, neckte ihre Tochter sie.

Konstanze nickte ernsthaft. »Das macht man so in den Bergen. Jedenfalls bei einer Höhe über eintausend Meter, verriet mir Luis.«

Mila hob grinsend die Brauen. »Soso. Werd ich mir merken. Nun, dann sehen wir uns ja wahrscheinlich erst am Abend wieder. Und vergiss nicht, dass wir bei Simon eingeladen sind. Nicht, dass du und dein Luis heute Nachmittag wieder ein neues Date für den Abend ausmacht.«

Konstanze schnitt sich einen Bissen von dem Brot ab und schob ihn in den Mund. »Gott, ist das köstlich«, murmelte sie und kaute augenrollend. »Und wie steht es mit dem Mittagessen?«

»Keine Ahnung. Vielleicht finden sich nach dem Kurs ja ein paar nette Leute, die gemeinsam essen gehen wollen, sodass ich mich da nicht festlegen will.«

»Macht ja nix. Ich werd schon nicht verhungern. Noch eine Scheibe von diesem göttlichen Brot und dem wunderbaren Speck, und ich bin satt bis morgen früh.«

»Lüg nicht. Du versicherst mir stets, dass dein Magen nach zwei Stunden und gefühlten zweitausend Kalorien später schon wieder leer ist.«

»Ja, ist das nicht wunderbar? Aber das kannst du dünnes Gerippe ja nicht nachempfinden«, fügte sie gespielt traurig hinzu.

»Nein, Mama, im Gegensatz zu dir denke ich am Tag auch noch an andere Dinge.«

»Irgendwie schade.« Konstanze grinste erheitert zurück.

Nachdem Mila zum Kurs-Treffpunkt gelaufen war, zog Konstanze ihre Winterjacke an und ging zur Bushaltestelle, die sich zum Glück gleich vor ihrer Tür befand. Am Platzl musste sie umsteigen und fuhr dann weiter mit dem Bus bis Kastelruth. In ein paar Tagen, so nahm sie sich vor, würde sie ihren Ausflug bis Bozen ausdehnen und sich die Stadt ansehen. Darauf freute sie sich schon sehr. Und nach Meran war es ja auch nicht weit.

Glücklich lächelnd, bummelte sie durch den netten Ort, blieb einen Moment bei einem der Herrgottschnitzer stehen und überlegte, ob sie sich von einem Teil des Geldes trennen sollte, um sich endlich eine der schön gearbeiteten Madonnen zu leisten, die sie sich immer schon gewünscht hatte. Doch dann entschied sie sich dagegen. Es galt, die Kröten beisammenzuhalten. Die Zeiten der Spontaneinkäufe waren fürs Erste vorbei. Der ungeplante Urlaub musste reichen.

Kastelruth war aber auch so hübsch. Der historische Ortskern gehörte zu den »Borghi più belli d'Italia« und war geprägt von der klassizistischen Pfarrkirche, den bemalten Häusern und dem barocken Kirchturm. Gemächlich schlenderte sie hinauf zum »Kofel«, einer Porphyrkuppe mitten im Ort, dem traditionsreichen Wallfahrtsweg, auf dem sich Einheimische, Kinder und Gäste gleichermaßen tummeln und von dem aus man einen herrlichen Blick auf die umliegenden Berge hat. Schließlich kaufte sie Tiroler Speck, würzigen Bergkäse und einige Tafeln Schokolade ein, dazu zwei Flaschen Wein. Saft und Wasser gab es in der Pension. Im Buchladen erstand sie ferner zwei klassische Krimis für Simon. Nachdem sie ein frühes Mittagessen und einen Kaffee als Abschluss genossen hatte, fuhr sie wieder hinauf auf die Alm, diesmal mit der Seilbahn. Nach diesem »anstrengenden« Ausflug gehörte auch der Mittagschlaf zu ihrem Ritual, das sie seit einigen Wochen genoss. Wobei sie natürlich nicht die ganze Zeit verschlief, sondern gemütlich im Bett las und sich dazu die samtige Schokolade schmecken ließ. An Schlaf war ohnehin nicht zu denken, ausgeruht, wie sie war, und erfüllt mit prickelnder Vorfreude auf das Treffen mit Luis.

Fertig angezogen und das Gesicht aufgehübscht mit einem Hauch Make-up, überlegte sie gerade, ob sie hinuntergehen sollte, aber da hörte sie auch schon Luis' Schritte und kurz darauf sein Klopfen an der Tür. Sie öffnete.

»Grüß dich, Luis. Ich bin fertig«, sagte sie ein wenig atemlos.

»Grüaß di«, antwortete er, und sie stellte erfreut fest, dass auch er leicht verlegen schien, nachdem er sie gefühlte fünf Sekunden angeschaut hatte, bis er die zwei Worte zur Begrüßung hervorstieß. »Du siehst gut aus. Ich meine ... d-deine Schuhe sind genau richtig für die Wanderung.«

Sie musste lächeln. Er hatte nicht einmal mit einem winzigen Senken des Kopfes ihre Schuhe begutachtet, sondern seinen Blick groß und überrascht auf ihr Gesicht geheftet. »Ich hab mich doch für handfesteres Schuhzeug entschieden und auf die schicken Stiefel verzichtet, obwohl ich sicher bin, dass du mich als Südtiroler auf Händen getragen hättest.«

Er erhielt seine Fassung zurück und sagte augenzwinkernd: »Logisch, vor allem, da wir uns ja jetzt bereits zwei Tage kennen.«

»Spar dir deine Kräfte«, sagte sie. »Ich muss mich bewegen, sonst kann ich in vier Wochen nur noch nach Hause rollen. Euer Tiroler Speck, die Wahnsinnsknödel und der fantastische Käse sind einfach eine Wucht.«

»So soll es sein.« Er nahm ihr die Jacke aus den Händen und half ihr beim Anziehen. Dann ging er voraus, die Treppe hinunter.

»Wohin werden wir spazieren?«, fragte Konstanze, als sie unten angelangt waren.

»Ich würd dich gern hinauf zu unserem Wald mitnehmen. Da ist heute Nacht eine Lawine abgegangen, und ich will schauen, ob unser Waldstück betroffen ist. Obwohl der Nachbar meint, dass wir verschont geblieben sind.«

»Oh«, sagte sie betroffen.

»Normalerweise nimmt diese Lawine immer den gleichen Weg. Es ist eine schmale Rinne, und unser Wald liegt ein ganzes Stück unterhalb, aber nachschauen will ich doch.«

Sie verließen das Haus und spazierten eine Weile entspannt und stumm nebeneinanderher den Weg hinauf, der vom Schnee zum Teil befreit war, da es sich hierbei um das Sträßchen handelte, das der Bus zur nächsten Seilbahnstation nutzte.

Nach fünf Minuten wies Luis auf eine kleine Holzhütte zur Linken, die ihren Weg säumte. »Hier können wir später Kaffee trinken. Sie haben feinen Südtiroler Apfelstrudel. Der ist noch besser als der von meiner Mutter«, schmunzelte er.

Konstanze nickte. »Wir sind dort bereits eingekehrt. Ich finde sie sehr gemütlich. Ach, es ist einfach wunderschön hier«, rief sie aus.

»Da stimme ich dir zu.«

Konstanze erzählte ihm von ihrem Ausflug nach Kastelruth.

»Schade, dass du im Januar bereits wieder bei dir daheim bist. Alle zwei Jahre findet in Kastelruth die originalgetreue Nachstellung einer Bauernhochzeit statt, wie sie früher gefeiert wurde. Es gibt einen Hochzeitsumzug mit Pferdeschlitten, die mit den Paaren, letztens waren es 17 geladene Paare mit ihren Gästen, von St. Valentin bis Kastelruth fahren. In Kastelruth folgen dann das Hochzeitsfest und die Hochzeitsküche. Bäuerinnen und

Gehilfen bereiten dafür ein typisches Hochzeitsmahl zu. Umrahmt wird das Ganze mit traditioneller Musik. Eine wunderbare Zeitreise ins 19. Jahrhundert.«

»Ja, das ist wirklich schade. Die würd ich mir gern ansehen«, antwortete sie sehnsüchtig.

»Aber vielleicht hast du ja schon Lust, einmal unseren Weihnachtsmarkt zu besuchen?«

»Na klar«, rief sie und blickte in sein Gesicht, das ebenso wie ihres ganz rot von der kalten Luft war und in dem die braunen Augen mit sichtbarem Stolz leuchteten. Im Gegensatz zu ihr, die eine dicke Mütze über die Ohren gezogen hatte, trug er keinerlei Kopfschutz, nur einen gestrickten Schal um den Hals, was wieder einmal Bewunderung in ihr hervorrief.

»Nächsten Sonntag könnten wir hingehen. Es wird einheimisches Kunsthandwerk gezeigt, Holz- und Krippenfiguren, nicht zu vergessen Glühwein, Lebkuchen und Tiroler Zelten. Mit seiner Adventsmusik, den Laternen und vielen Kerzen rundum hat das Ganze eine wirklich besondere Atmosphäre.«

»Nichts tät ich lieber«, sagte sie eifrig. »Aber was sind Tiroler Zelten? Das Wort hab ich noch nie gehört.«

»Es ist ein köstliches Weihnachtsgebäck aus Roggenteig mit einer Fruchtmasse aus Dörrbirnen, Feigen, Rosinen, Nüssen, Anis, Koriander und Zimt. Meine Mutter macht die besten«, fügte er stolz hinzu.

»Die werd ich garantiert probieren.«

»Also abgemacht. Und wenn du volkstümliche Musik liebst, dann kann ich dich zu einem Konzert einladen«, sagte er und blickte sie dabei lächelnd von der Seite an. »Da singen unsere Kastelruther Nachtigallen die Weihnachtsklassiker, und es werden besinnliche Texte vorgetragen. Also wenn du magst, bist du eingeladen. Ich müsst mich nur noch informieren, wann sie heuer auftreten.«

»Und wie gern ich das mag. Außerdem liebe ich Weihnachtsmärkte«, gab sie lächelnd zur Antwort.

»Früher hat unsere Mutter darauf bestanden, dass selbst gesungen wurde, als mein Bruder noch zu Hause wohnte. Später dann hab ich mich geweigert.« Er grinste. »Aber Karla, meine Schwägerin, hat es dann wieder eingeführt, als Simon und Ella, seine Schwester, geboren waren. Du musst wissen, dass wir Heiligabend immer bei ihnen drüben im Hotel feiern. Alle, auch ihre Eltern und Geschwister. Das ist feste Tradition.«

»Wie schön das klingt. Ich mag es, wenn die Familien zusammenhalten«, erwiderte sie leise.

»Nun ja, ehrlicherweise hatten mein Bruder und ich schon unsere Kämpfe zu bestehen«, gab er zur Antwort, und sein Schritt wurde noch länger, sodass Konstanze Mühe hatte, ihm zu folgen.

»Inwiefern?«, fragte sie, in der Hoffnung, dass er endlich Privates preisgab.

»Ich war mit seiner Frau verlobt, bevor er und sie zueinanderfanden«, sagte er schlicht.

»Oh.«

»Ja, oh.« Er nickte ernst. »Unser Familienfriede war dazumal auch einigermaßen am Boden, ehe wir ... na ja, ehe ich wieder normal mit den beiden umgehen konnte.«

»Das tut mir leid.«

»Muss es nicht.«

Sie gingen zur Seite, weil sie gerade der Bus passierte. Danach trat wieder diese einzigartige Stille ein, die Konstanze so an ihrem Aufenthalt in den winterlich verzauberten Bergen liebte. Und auf der Alm kam ihr diese Stille ganz besonders vor.

»Kurt und Karla sind ein wundervolles Paar, das sich sehr liebt. Aber als sie mir verriet, dass sie schwanger sei – und eben nicht von mir – und dass sie sich in der Liebe zu mir geirrt habe, da war ich doch sehr geschockt.«

»Kann ich mir vorstellen.« Und sicher warst du nicht nur geschockt, sondern zugleich sehr traurig und wütend, dachte Konstanze mitfühlend.

Schweigend bogen sie nun von dem breiten Weg ab, wandten sich nach rechts hinauf zu einem schmalen Trampelpfad.

»Von hier ist es nicht mehr weit, aber sehr steil«, sagte er. »Gib mir Bescheid, wenn ich dir zu schnell gehe.«

»Werd ich machen«, antwortete sie schwer atmend.

Er bemerkte es und verlangsamte sogleich seinen Schritt. Schließlich hatten sie die Stelle erreicht, an der das Schneebrett abgegangen war. Und tatsächlich war der Wald nicht von der Lawine betroffen.

»Zum Glück führen hier auch keine Wanderwege hindurch, sodass niemand zu Schaden kommen kann.«

Sie machten sich wieder auf den Heimweg und erreichten die Hütte. Diese war gemütlich, warm und restlos überfüllt, doch als ein Paar aufstand, ergatterten sie die Plätze. Sie bestellten Kaffee, Wasser und den Apfelstrudel mit Vanillesoße, der wirklich vorzüglich schmeckte.

Konstanze erzählte ihm, dass sie nach der Scheidung nicht wieder geheiratet habe. »Es ist schön, dass du nach der Trennung von deiner Schwägerin doch noch eine Frau gefunden hast ... Ich meine, ... auch wenn diese Ehe schiefging«, fügte sie hastig und ein bisschen verlegen hinzu. »Ich ... ich will damit sagen, dass man ab einem gewissen Alter ja nicht mehr so leicht in den Genuss einer Partnerschaft kommt ... jedenfalls ist es mir so ergangen.« Innerlich stöhnte sie. Zwar wollte sie gern mehr über sein Privatleben erfahren, doch sie musste ja nicht gerade wie ein Trampeltier vorgehen. Er antwortete nicht sofort, und einen Moment befürchtete sie, zu weit gegangen zu sein, doch dann antwortete er mit heiserer Stimme:

»Gitte war Gast aus München. Sie erschien an einem heißen Julitag und wir verliebten uns auf der Stelle. Doch dann machten wir den Fehler, dass wir nach drei Monaten sofort heirateten, ohne dass Gitte Gelegenheit bekam, zu testen, ob sie überhaupt das Leben auf der Alm ertragen konnte.« »Welchen Beruf hatte sie?« »Sie ist Ärztin. Und da sie kein Italienisch sprach, konnte sie nicht sofort in ihrem Beruf arbeiten. Um es kurz zu machen: Im Januar darauf kehrte sie nicht mehr mit mir zurück auf die Alm, nach einem Besuch bei ihren Eltern zu Silvester.«

»Das war hart für dich.«

»Das war hart für uns alle. Alle mochten sie gern. Und ihre Eltern waren so nett. Nur mit meiner Mutter hatte sie Probleme, aber das war auch irgendwie verständlich. Die beiden waren zu verschieden.«

»Ich habe auch kein besonderes Verhältnis zu meinen Schwiegereltern, was mir vor allem wegen meiner Tochter Mila leidtut«, sagte Konstanze mit Bedauern in der Stimme. »Was auch nicht an ihnen allein liegt. Es ist nicht so, dass wir uns nicht mögen, aber es kommt keine richtige Herzlichkeit auf, so sehr ich mich auch darum bemühe. Manches kann man eben nicht erzwingen. Aber Mila hätte gern eine größere Familie gehabt.«

Wieder schwiegen sie einen Moment und widmeten sich ihrem Kuchen. »Übrigens, da wir gerade von Familie sprechen«, hob er erneut an. »Darf ich dich für heute Abend zu einer Familienfeier einladen?«

»Oh, tut mir leid, aber da bin ich schon verabredet. … Obwohl«, hielt sie inne, »ich vermute, wir sprechen von derselben Feier?« Sie lächelte. »Mila und ich sind von Simon zu seinem Geburtstag eingeladen worden.«

Er schmunzelte. »Und ich wollte dich mitnehmen. Das ist ja schön, dann können wir alle gemeinsam hinübergehen.«

»Sieben Uhr?«
»Genau.«
»Ich freu mich drauf«, sagte sie strahlend.

Er zahlte, dann verließen sie die gemütliche Hütte und spazierten die wenigen Minuten zurück in die Pension.

»Ich hol euch beide ab«, entschied er vor ihrer Zimmertür. Sie verabschiedeten sich, und Konstanze fühlte erneut, wie ihr Magen rebellierte.

11

Mila stand lange vor dem Schrank. Was sollte sie bloß anziehen? Sie war nicht auf eine Familienfeier vorbereitet, hatte nur Hosen dabei. Also rein in die schwarze Marlene-Hose. Die weiße lange Bluse passte gut dazu. Elegante Schuhe hatte sie nicht eingepackt, aber egal. Sicher wurde nicht getanzt bei diesem Familienfest. So würde niemand auf die einfachen Ballerinas achten, die sie eigentlich nur mitgenommen hatte, um sie in der Pension zu tragen, und ihren Füßen nach den starren Skischuhen Erholung zu spenden. Sie steckte ihr Haar hoch, tuschte die Wimpern und zog die Lippen nach. Um sieben würden sie und ihre Mutter abgeholt. Zum Glück, so würden sie nicht allein vor lauter fremden Menschen eintreffen und sich selbst vorstellen müssen.

Sie spürte, wie ihre Nerven vibrierten. Es war schon aufregend, wie rasch und unproblematisch sie bereits in den ersten Tagen auf der Alm neue Leute kennenlernten. Ihre Mutter hatte sogar schon ihre ersten zwei Dates gehabt, die augenscheinlich sehr erfreulich abgelaufen waren, und sie selbst war zu einem Fest eingeladen worden. So schlecht ließ sich der Urlaub also nicht an.

Um kurz vor sieben ging sie nach nebenan, wo auch ihre Mutter bereits fertig zurechtgemacht vor dem Spiegel stand.

»Ich muss dir sagen, ich bin richtig aufgeregt«, strahlte sie Mila an. »Ich bin es einfach nicht gewöhnt, einmal wieder mit einem netten Mann auf ein Geburtstagsfest zu gehen.«

»Nein, Mama, du hast ja auch in den letzten Jahren wie eine Nonne gelebt. Logisch, dass du da aufgeregt bist.« Mila lächelte. »Also, los geht's«, flüsterte sie, als es Punkt sieben an der Tür klopfte. »Jetzt werden wir die Südtiroler Buben mal so richtig aufmischen.«

Auch Roman war dabei, sich für das Fest anzuziehen. Sein bester Anzug hing schon seit Stunden draußen zum Lüften am Haken. Er freute sich auf diese Geburtstagsfeier. Die war so recht nach seinem Geschmack. Man war unter Freunden, man kannte sich, man hatte die gleichen Vorlieben, nichts Unvorhergesehenes war zu erwarten, alles ganz entspannt. Heute Abend wurde gefeiert, er würde gut essen und trinken und nette Gespräche führen. Sein Blick wanderte zur Uhr. Schon halb acht, höchste Zeit, sich auf den Weg zu machen.

Gemeinsam mit Luis und seinen Eltern begaben sich Konstanze und Mila nach drüben ins festlich beleuchtete Hotel, wo sie auf das Herzlichste von Simon und seiner Familie begrüßt wurden. Sie überreichten Simon ihre kleinen Geschenke, die am Eingang zu dem Saal, in dem die Feier stattfinden sollte, auf einem Gabentisch abgelegt wurden. Dann führte der Sohn des Hauses sie an den Tisch, auf dem zahlreiche Kerzen und Blumenschmuck für eine festliche Stimmung sorgten.

Mila hatte sofort gesehen, dass Livemusik gespielt werden würde. Also wurde sicher getanzt, was sie freute, da dieses Vergnügen lange zurücklag. Markus hatte nie Lust gehabt, mit ihr die Arme in die Luft zu werfen und mit dem Hintern zu wackeln, wie er sich ausgedrückt hatte, wenn sie ihn bat, mit ihr einmal zum Tanzen auszugehen. Und ihre Discobesuche mit Freundinnen lagen auch bereits einige Jahre zurück. Abwarten, was der Abend für sie noch bereithielt. Auf jeden Fall saß sie neben Simon, das war schon mal ein guter Anfang. Und ihre Mutter hatte Luis an ihrer Seite, während rechts von ihr Josefa Zirler mit ihrem Mann Hermann Platz genommen hatten. So waren doch gleich zu Beginn Menschen Platznachbarn, die sie bereits ein wenig kannte. Konstanze war in der Tat ein Ass in der Kunst des Small Talks. Nur Mila wusste um deren anfängliche Scheu, die ihre Mutter dann aber auch zum Glück rasch ablegte und so die folgenden Stunden in Gesellschaft in der Regel ehrlich genoss. Alle bezeugten ihrer Mutter Charme und Esprit, dachte sie voller Stolz.

Vor Beginn des Essens war Sekt gereicht worden – oder Champagner, Mila kannte sich nicht gut genug aus, um den Unterschied zu schmecken –, und die erste halbe Stunde war völlig gelöst verlaufen, sodass sich schon sehr bald ihre Anspannung legte, wie bei Konstanze, deren Augen leuchteten wie der Christbaum zu Weihnachten. Später hielt Kurt Zirler eine amüsante Rede.

Das Essen war vorzüglich, und Mila wollte sich soeben gemütlich zurücklehnen, als Simon sich zu ihr hinüberneigte und murmelte: »Der erste Tanz gehört aber uns beiden. Nicht dass du dich von meinem Freund verleiten lässt, gleich zu Beginn mit ihm zu tanzen. Erstens kann er das nicht gut ...«

»Das hab ich gehört, und das stimmt so nicht«, wurde er von Peter Lindner, einem untersetzten Mann ungefähr in Simons Alter, mit schönen blauen Augen und dichtem schwarzen Haar unterbrochen, der links neben Mila saß. »Ich bin fit in allen freien Tänzen dieser Welt, bei denen man sich nicht aneinander festhalten muss.«

»... Und zweitens hab ich heute Geburtstag und an diesem Abend alle Wünsche dieser Welt frei«, fuhr Simon unbeirrt fort.

»Und ich bin total aus der Übung und kann dir nur raten, deine Skischuhe anzuziehen. Ich garantiere für nichts«, gab Mila amüsiert zur Antwort.

»Ich bin hart im Nehmen. Jetzt komm, und lass uns den Tanz eröffnen.« Mit diesen Worten zog er sie auf die Tanzfläche.

Zum Glück war dies das Zeichen, das tatsächliche einige andere Paare animierte, ebenfalls auf den Tanzboden zu gehen, der im hinteren Teil des großen Raumes durch Blumenkübel von den Tischen abgetrennt worden war.

Der Einzige, der sich an diesem Abend ungewöhnlich still verhielt, war Roman. Ihm hatte der Anblick Konstanzes einen solchen Schauder versetzt, dass es ihm wahrlich die Sprache verschlug. Leider saß er ein wenig zu weit von ihr entfernt, sodass es ihm unmöglich war, sie anzusprechen. Doch immer wieder wanderten seine Blicke zu ihr hinüber, bis Josefa, die dies bemerkt hatte, ihn ansprach.

»Gell, Roman, dir ist es auch aufgefallen, diese frappierende Ähnlichkeit mit Traudl. Und dazu dieses seltene Muttermal.«

Roman nickte stumm. Und ob ihm diese Ähnlichkeit zu seiner Großmutter, der Mutter seines Vaters aufgefallen war. Doch er saß eben zu weit entfernt, sodass ihm nur die Möglichkeit blieb, sie zum Tanz aufzufordern, damit er wenigstens ein paar Worte mit ihr wechseln konnte, dem Gast aus Norddeutschland, wie Josefa ihm bereits mitgeteilt hatte.

»Kennst du den Ort, wo sie herkommen?«, brachte er mühsam heraus.

»Freilich. Sie kommen aus irgendeinem kleinen Ort in Norddeutschland.«

»Zufällig Oldenburg?«, fragte er mit heiserer Stimme.

»Ja, genauso hieß er«, antwortete Josefa mit Erstaunen in der Stimme.

Roman brach der Schweiß aus. »Kennst du ihren Namen?«

»Freilich, sie heißt Konstanze Sandtner, und ihre Tochter Mila.«

Er stöhnte innerlich. Er musste sie unbedingt zum Tanz auffordern, denn dass sie das Fest verließ ohne ein Wort mit ihm zu reden, konnte er auf keinen Fall zulassen. Doch das würde kein Leichtes sein, denn Luis hing den ganzen Abend wie eine Klette an ihr. Außerdem nutzte es nichts, wenn er bei heiteren, schnellen Rhythmen den Tanz mit ihr suchte. Es musste etwas Leises, Langsames gespielt werden, sodass man wenigstens ein paar Worte miteinander wechseln konnte.

Schließlich kam seine Chance, als die Band ein schmeichelndes Liebeslied anstimmte. Er erhob sich so rasch, wie es ihm möglich war, von seinem Stuhl und stürzte sich beinahe auf Konstanze. »Du erlaubst doch, Luis, dass ich dir die Dame für einen Tanze entführe?«, sagte er und drückte beide Arme auf Luis' Schultern, als der soeben im Begriff stand, sich zu erheben, um mit Konstanze erneut zu tanzen.

»Aber nur ausnahmsweise«, entgegnete Luis mit Verwunderung in der Stimme.

Roman neigte sich zu Konstanze.

Deren Wangen glühten, und die hellen Augen glänzten. Sie hatte sich den ganzen Abend augenscheinlich prächtig amüsiert, was ohne Frage das Werk von Luis war, dachte Roman amüsiert. Die Hauptsache war, dass er mit ihr ein paar Worte sprechen konnte.

»Darf ich bitten?«

»Aber gern«, beantwortete Konstanze seine Frage, die eher wie ein Befehl geklungen hatte, jedenfalls schien das Roman so. Aber egal, er musste jetzt dringend mit der Dame reden.

Stumm gingen sie zu der Tanzfläche. Er legte den Arm um sie, und dann fiel sein Blick auf die

Stelle seitlich ihres linken Augenwinkels. Oh mein Gott, er hatte sich nicht getäuscht. »Gnädige Frau, entschuldigen Sie, wenn ich mit der Tür ins Haus falle, aber ist der Name Ihrer Mutter zufällig Maria Schmidt?«, entfuhr es ihm, er konnte nicht anders. Es war ihm unmöglich, auch nur eine Sekunde länger zu warten.

Konstanze stoppte so abrupt, dass sie mit Kurt und Karla zusammenstießen. »Entschuldigung«, brachte Roman hervor und leitete sie zum Rand der Tanzfläche.

»Ja, das ist richtig. Vielmehr war das ihr Mädchenname«, erwiderte Konstanze, und ihre schönen Augen, die in ihrem rosigen Gesicht den ganzen Abend fast unnatürlich leuchteten, wurden kreisrund.

Roman schluckte trocken. *Bingo!*

»Darf ich fragen, was Sie zu der Frage veranlasst?«

Er hatte Mühe, den langsamen Tanz fortzusetzen, doch er traute sich nicht, sie sogleich von der Tanzfläche fortzuführen, schließlich wollte er kein Aufsehen erregen. »Es ist so, dass Sie eine enorme Ähnlichkeit mit meiner Großmutter haben und … und … Ach, … ich weiß nicht, wie ich es Ihnen erklären kann.«

»Wir haben wohl alle irgendwo auf der Welt einen Doppelgänger«, antwortete sie mit einem Lächeln.

»Möglicherweise ist es mehr als das«, erwiderte er heiser. »Könnten wir uns morgen sehen? Ich meine, wir … wir könnten uns vielleicht hier im

Café zum Kaffee treffen, ich hätte wirklich ein paar wichtige Fragen an Sie.«

Nur mit Mühe gelang es ihm, nicht vollends seine Fassung zu verlieren.

»Verzeihen Sie meine Unhöflichkeit. Mein Name ist Roman Zallinger. Ich bin mit der Familie Zirler befreundet ... Sie brauchen also nichts zu befürchten.«

»Sie haben mich richtig neugierig gemacht«, antwortete Konstanze heiter, und Roman wunderte sich, wie arglos sie schien. Aber wenn ihn nicht alles täuschte – und es konnte eigentlich gar nicht anders sein –, dann handelte es sich bei ihr um die uneheliche Tochter seines Vaters, entstanden aus der Affäre einer Nacht, wovon die Frau in seinem Arm keine Ahnung zu haben schien. Aber alles sprach dafür, dass er augenscheinlich seine Halbschwester im Arm hielt.

»Wollen wir uns nicht kurz hierhersetzen?«, bat er, denn beim Tanzen schien es ihm unmöglich, weiter über dieses Thema zu sprechen.

Er geleitete sie zu einem der kleinen runden Tische neben der Bar, die mit ihrer intimen Beleuchtung und den brennenden Kerzen in gemütliches Licht getaucht war.

»Gern.« Sie setzten sich in die Sessel, und er winkte dem Kellner. »Was darf ich Ihnen bestellen?«

»Für mich bitte einen Weißwein«, erwiderte sie.

»Und für mich den roten Hauswein«, bestellte er.

»Und da Sie schon den Mädchennamen meiner Mutter kennen, möchte ich mich Ihnen auch vorstellen, denn dazu sind wir heute Abend ja noch nicht gekommen. Also, ich heiße Konstanze Sandtner. Und ich treffe mich gern mit Ihnen auf einen Kaffee. Aber wollen Sie mir jetzt nicht mehr verraten oder gar einen Tipp geben, worum es sich bei unserem Gespräch handeln könnte?«

»Das würde ich gern, aber ... Nun, es ist nicht unkompliziert«, murmelte er. Er holte tief Luft, um fortzufahren, doch da erschien Luis an ihrem Tisch und setzte sich ohne Scheu zu ihnen.

»Glaub dem Mann kein Wort, Konstanze. Er ist ein Schwerenöter und versucht es bei jeder, die nicht bei drei auf dem Baum ist. Also sei vorsichtig«, warnte er mit einem Augenzwinkern.

»Du redest Unsinn, Luis«, gab Roman verärgert zur Antwort.

Zum Glück erschien in diesem Moment der Kellner und stellte die beiden Getränke auf den runden Nussbaumtisch. »Bringen Sie mir auch den Roten«, bat Luis aufgeräumt, und Roman seufzte.

»Ich fürchte, hier und heute ist nicht der rechte Ort, um die Sache zu bereden«, sagte er missgestimmt in Luis' Richtung. Warum konnte sein Freund Konstanze Sandtner aber auch nicht eine Sekunde allein lassen? Wenn er ihn nicht besser kennen würde, müsste man meinen, er wäre in die Frau verliebt.

»Welche Sache?«, fragte der auch prompt.

»Eine Sache, die nur Frau Sandtner und mich angeht«, stellte Roman energisch klar.

»Klingt aufregend, findest du nicht, Luis?«, fragte Konstanze, und Roman vermutete, dass sie leicht angeheitert war, so amüsiert, wie sie wirkte – was auch auf Luis zuzutreffen schien, der nun wirklich nicht für übermäßigen Alkoholgenuss bekannt war. »Ich treffe mich morgen mit Herrn Zallinger auf einen Kaffee hier im Hotel. Glaubst du, dass ich diese Einladung annehmen kann? Schließlich kenne ich ihn ja nicht.«

»Wobei ich es ehrlicherweise noch mehr begrüßen würde, wenn Sie mich bei mir zu Hause besuchen würden. Sie können sich auf mich verlassen, ich habe nur ehrenwerte Absichten ... oder vielmehr ... äh ... keinerlei Absichten, Ihnen nähertreten zu wollen«, endete Roman verlegen.

Luis' Augen funkelten vor Erheiterung. »Du kannst seine Einladung auch zu sich nach Hause beruhigt annehmen. Er ist mein Freund und bekannter Apotheker. Er kann sich somit keinen Skandal leisten. Trotzdem werde ich dich zur Sicherheit begleiten.«

»Das lässt du schön bleiben«, rief Roman und merkte selbst, wie seine Stimme ihren normalen festen Klang verlor. Himmel noch mal, am liebsten würde er Luis beim Kragen packen und ihn zurück an seinen Platz befördern.

»Tut mir leid, Luis, du siehst, das, was Herr Zallinger und ich zu besprechen haben, ist topsecret«, lachte Konstanze.

»Nun gut, du darfst ihn auf einen Kaffee treffen. Aber danach musst du mir unbedingt verraten, was er von dir wollte.«

Mein Gott, der Mann war ja wirklich angetrunken, dachte Roman erzürnt. Dabei trank Luis nie viel Alkohol. Aber so, wie die beiden miteinander umgingen, hatte der Wein ihnen am heutigen Abend besonders gut geschmeckt.

»Luis, willst du nicht deine Mutter einmal zu einem Tanz auffordern?«, fragte er in reinstem Befehlston.

Luis' Grinsen verschwand, doch er rührte sich nicht. »Nein, Mutter ist müde. Ich fürchte, du musst meine Gegenwart noch ein Weilchen ertragen«, sagte er mit Ernst in der Stimme, und seine Augen blieben dabei ganz schmal.

Roman seufzte. »Liebe Frau Sandtner, sagen wir morgen vier Uhr? Ich würde mich wirklich sehr freuen, wenn Sie kommen könnten. Glauben Sie mir, ich habe meine Gründe. Und jetzt möchte ich mich verabschieden, ich bin ein alter Mann und schon recht müde. Mein Bett verlangt nach mir.« Er versuchte, seiner Stimme einen leichten Ton zu geben, doch merkte er, dass ihm dies misslang. Er war einfach viel zu aufgewühlt.

»Ich freue mich auf morgen und bin schon sehr gespannt. Gute Nacht, Herr Zallinger«, antwortete Konstanze lächelnd.

»Gute Nacht, Luis.«

»Habe die Ehre.« Luis nickte in seine Richtung, doch nicht das winzigste Lächeln erreichte seine Augen.

Luis blickte einen Moment stumm hinter Roman her. »Der macht es aber richtig spannend«, sagte er.

»Er scheint meine Mutter zu kennen«, erwiderte Konstanze sinnend.

»Ach ja? War sie denn tatsächlich schon einmal hier?«

»Ja, vor vielen Jahren. Ich habe ein Foto von ihr, das auf der Alm gemacht worden ist, du weißt, ich hab dir davon erzählt. Vielleicht kennt er sie oder möchte sie näher kennenlernen. Keine Ahnung. Aber leider ist sie ja vor ein paar Monaten verstorben«, endete sie leise.

»Morgen wirst du weitersehen. Aber du kannst ganz entspannt zu ihm gehen, Roman ist wirklich in Ordnung.«

Als hätte Roman das gehört, stand er erneut neben ihrem Tisch. »Ich vergaß ja völlig, Ihnen mitzuteilen, wo ich wohne«, sagte er verlegen. »Also, ich wohne gleich hier links in dem Haus neben dem Hotel, die Nummer fünf. Sie können es gar nicht verfehlen. Ich freu mich.« Mit diesen Worten verließ er endgültig den Saal.

Luis blickte ihm nachdenklich hinterher. Als Roman verschwunden war, sprang er auf. »Ich würde vorschlagen, wir tanzen noch ein bisschen, was meinst du? Darf ich bitten?«

Von all dem bekam Mila nichts mit. Sie war vollauf mit Simon beschäftigt, genauer der mit ihr. Anfangs kümmerte er sich natürlich auch um seine anderen Gäste, doch wenn er sich seinen Freunden kurz nach einem Tanz näherte, zog er Mila beiläufig mit sich und stellte sie vor. Mila genoss die Situation, fühlte sich frei wie ein Vogel. Es war lange her, dass sie diese beschwingte Leichtigkeit empfunden hatte, wobei die köstlichen Cocktails dabei eine gewisse Rolle spielten. Die meisten Freunde kamen wie Simon von der Alm, aus Kastelruth, Bozen oder Meran.

Als ihre Pensionswirte das Fest bereits schon länger verlassen hatten und später ihre Mutter und Luis ihnen folgten, zog er sie auf eine Zweisitzercouch in einer intimen Ecke hinter der Bar, wo er ihr und sich erneut einen prickelnden Cocktail bestellte, von dem Mila sich schwor, dass dieser ihr letzter für heute sein sollte.

Sie prosteten sich zum wiederholten Male an diesem Abend zu, doch zur Sicherheit nippte Mila diesmal nur an der alkoholischen Köstlichkeit.

»Übrigens, ich wollte dich fragen, ob du morgen Nachmittag Lust und Zeit hättest, dir einmal mein Hotel anzuschauen«, begann er.

Mila, die sich entspannt und leicht ermattet der sanften Musik aus dem Hintergrund hingab, atmete tief ein und aus. »Hm, klar, natürlich. Das würde ich sehr gern.« Sie nickte erfreut.

»Es hat nämlich einen besonderen Grund«, sagte er mit geheimnisvoller Miene.

»Das klingt ja richtig rätselhaft«, schmunzelte sie.

»Es ist nämlich so«, fuhr er ernsthaft fort. »Du hast mir erzählt, dass du Physiotherapeutin bist und beinahe deine eigene Praxis eröffnet hättest. Wozu es dann nicht gekommen ist, aus welchem Grund auch immer.«

Mila verkniff sich eine Antwort. Diese Tatsache war ihr irgendwann an diesem Abend herausgerutscht, der ungewohnten Alkoholmenge geschuldet, und sie bedauerte dies mittlerweile. Es schien ihr unpassend, so schnell bei einem fast Unbekannten und bei einem solchen Anlass mit dieser privaten Notlage hausieren gegangen zu sein. Zum Glück hatte sie sich nicht über Einzelheiten ausgelassen. Dazu kannte sie den Mann nicht gut genug. Sie war keine Plaudertasche, die gleich in der ersten Stunde des Kennenlernens ihre Lebensgeschichte darlegte.

»Es ist nun so, dass ich gerade händeringend eine Physiotherapeutin suche. Und ich dachte, dass du, ... wenn dir der Wellnessbereich meines Hotels gefallen würde, vielleicht Interesse hättest, diese Saison probeweise bei mir einzusteigen«, ging er pfeilgrad auf sein Ziel zu. »Auch wenn das jetzt hier vielleicht nicht der richtige Ort ist, dich das zu fragen. Aber ... ich konnte einfach nicht warten, außerdem weiß man ja nicht, wann man sich wiedersieht.«

Mila riss die Augen auf und atmete tief durch. »Versteh ich das richtig? Soll das etwa ein Jobangebot sein?«, vergewisserte sie sich dann durch den Dunst ihres benebelten Hirns.

»Könnte man so sagen.«

»Aber du weißt doch gar nichts über mich. Ich meine, ich habe keine Zeugnisse dabei, und ... wir kennen uns schließlich kaum.«

»Das, was ich sehe, reicht mir«, antwortete er ernst. »Es ist ja für uns beide ein Versuch. Leider hat unsere Physiotherapeutin, die für mich arbeiten wollte, Knall auf Fall ihre Bewerbung zurückgezogen, um mehr Zeit für ihre Familie zu haben, und jetzt stehen wir wirklich vor einem Problem, denn ich habe mit den Massageangeboten geworben, und wie ich von meinen Eltern weiß, werden die auch gern angenommen. Wie du siehst, würdest du mir wirklich aus einer Notlage helfen.« Er blickte sie abwartend an.

»Eigentlich bin ich ja hier, um Urlaub zu machen«, entgegnete sie zögernd und schluckte.

»Im Moment wäre das auch kein Problem, denn die Saison hat ja gerade erst begonnen«, unterbrach er sie. »Den Vormittag könntest du dir auf jeden Fall für deinen Skikurs frei halten. Der Nachmittag würde fürs Erste vollkommen reichen. Außerdem gibt es ja noch den Physiotherapeuten bei meinen Eltern. Wenn jemand ausfällt, könnte zum Beispiel derjenige aus dem anderen Familienhotel einspringen.«

»Auf jeden Fall kann ich mir ja mal deinen Wellnessbereich anschauen«, stimmte Mila zu.

»Der ist wirklich super, du wirst staunen«, sagte er stolz.

Sie schüttelte den Kopf und lächelte ihn an. »Das kommt wirklich alles sehr überraschend. Soeben war ich noch völlig neben der Spur, dann komme ich mit meiner Mutter ahnungslos hierher, und peng!, da macht man mir ein Jobangebot. Wobei ich natürlich keine Ahnung habe, ob man davon wirklich leben kann«, wandte sie vorsichtig ein.

Er ergriff spontan ihre Hand. »Ich hatte vor, dich als Angestellte einzustellen. Ich bin überzeugt, das wäre auch für dich für den Anfang gar nicht schlecht. Über alles Weitere können wir ja später noch reden. Ich denke, da werden wir uns einig. Das ist hier jetzt wirklich weder der richtige Ort noch die passende Gelegenheit.«

Die Wärme seiner Haut tat so gut. Die Musik und seine angenehme Stimme lullten sie ein, und sie hatte plötzlich Mühe, die Augen offen zu halten. Sie hatte ein Festanstellung angeboten bekommen. Hier, am Ende der Welt! Sie konnte es noch nicht ganz fassen. Hoffentlich waren ihm die Cocktails nicht genauso zu Kopf gestiegen wie ihr, und er zog morgen früh sein Angebot wieder zurück.

Entschlossen stand sie auf. »Bitte sei mir nicht böse, aber ich möchte jetzt rüber in mein Bett gehen. Ich bin völlig überwältigt von dem Abend. Es war wirklich sehr schön und lustig und … und aufregend«, fügte sie ehrlich hinzu. »Aber jetzt ist genug.«

»Also sagst du zu?«

»Ich sage zu, dass ich gern morgen in dein Hotel komme«, wiegelte sie lachend ab. »Wie du schon sagtest, ist das hier nicht der richtige Ort für solch ein Gespräch, aber es klingt interessant. Ich danke dir ganz herzlich für dein Angebot«, sagte sie und bemühte sich, deutlich zu sprechen, denn beim Aufstehen hatte sich alles um sie herum gedreht. »Aber jetzt muss ich dringend ins Bett. Gute Nacht, lieber Simon.« Sie reichte ihm brav die Hand, doch er nahm sie wortlos in seine Arme und zog sie an sich.

»Danke auch für den schönen Abend und das nette Geschenk. Bitte erlaube mir doch, dich hinüberzubegleiten. Du weißt, die Straße hier ist glatt«, sagte er in einschmeichelndem Tonfall.

»Und die Cocktails hatten's in sich.« Sie lächelte augenrollend.

Er ging vor ihr her zur Garderobe. Es war fast vier Uhr, und sie gehörten zu den letzten Gästen, wie sie bemerkte. An der Tür zu ihrer Pension verabschiedete er sich von ihr, und sie hätte schwören können, dass er kurz davorstand, sie zu küssen. Er nahm sie erneut in den Arm, doch es gab keinen Kuss, und auch sie hielt sich zurück. Aufgepasst, Mila, sagte sie sich, vor allem nach den reichlich genossenen Alkoholika.

»Leider kann ich nicht länger bleiben, ich möchte zurück zu meinen Gästen und die Jungs endlich vor die Tür setzen, denn morgen haben wir alle einen anstrengenden Arbeitstag vor uns.«

»Und ich erst. Morgen lerne ich den Parallelschwung. Mir wird allein bei dem Gedanken übel«, wandte sie lachend ein und hielt sich sogleich am Türrahmen fest, denn die Welt drehte sich schon jetzt bei jeder Kopfbewegung viel zu schnell.

»Den schaffst du leicht. Wer so gut tanzt wie du, der kriegt das in Nullkommanix hin«, schmeichelte er ihr mit leiser Stimme. »Ich würde sagen, ich hole dich um vier, spätestens halb fünf ab. Wär das in Ordnung?«

»Passt wunderbar.« Sie nickte.

»Soll ich dich noch hinaufbegleiten?«

Erneut schüttelte sie den Kopf, diesmal behutsamer. »Keine Sorge, das schaff ich schon noch.

Und sei es auf allen vieren.« Sie grinste, wobei sie allerdings nur hoffen konnte, dass sie es tatsächlich aufrecht in ihre Koje schaffte. »Danke nochmals für den schönen Abend.«

Und da küsste er sie doch noch. Federleicht, aber immerhin auf den Mund. So rasch, wie es ihr Zustand erlaubte, drehte sie sich um und ging vorsichtig die Treppe hinauf.

12

Dienstagmorgen um halb acht klingelte der Wecker, und Mila erwachte. Sie verschränkte die Arme hinter dem Kopf und blickte mit einem Lächeln hinaus auf die gestochen scharfe Bergkulisse, die sich vor ihrem Fenster erstreckte. Die Gardinen waren zur Seite gezogen, denn niemand konnte in dieses Fenster hineinschauen, das zu dem geschützten Balkon mit dem hohen Geländer wies. Das Wetter war prächtig, kein Wölkchen verunzierte den blassblauen Himmel, noch verspürte man den geringsten Windhauch.

Obwohl ein wenig müde, empfand sie nicht jene tiefe Erschöpfung der vergangenen Wochen, sondern eher eine verträumte Mattigkeit. Der gestrige Abend, genauer die gestrige Nacht, war aber auch zu schön, geradezu verheißungsvoll gewesen. Die Stunden waren einerseits anregend wie Champagner dank Simons Gunstbezeugung und andererseits Balsam für ihre Seele angesichts der wohltuenden Heimeligkeit im Kreis der herzlichen Familie Zirler. Sie hatte sich amüsiert, begehrenswert und von einer Leichtigkeit erfüllt gefühlt wie lange nicht.

Simon!

Der anmutige Name eines attraktiven Mannes. Eines Mannes der Tat, eines Mannes, der zupacken konnte und der sich augenscheinlich in sie verliebt hatte, wenn sie die Zeichen richtig deutete. Wobei man in diesem Punkt ja manchmal ziemlich danebenliegen konnte, wie sie hatte feststellen müssen, sinnierte sie.

Stopp!
Schluss mit negativen Hirngespinsten. Ein verlockender Tag lag vor ihr. Morgens der Skikurs, bei dem es bereits am gestrigen ersten Tag viel zu lachen gegeben hatte, danach die private Führung durch sein Hotel, deren Abschluss möglicherweise mit einer Zusage für eine Festanstellung enden würde.

Ihr Atem ging rascher. Sie konnte es kaum erwarten, mit ihrer Mutter über Simons Angebot zu sprechen. Oder mit einer ihrer Freundinnen. Sie war kurz geneigt, das Smartphone einzuschalten, doch dann schaute sie auf die Uhr. Bei aller Freundschaft, um halb acht in der Früh hatten die Damen sicherlich keine Zeit, sich mit ihr auszutauschen, sondern waren im Gegensatz zu ihr bereits auf dem Weg zum Arbeitsplatz, durchzuckte es sie. Außerdem dachte sie an ihren Vorsatz, das Handy nicht vor dem Abend anzurühren. Sie hatte bereits an sich feststellen müssen, dass sie kurz davorstand, richtiggehend süchtig mehrmals in der Stunde zu prüfen, wer sie kontaktiert hatte, und Abhängigkeit in jeder Form war ihr zeit ihres Lebens zuwider gewesen. Auch auf die Gefahr hin, dass sie somit als Arbeitssuchende nicht jede Minute des Tages erreichbar war, hielt sie sich an ihre Vereinbarung. Wer keine Geduld hatte, zu warten, bis sie am Abend auf die Nachricht reagierte, war ihr ohnehin suspekt.

Doch Schluss jetzt! Sie warf mit Schwung die Bettdecke zurück und stand auf. Die Zeichen standen auf Neubeginn, und der konnte nur gut werden. Sie trat an die Balkontür, öffnete sie weit und tat einen tiefen Atemzug. Allein diese Luft klärte die Gedanken, dachte sie heiter. Sie absolvierte einige Yoga-Übungen, dann zog sie das Nachthemd aus und ging ins Bad.

Später beim Frühstück freute sie sich, ihre gut gelaunte Mutter bereits unten anzutreffen. Sofort begann sie zu erzählen.

»Schatz, das ist ja wunderbar«, rief Konstanze erfreut aus.

»Meinst du wirklich?«, fragte Mila.

»Aber natürlich. Warum nicht?«

»Weil es auch bedeuten würde, dass du mindestens für eine Saison zu Hause allein wärst, das Ganze möglicherweise ohne Job und … na ja, das erste Mal auch ohne deine Tochter, was deine Situation nicht gerade leichter macht«, wandte Mila ein.

Konstanze langte über den Tisch und ergriff Milas Hand. »Schätzchen, erstens hab ich dir hundert Mal gesagt, dass ich nicht der Grund sein darf, der dich in Oldenburg festhält. Ich hab dir mehrmals geraten, dich auch in anderen Städten zu bewerben. Und jetzt ergibt sich für dich eine Möglichkeit, zu arbeiten und Geld zu verdienen. Also zögere nicht. Außerdem, was bietet Oldenburg, das die Seiser Alm nicht hat?«, fügte sie grinsend hinzu.

»Verregnete Winter, platte Landschaft, Staus ohne Ende, Luftverschmutzung ... Soll ich fortfahren?«, verkündete Mila.

Konstanze lachte. »Na also, greif zu. Mir bleibt nur, dir Glück zu wünschen, mein Kind.«

»Ich werd mit ein paar Leuten vom Kurs essen gehen. Ich schätze, dann sehen wir uns heute erst spät?«

Konstanze nickte. »Ich esse unten am Platzl was Kleines. Um vier hab ich ja noch ein Date mit diesem Roman Zallinger. Bin gespannt, was für eine spannende Sache er auf Lager hat.«

»Tu nichts, was ich nicht auch tun würde«, witzelte Mila. Dann machten sie sich über das köstliche Frühstück her, zu dem es heute nicht nur selbst gebackenen Schokoladenkuchen, sondern auch duftendes Weißbrot gab, das ebenfalls aus dem Ofen Josefas stammte, wie diese stolz verkündete.

Eine halbe Stunde später begab sich Mila zu ihrem Skikurs. Konstanze nahm all ihren Mut zusammen, machte sich auf den Weg zum unweit gelegenen Loipeneinstieg und legte zum ersten Mal nach zig Jahren die Langlaufbretter an. Sie entschied sich für eine 10-km-Runde ohne nennenswerte Steigung auf einer der perfekt gepflegten Loipen. Zu ihrer großen Freude bereiteten ihr die Bretter nach anfänglich zögerlichen Schritten überhaupt keine Mühe. Sie glitt wie von selbst über die Spur, und bei den sanften Aufstiegen hatte sie ebenfalls kaum Probleme mit den modernen

Schuppenskier, die sie im Fundus der Zirlers entdeckt hatte. So blieben ihre alten Wachsbretter stehen, und sie genoss bereits kurz darauf das ungewohnte und wunderbare Dahingleiten durch die offene und dennoch abwechslungsreiche Landschaft der Alm. Sie war keine großartige Sportlerin und überforderte sich nicht. Schon bald verfiel sie in ein gemütliches Gleiten in ihrem eigenen Rhythmus. Binnen Kurzem stoppte der Gedankenkreisel, der die ganzen letzten Monate immer wieder in ihr rotiert hatte. In ihr war nichts als Ruhe und Wohlbehagen. Geschützt wie in einem weißen Kokon, gab sie sich selbstvergessen der Diagonalbewegung hin und ließ scheinbar mit jedem Abstoßen und dem anschließenden Gleiten die Sorgen hinter sich zurück.

Sie begegnete nur wenigen Touristen und grüßte bald ebenso mit einem leichten Lächeln zurück. Irgendwann murmelte ihr ein älterer Mann das ihren Ohren fremde »Salve« zu, und ihr Herz ging auf. Ihre alte Welt war den Bach hinuntergegangen, doch wie viel Schönes bot sich ihr jetzt! Ehe sie sich versah, waren zwei Stunden vergangen. Möglicherweise würde sie morgen einen mörderischen Muskelkater verspüren, doch das war es ihr wert. Das Blut pulsierte in ihrem Körper, durchdrang die kleinste Zelle und schenkte ihr ein Gefühl von Lebendigkeit.

Von einer wohligen Mattigkeit durchdrungen, aber hochzufrieden, schnallte sie am Ende der Loipe die Skier ab und trug sie das kurze Stück zurück in die Pension.

In ihrem Zimmer ließ sie sich Badewasser ein, dann sank sie glücklich in die weiße Schaumpracht. Eingewickelt in den flauschigen Bademantel, kuschelte sie sich in den Sessel am Fenster, unter dem die altmodische Rippenheizung eine mörderische Hitze ausstrahlte, und gab sich wohlig seufzend den Träumen in einem zerlesenen Heimatroman hin, den sie im Bücherregal des Frühstücksraums gefunden hatte. Am Mittag stieg sie die Treppe hinunter und bereitete sich ein Käsebrot zu, dazu aß sie eine saftige Birne und trank zwei Tassen starken Schwarztee. Niemand störte ihr kleines Mahl, leider, dachte sie, denn gern hätte sie Luis wiedergesehen. Daher lauschte sie auf jeden Schritt aus dem Flur. Doch alles blieb ruhig. Später ging es wieder hinauf, und langsam regte sich in ihr eine leichte, wenn auch angenehme Unruhe angesichts ihres »Dates« mit Roman Zallinger. Halb vier verließ sie das Bett, in das sie sich wie jeden Mittag zum Ruhen gelegt hatte, und machte sich schön.

Punkt vier Uhr stand sie vor seinem Haus. Es war ein stattliches Anwesen. Vor dessen Eingang verbreitete bereits jetzt eine Lampe gemütliches Licht. Konstanze suchte die Klingel, doch ehe sie sie betätigen konnte, wurde die reich verzierte Eichentür bereits geöffnet.

Roman Zallinger war ein stattlicher Mann, der sich augenscheinlich ebenfalls Mühe mit seinem Äußeren gegeben hatte. Gekleidet in ein weißes Hemd mit grauer Joppe und anthrazitfarbener Hose, passte er zum Haus und der Landschaft wie gemalt. Sie begrüßten sich lächeln. Als er sie vorbeiließ, nahm sie den Hauch seines Aftershaves wahr. Sein volles Haar war sorgfältig gekämmt, wie sie erkennen konnte, ganz im Gegenteil zum Abend zuvor, an dem es zerzaust vom Tanzen in alle Richtungen abgestanden hatte. Der Bart war gestutzt und seine Kleidung gepflegt.

In der Eingangshalle, denn um eine solche handelte es sich für ihr Empfinden, war die Temperatur angenehm. Es war nicht zu kalt, jedoch auch nicht überheizt. Im milden Licht, das durch die Fenster hereindrang, zeigte sich, dass sie Platz bot für einen alten bemalten Bauernschrank und ein rustikales Regal mit diverser alpenländischer Holzdekoration aus Zirbelkiefer. Sie war ausgelegt mit einem beigen Wollteppich, und auf den üblich breiten Fensterbänken standen die Geranien des Sommers zum Überwintern. Alles in allem war es ein überaus freundliches Entrée, das Lust machte, auch die anderen Räume zu entdecken.

Er wies mit der Hand nach links. »Hier geht's ins Wohnzimmer. Bitte treten Sie doch ein.«

Wieder einmal fiel Konstanze der angenehme Klang seiner Stimme auf. Südtirolerische Färbung und das angemessene Sprechtempo waren Musik in ihren Ohren. Zu Hause empfand sie die Kommunikation mit ihren Mitmenschen bisweilen als anstrengend. Hier in den Bergen schien alles einen der Umgebung angepassten Rhythmus zu haben: die Sprache, der Gang, selbst die Gebärden. Wie angenehm. Sie hatte so viele Jahre Stadtleben mit seinem lauten Gehabe und hastigen Tempo hinter sich, dass ihr dieser Gegensatz sofort aufgefallen war.

Der Raum war stimmig wie der Eingang, alles hatte das rechte Maß, nichts war zu groß, weder übermäßig vollgestellt noch farblich unangemessen. Es gab keinen Kitsch, sondern kleinere, fein ausgeführte Ölgemälde an der Wand, mit alpenländischen Motiven, schlichte, jedoch gemütlich wirkende Sofas und Sessel in Naturfarben. In einer Ecke befand sich ein kleiner Hausaltar, an dem eine Kerze entzündet war. Der Sofatisch war gedeckt für zwei Personen, mit Porzellan in kräftigen Farben. Sandfarbene Leinengardinen vervollkommneten den Eindruck heimeliger Gemütlichkeit. Es duftete nach Kaffee und Streuselkuchen und einem weiteren undefinierbaren Aroma. Auch an Mineralwasser hatte er gedacht. Eine dicke rote, von grünen Tannenzweigen umkränzte Kerze in der Tischmitte verbreitete angenehmes Licht, zusammen mit einer Stehlampe zwischen den über Eck stehenden Sofas. Wunderbar!

»Ich hab Kaffee gekocht, aber ich könnte Ihnen auch Tee anbieten«, sagte er jetzt.

Neben seiner Stimme strahlten ebenso seine Bewegungen Ruhe aus. Konstanzes Anspannung fiel von ihr ab und machte einer Seelenruhe Platz, die sie hier oben auf der Alm mittlerweile immer öfter als willkommenes Geschenk wahrnahm.

»Danke, Kaffee ist perfekt.«

»Wenn Sie Platz nehmen möchten.« Er wies auf das Sofa unter dem Fenster, und sie setzte sich, angetan von seiner beinahe altmodischen Höflichkeit.

Er nahm die Wärmehaube von der Kaffeekanne und goss ihre Tassen voll. Neben seinem Gedeck lagen zwei Fotoalben, ein rotes und ein grünes, und gespannt harrte sie der Dinge, die auf sie zukommen mochten.

»Mögen Sie Streuselkuchen mit Apfel?«

»Ich liebe Streuselkuchen.«

»Leider ist er nicht selbst gebacken, aber immerhin vom besten Konditor in Kastelruth.«

Er gab ein großzügiges Stück auf ihren Teller und bot ihr das Sahneschüsselchen an. Dann bediente er sich selbst. Einen Moment widmeten sie sich Kaffee und Kuchen, und Konstanze entdeckte verzückt, wonach es noch im Raum duftete: Die Sahne war mit Lebkuchengewürz versetzt.

»Er schmeckt besser als mein Selbstgebackener«, unterbrach sie die Stille, in der nichts zu hören war als das Ticken einer Standuhr neben der Tür. »Und das Weihnachtsgewürz in der Sahne passt perfekt dazu.«

»Es freut mich, dass es Ihnen schmeckt.«

Ehe das Gespräch zu versiegen drohte, erzählte sie ihm, was sie in den ersten Tagen ihres Urlaubs auf der Alm getrieben hatte, während er schilderte, dass er fest vorhabe, seinen herbeigesehnten, gerade erst begonnenen Ruhestand zu genießen. So verging die Zeit, und sie ahnte, dass er erst nach dem Kaffee mit dem eigentlichen Grund, weswegen er sie zu sich eingeladen hatte, herausrücken würde. Ihre Spannung stieg erneut.

Unterdessen starb Roman tausend Tode. Wie packte er nun das Ganze an? Seit vier Uhr in der Früh hatte er wach gelegen und über diese Frage nachgegrübelt. Und war zu keinem Resultat gekommen. Bis sein Entschluss stand, dass er zumindest die erste halbe Stunde, ohne auf den Punkt zu kommen, mit ihr Kaffee trinken wollte. Sollte sie ihm nicht dazwischenfunken und ihre Neugierde so lange bezähmen können. Den Rest wollte er seiner Intuition überlassen – die ihn bislang allerdings im Stich gelassen hatte. Jetzt schlug die Uhr zur halben Stunde, Zeit, in medias res zu gehen.

Er stand auf und stellte das Geschirr zusammen. »Nein, bleiben Sie bitte sitzen, Sie sind mein Gast. Ich bringe nur alles rasch in die Küche.«

Er nahm das Tablett und deckte den Tisch ab. Sie hatte ohne Scheu ein zweites Stück Kuchen gegessen. Gut so. Er öffnete den Kühlschrank, stellte Sahne und Milch hinein und nahm den Schnaps heraus. Dann, nach kurzem Zögern, öffnete er die Tür zur Kammer nebenan. Und da er nicht wusste, welchen Wein sie bevorzugte, entschied er sich zugleich für einen Weißen und einen Roten aus der Region, mal sehen, welcher Tropfen ihr mehr zusagte, wobei der Rote sehr wahrscheinlich ein wenig zu kalt sein würde. Aber das spielte im Moment eine untergeordnete Rolle. Fest stand nur, dass sie beide, wenn er mit der Geschichte begann und diese womöglich sogar zu einem vernünftigen Ende brächte, einen guten Tropfen vertragen konnten – allein, um die Nerven zu beruhigen.

Und bestenfalls ein kleines Fest zu veranstalten, nur für sie beide.

»Ich will Sie nicht länger auf die Folter spannen«, begann er, nachdem er Schnaps- und Weingläser samt der Flaschen auf den Tisch gestellt hatte.

»Oh, müssen wir uns Mut antrinken, um die Sache besprechen zu können?« Mit diesen Worten deutete sie schmunzelnd auf die drei Flaschen auf dem Tisch.

»So kann man sagen.« Sein Herz klopfte ihm bis zum Hals – ein seltener Zustand, wenn man den gestrigen Abend einmal außer Betracht ließ. Er atmete tief ein, dann begann er, die Angelegenheit in Angriff zu nehmen, indem er das in rotes Leinen eingeschlagene Fotoalbum zur Hand nahm, es aber sogleich wieder weglegte. »Wir sollten tatsächlich zuvor einen Schnaps zu uns nehmen«, begann er. »Es ist eine Wildkirsche, die ich jedes Jahr im Herbst von einem guten Freund geschenkt bekomme.« Er blickte sie in einer Mischung aus Verlegenheit und bezwingender Entschlusskraft an. »Ich glaube, er wird uns ganz guttun, außerdem haben wir ja jetzt schon eine Grundlage.« Falls sie keinen mochte, er würde sich auf jeden Fall ein Glas genehmigen, bestimmte er für sich.

Doch beherzt ergriff sie ein Schnapsglas und hielt es ihm hin. »Ich habe das unbestimmte Gefühl, ich sollte ihren Ratschlag befolgen. Gießen Sie ein.«

Er tat, wie ihm geheißen, sie hoben die Gläser und prosteten sich zu, wobei ihm auffiel, dass seine Hand leicht zitterte.

»Es ist so. Mein Vater hat mir kurz vor seinem Tod ein Foto gezeigt, das er viele Jahrzehnte unter Verschluss gehalten hat.« Er schlug das rote Album auf und deutete auf die Seite mit dem betreffenden Polaroidfoto. »Erst nach dem Tod meiner Mutter holte er es hervor und präsentierte es mir.«

Ihre Reaktion bewies ihm endgültig, was er bereits seit dem ersten Blick in ihr Gesicht geahnt hatte: Die Frau auf dem Foto war ihre Mutter.

»Das ... ist erstaunlich«, sagte sie leise. »Ich besitze genau das gleiche.« Sie nahm ihre Handtasche und zog ein Minialbum heraus. Sie schlug es auf, und dann hielt sie es ihm hin. »Dieses Foto ist der Grund, dass wir uns für eine Reise auf die Seiser Alm entschieden. Ich habe sofort den Langkofel erkannt. Meine Mutter machte einen so glücklichen Eindruck darauf«, endete sie sinnend, dann hob sie den Blick und sah Roman mit leichtem Lächeln an. »Das würde bedeuten, dass Ihre Familie und sie sich gekannt haben. Wie nett.«

Er stellte fest, dass sie noch nicht über den Tellerrand geblickt hatte. Nun, da konnte er ihr weiterhelfen. »Es gibt neben diesem, das nebenbei mein Vater mit einer Polaroidkamera gemacht hat, die sich übrigens immer noch in meinem Besitz befindet, noch etliche andere, die meine Großmutter väterlicherseits zeigen.« Er blätterte die Seite des Albums um, und die nächste Seite zeigte ein großes Foto seiner Großmutter, auf der seine Halbschwester – denn darum handelte es sich bei seinem Gast, da war er ganz sicher – die Wahrheit auf den ersten Blick erkennen würde.

Konstanze betrachtete die Fotos mit seiner Großmutter als junge Frau, als Frau in den Fünfzigern und als Greisin. »Du meine Güte«, brach es aus Konstanze heraus, und ihre Hand fuhr zu dem Leberfleck an ihrem linken Augenwinkel. »Wir ... wir könnten ja Schwestern sein.«

»Und damit, glaube ich, ist Ihnen nun klar, warum ich Sie eingeladen hab. Ihre Mutter und mein Vater hatten ein kurzes Verhältnis. Genauer haben sie nur eine einzige Nacht miteinander verbracht«, schickte er rasch hinterher, »und es gibt keinen Grund, meinem Vater nicht zu glauben. Und ... und als ich Sie gestern bei dem Fest sah, da fiel es mir wie Schuppen von den Augen: Sie und ich sind Geschwister, also Halbgeschwister. Für mich gibt es da keinerlei Zweifel.«

Ihr Kopf fuhr hoch, und ihr Blick wanderte immer wieder zwischen ihm und dem Foto seiner Großmutter hin und her. »Ich ... ich müsste ignorant sein, wenn ich nicht zu dem gleichen Resultat kommen würde«, stieß sie schließlich hervor. »Du liebe Güte!«

Sie schlug die Hände vors Gesicht, und eine Sekunde durchzuckte es ihn siedend heiß, dass sie womöglich zu weinen begann. Doch dann ließ sie sie wieder sinken und ergriff das Schnapsglas. Sogleich bemächtigte er sich der Flasche mit dem exzellenten und seltenen Wildkirschbrand und füllte ihre Gläser erneut.

»Ich dachte mir doch, dass wir beide das jetzt nötig haben würden«, sagte er mit einem Lächeln. Seine Aufregung war von ihm abgefallen wie

Blätter von den Bäumen im Herbststurm. Sie tranken, Konstanze leerte das Glas in zwei Zügen, er nahm einen Schluck und stellte es dann vorsichtig vor sich hin.

Konstanze nickte wortlos.

»Übrigens, was mir heute Nacht einfiel: Das würde für Sie bedeuten, dass Sie Miterbin an diesem Haus sind«, endete er.

Konstanze hob den Kopf und blickte ihn mit offenem Mund an. »Du liebe Güte«, sagte sie schließlich erneut, und ihre Augen wurden fast schwarz, während ihre Wangen knallrot waren, was sicherlich nicht allein am Schnaps lag.

»Auch wenn die Ähnlichkeit und die Fotos nichts anderes bedeuten können, so schlage ich dennoch einen Gentest vor. Für alle Fälle.«

Ihre Reaktion, die nichts Berechnendes hatte, gefiel ihm. Und plötzlich auch die Tatsache, dass das Schicksal ihm als Einzelkind, mittlerweile ohne nahe Angehörige, so unerwartet spät doch noch Familienzuwachs in Gestalt einer Halbschwester beschert hatte. »Das halte ich allerdings nicht für nötig, der Fall liegt doch klar auf der Hand.«

»Aber wir reden hier von Ihrem wunderschönen Anwesen. Ich würde mich wirklich wohler fühlen. Sonst hätte ich womöglich irgendwann das Gefühl der Erbschleicherei.«

»Ach Gott, mach dir nicht solche Sorgen. Das Wenige, das ich von dir kennengelernt hab, überzeugt mich, dass du keine Erbschleicherin bist«, sagte er lachend. Er stand auf und bemerkte, dass er doch nicht so gefasst war, wie er zuvor angenommen hatte, denn seine Knie waren weich wie Butter, und seine Beine zitterten wie eine Nähmaschine. »Ich finde, das ist trotz allem ..., denn glauben Sie mir, auch für mich war diese Entdeckung ein Schock«, fügte er lächelnd hinzu. »Das ist trotz allem ein Grund zur Freude. Darf ich mich vorstellen: Mein Name ist Roman, und ich möchte dich, liebe Schwester, auf das Herzlichste in meinem Haus ... äh ... ich meine, in unserem Haus«, verbesserte er sich mit heißen Wangen, »begrüßen. Ich freue mich aus tiefem Herzen, dich kennengelernt zu haben.«

Konstanze erhob sich ebenfalls, und als sie vor ihm stand, entdeckte er doch, dass ihre Augen unnatürlich leuchteten. *Bitte, bitte, keine Tränen!*

Sie hielt sich an seine stumme Bitte, legte ihm die Hände um die Arme und sagte: »Und ich bin Konstanze, und ... und ... bitte, darf ich dich einmal umarmen?«

Er legte seine Arme um ihre Schultern, und einen Moment standen sie ein wenig verlegen dicht beieinander, wobei sie den Kopf an seine Schulter lehnte.

Nach einer Weile löste sie sich von ihm. »Oh Gott, jetzt kommen mir doch die Tränen«, gestand sie und wischte sich rasch über die Augen. »Entschuldige, ich hab normalerweise nicht so nah am Wasser gebaut, aber das ... das hat mich einfach umgehauen. Ich ... ich freu mich so, dass ich jetzt einen Bruder hab ... Dazu noch so einen netten«, bemerkte sie unter Tränen.

»Mich hat's ehrlich gesagt schon gestern Abend umgehauen«, bekannte er heiser, »als ich dich das erste Mal sah und mir sofort deine erstaunliche Ähnlichkeit mit meiner Großmutter auffiel – und nicht nur mir. Josefa hat es ebenfalls gemerkt, obwohl sie sicher nicht die gleichen Schlüsse gezogen hat. Darum bin ich auch so plötzlich verschwunden. Ich brauchte einfach Zeit, um die Sache auf die Reihe zu bekommen ... und auch zu verdauen«, fügte er hinzu. Er atmete tief ein. »Ich bin sicher, dass niemand hier heroben von unserem Geheimnis weiß ... und ... und dass es vorerst unser Geheimnis bleibt, darum möchte ich dich wirklich bitten, Konstanze.«

Zum ersten Mal sprach er ihren Namen aus. Was für ein schöner Name übrigens, sinnierte er. »Ich werde natürlich meine Freunde zu gegebener Zeit einweihen, und dann wird es in kürzester Zeit die Runde auf der Alm machen.« Er grinste. »Aber ... ich finde, wir sollten diese Tatsache erst mal für uns allein verarbeiten – deine Tochter natürlich eingeschlossen«, fügte er eilig hinzu.

Konstanze nickte heftig. »Das verspreche ich und kann ich auch verstehen.«

»Und noch etwas.« Roman kratzte sich am Kopf, wie immer, wenn ihm schwerfiel, etwas Diffiziles mit den richtigen Worten auszudrücken. »Die Tatsache, dass unsere Lieben ein einziges Mal in ihrem Leben schwach geworden sind – zumindest kann ich das von meinem Vater sagen ...«

»... Und ich ebenfalls von meiner Mutter«, unterbrach sie ihn mit heiserer Stimme.

Er nickte. »Also, diese Tatsache sollte nichts an unserem guten Verhältnis ... oder besser gesagt guten Andenken ändern. Ich für meinen Teil liebe meinen Vater so sehr wie zuvor, und ... und das wird auch so bleiben.« Er räusperte sich. Himmel noch mal, jetzt war er doch ebenfalls kurz davor, die Fassung zu verlieren.

Konstanze nickte erneut heftig. »Das geht mir genauso. Ich liebe meinen Vater – auch wenn ich es bedauere, dass dein Vater, also mein biologischer Vater, verstorben ist und ich ihn nicht kennenlernen konnte. Aber es ist doch logisch, dass wir die beiden jeder für sich genauso lieb haben wie vor dieser Enthüllung.«

Sie setzten sich. »Aber jetzt zeig mir doch bitte Bilder von ihm. Ich kann es kaum erwarten, ihn zu sehen.«

Er nahm das grüne Album hervor und schlug es auf. Und dann stellte er seiner Halbschwester ihre neue Familie vor.

Später besichtigten sie gemeinsam das große Haus, und Konstanze war natürlich begeistert.

Es war fast sieben Uhr, als sie sich trennten. Sie verabredeten sich für den nächsten Tag zu einem Spaziergang, und Konstanze versprach, ihm so rasch wie möglich ihre Tochter vorzustellen. Seinen Vorschlag, auch den heutigen Abend bei ihm – gemeinsam mit Mila – zu verbringen, lehnte sie jedoch ab.

»Sei nicht böse. Ich brauche jetzt erst einmal ein wenig Zeit für mich allein und mit Mila«, setzte sie lächelnd hinzu. »Die Tatsache, dass man plötzlich Familienzuwachs bekommen hat, ist ja doch nicht gerade Pillepalle.«

»Pille- was?«, fragte er erstaunt.

»Pillepalle bedeutet bei uns Nebensächlichkeit, Bagatelle, Kleinigkeit«, erklärte sie.

»Du hast recht.« Er nickte grinsend. »Da bedarf es noch manch einer Flasche Roten, bis man sich so nach und nach daran gewöhnt. Wobei ich meinerseits sagen muss, dass ich damit gar keine Schwierigkeiten habe.«

»Dann geht es dir wie mir, Bruderherz«, entgegnete sie mit einem kleinen Lachen. »Aber wenn Mila morgen Abend nichts anderes vorhat, würde ich gern mit ihr herkommen, damit sie ihren neuen Onkel kennenlernen kann.«

»Ihr seid jederzeit willkommen.«

»Das freut mich.«

»Wenn du Lust hast, kommst du einfach vorbei, und wir gehen ein wenig spazieren oder machen Langlauf.«

»Danke für dein Angebot. Ich freu mich auf unseren morgigen Spaziergang.«

»Und da wir gerade dabei sind ... Am Sonntag findet in Kastelruth der Ski-Ball statt. Es wäre nett, wenn du mich begleiten würdest. Und Mila natürlich ebenso.«

»Für Mila kann ich natürlich nicht sprechen, aber ich würde sehr gern mit dir auf den Ball gehen«, stimmte sie seinem Vorschlag zu.

Er öffnete die Tür, und sie winkte noch, bevor sie sich im Gehen umwandte. Er blickte ihr hinterher, bis sie wenig später um die Hausecke verschwunden war.

Glücklich und leicht ermattet, betrat er das Bauernhaus, ging ins Wohnzimmer und trug die Gläser in die Küche. Dann bereitete er sich eine deftige Brotzeit, stellte eine Flasche Mineralwasser und den Weißwein dazu – Konstanze hatte sich für den Roten entschieden –, räumte die Küche auf und stieg dann mit dem voll beladenen Tablett die Treppe hinauf in seine Bücherecke im Schlafzimmer.

Herrgott noch mal, das war ja gut gegangen. Er goss sich das Glas voll und nahm einen kleinen Schluck. Er hatte eine Schwester! Eine nette dazu. Er war sich sicher, dass sie beide sich gut vertragen würden. Was für ein erfreulicher, schmarrn!, was für ein beglückender Gedanke.

13

Am Nachmittag vor dem Treffen mit Simon gab Mila sich ausnehmend Mühe mit ihrem Aussehen. Der Vormittag mit dem Skikurs war sehr amüsant gewesen, angefüllt mit viel Lachen und gegenseitigen Neckereien, vor allem jedoch mit wachsendem Selbstbewusstsein. Sie genoss die Sicherheit mit der sie auf der Piste unterwegs war. Die zwei Skiferien, die sie allein mit Konstanze gemacht hatte, lagen schon lange zurück, und das Bewusstsein, dass sie nichts verlernt zu haben schien, schenkte ihr nach Wochen der Mutlosigkeit ein Gefühl von Zufriedenheit. Ihrer Mutter zuliebe war Konstanze mit Maria zumeist ans Meer gefahren. Maria hatte mit den Jahren immer größere Ängste gegenüber langen Autofahrten entwickelt, sodass sie nicht mehr zu einer Reise in die Alpen hatte überredet werden können. Andererseits brachte Konstanze es nicht über sich, allein oder mit Mila längere Zeit in Urlaub zu fahren, aus Dankbarkeit ihrer Mutter gegenüber, die ohnehin im Laufe der Jahre immer mehr auf ihre Unterstützung angewiesen gewesen war, nachdem Konstanzes Vater an einer Lungenembolie gestorben war. Doch wie Josefa bereits versichert hatte, verlernte man das Skifahren tatsächlich nicht so ganz. Mila, ohnehin sehr sportlich veranlagt, ergötzte sich an jeder Sekunde des Gleitens, den Fahrtwind auf dem schmalen freien Streifen ihres Gesichts, der nicht von der überdimensionalen Skibrille bedeckt war, und am Geräusch, das die Ski beim Schwingen im pflaumweichen Schnee machten. Zu alledem bereitete ihr die Gemeinschaft mit den anderen köstliches Vergnügen, wie sie es in ihrer Melancholie zuvor gar nicht erwartet hatte. Jede Minute mit ihnen verstärkte das in der letzten Zeit verloren geglaubte Gefühl von Unbeschwertheit und ließ das Gedankenkarussell für ein paar Stunden zur Ruhe kommen.

Es war kurz nach vier, als Simon an ihre Tür klopfte, um sie abzuholen.
»Ich hoffe, du hast viel Zeit mitgebracht, denn ich wollte dich zuvor auch durch den Zirler Hof führen, damit du den auch einmal kennenlernst, und dich im Anschluss an unsere Exkursion noch zu mir zum Essen einladen«, begann er.
»Ich bin frei wie der Vogel im Wind«, gab Mila gut gelaunt zur Antwort.
»Das ist doch mal ein Wort«, entgegnete er. »Dann schlage ich vor, wir besuchen zuerst den Zirler Hof meiner Eltern. Dieses Haus wird einmal meine Schwester übernehmen.«
»Oh«, sagte Mila überrascht. »Ich wusste gar nicht, dass du eine Schwester hast.
Er nahm sie leicht am Ellbogen, als sie das Sträßchen zum Hotel überquerten. »Ach, erwähnte ich das nicht? Ella ist zwei Jahre jünger als ich und zurzeit in der Schweiz. Leider konnte sie

gestern nicht kommen. Sie besucht dort eine der besten Hotelfachschulen und steckt mitten in den Prüfungen.«

»Wollte sie schon immer ins Hotelfach einsteigen, oder gab es da leichten Druck vonseiten deiner Eltern?«, konnte Mila sich nicht zurückhalten zu fragen.

Simon öffnete die Tür zum Zirler Hof und ließ Mila vorangehen. »Genau wie ich hatte sie von Anfang an den Wunsch zu diesem Beruf. Gott sei Dank«, antwortete er.

Mila atmete tief ein, als die angenehm warme Luft und der Duft nach Kaffee und frischem Kuchen sie in Empfang nahmen.

Seine Miene wurde ernst. »Es ist wirklich nicht immer der Fall, dass Kinder gerne in die Fußstapfen der Eltern treten, wenn die aus dem Hotelfach kommen. Sie erkennen leicht, dass Gastronomien in der Saison immer unter Strom stehen und sie ihnen eigentlich nie allein gehören. Aber uns beide hat das nie gestört, frag mich nicht, warum. Die Begeisterung meiner Eltern hat sich von Anfang an auf uns übertragen, schätze ich. Außerdem gaben sie sich immer Mühe, dass wenigstens ein Elternteil am Nachmittag für uns zu sprechen war.

Sie schwiegen einen Moment. »Es ist schön, dass du nicht nur Masseurin bist, sondern dein Repertoire sämtliche medizinischen Massagen umfasst«, sagte er dann.

Mila nickte eifrig. »Selbstverständlich. Ich bin ausgebildete Physiotherapeutin. Und wenn ich in deinem Hotel nicht nur Massagen anbieten dürfte, sondern möglicherweise eine richtige Physiotherapiepraxis einrichten könnte – Platz genug dafür ist ja vielleicht vorhanden«, schob sie ein, »wäre das wunderbar.«

»Darüber müsste ich nachdenken, denn ich bin nicht sicher, ob du später allein mit den Massagen für die Hotelgäste plus Physiotherapie für externe Patienten fertigwerden würdest. Am fehlenden Platz soll es jedenfalls nicht liegen.« Er hielt inne. »Nebenbei, möchtest du vielleicht erst einen Kaffee, ehe wir unseren Rundgang angehen?«

Mila schüttelte den Kopf. »Nein, danke, dafür bin ich viel zu neugierig.«

»Fein. Nebenbei, in meinem Lärchenhof kann ich dir übrigens auch einen großen Raum für Yoga-Stunden zur Verfügung stellen. Du wirst sehen, er ist wirklich toll.«

Milas Wangen röteten sich vor Entzücken. »Ich liebe Yoga und könnte auch Kurse anbieten. Natürlich auch Rückenschule und so weiter. Das volle Programm halt.«

»Klingt wunderbar.«

Milas Puls beschleunigte sich. Das klang wirklich alles wunderbar. Aber dennoch, warnte sie ihr rationales Köpfchen, ging das hier ein bisschen zu schnell. Sie war nicht so leicht zu begeistern, dass sie ihren Verstand in die hintersten Windungen ihres Gehirns verbannte. Und die zwei Obstler in der Mittagspause hatten es auch nicht geschafft, sie dermaßen zu benebeln, dass sie nicht mehr klar zu denken vermochte. Aber ansehen und zuhören, das konnte sie zumindest.

Und, beruhigte sie ihr aufgeregt schlagendes Herz, wenn sich alles als eine Luftblase erwies, wäre es auch nicht schlimm. Sie war im Urlaub, und da nahm man die Dinge nicht so bierernst.

Mila folgte ihm schweigend. Die Worte ihrer Mutter von heute Morgen klangen ihr noch in den Ohren und schienen tatsächlich ehrlich gemeint zu sein. Natürlich hatte Konstanze ihr vor allem in den letzten Wochen immer gepredigt, sie solle sich bei ihren beruflichen Entscheidungen nicht gehandikapt fühlen durch die Sorge, sie allein in Oldenburg lassen zu müssen. Doch trotz allem war ihr dieser Gedanke nicht angenehm. Sie hatten zeitlebens eine besonders enge Verbindung gehabt – was sie auch von ihrer Großmutter behaupten konnte, die ja vor allem in jungen Jahren eine genauso große Rolle in ihrem Leben gespielt hatte wie ihre Mutter.

Die Massageabteilung des Hotels war perfekt. Exakt groß genug für die Anwendungen, vermittelte sie vielleicht gerade deswegen ein Gefühl von Geborgenheit. Und es war alles vorhanden, was man für das Wohl des Gastes benötigte, einschließlich einer Auswahl diverser Teesorten und einem Samowar auf einem kleinen Nebentisch.

»Es ist wirklich nicht übertrieben, was du gesagt hast«, murmelte sie anschließend, als sie ihm hinaus zu seinem Auto folgte, mit dem sie zum Lärchenhof fahren wollten.

»Dann bin ich zufrieden. Du wirst sehen, auch bei mir unten lässt der Wellnessbereich einschließlich der Massageabteilung keine Wünsche offen«, erklärte er selbstbewusst.

»Den deiner Eltern zu toppen, ist sicherlich nicht einfach.«

Er öffnete ihr die Tür des Wagens und ließ sie einsteigen. »Nicht einfach, aber auch nicht unmöglich«, widersprach er grinsend. »Meiner ist größer. Außerdem haben wir sogleich eine Klimaanlage eingebaut, während man hier nur die Fenster öffnen kann – was bei mir zusätzlich selbstverständlich auch der Fall ist«, fügte er hinzu.

Sie fuhren nach Compatsch. Mittlerweile war es dunkel geworden, und die Lichter der umliegenden Häuser und Hotels spendeten heimeliges Licht. Der Lärchenhof befand sich ein wenig abseits, den Berg hinauf, sodass man von hier oben eine prächtige Aussicht auf die Alm hatte. Obwohl zentral gelegen, war er somit trotzdem nicht vom quirligen Leben des Zentrums und dem Getümmel des Parkplatzes tangiert. Wie Simon bereits versichert hatte, standen seine Räumlichkeiten denen im Zirler Hof in nichts nach. Die Anlage war minimalistisch und sehr modern gehalten. Überall klang sanfte Musik aus versteckten Lautsprechern, und ätherische Düfte erfüllten die Luft. Es gab Wärmeschränke für die Handtücher, Ruheräume und zwei großzügige Behandlungskabinen. Ganz zum Schluss öffnete er eine Tür, und sie betraten den Raum, der für Yoga oder Gymnastik zur Verfügung stand.

Mila blieb einen Moment überwältigt stehen. Er war einfach zauberhaft, vor allem die Lichtstimmung und die helle, freundliche Einrichtung hatten es ihr angetan, unterstützt von einem unaufdringlichen Duft nach einer besonderen Kräutermischung, eine Wohltat für die Seele.

»Es ist alles so, wie ich es mir auch für mich vorgestellt hätte«, hauchte sie. Mit einem Blick erkannte sie, dass nicht nur der Raum vollkommen war, sondern dass er auch perfekt ausgestattet war mit Matten und Bällen in allen Größen, mit einer Musikanlage, kleinen Kissen, Decken und einer ganzen Batterie von Duftölen. »Es ist einfach perfekt. Ich müsste dem nichts mehr hinzufügen.« Erregt strich sie sich über die Stirn.

»Freut mich, dass es dir gefällt.« Seine Stimme klang so, als hätte er auch nichts anderes erwartet.

Das Restaurant und die modernen Zimmer, in die er sie anschließend führte, ließen ebenfalls keine Wünsche offen. Sein Haus verfügte nicht nur über Whirlpool, Infrarotkabinen und ein Thermalbad, sondern auch über ein normales Hallenbad mit Außenpool. Daran gefiel Mila vor allem die Lichtshow, die das Wasser abends nacheinander in verschiedenen Farben erstrahlen ließ. Es gab auch hier viel Holz, Naturmaterialien und mit Bedacht installierte Lichtquellen. Das Auge konnte sich stets an klaren Linien und runden, weichen Formen ausruhen. Die einzelnen Rückzugsorte ließen vergessen, um welch ein großes Haus es sich bei diesem Hotel handelte. Ganz besonders gefiel Mila, dass es genauso viele Einzelzimmer wie Doppelzimmer gab, die nicht wie so oft die Größe von Abstellkammern besaßen, sondern liebevoll und abwechslungsreich eingerichtet waren und genügend Platz ließen, sich im Zimmer frei zu bewegen, ohne an der Eingangstür gleich ins Bett fallen zu müssen.

»Ja, wir wollen damit besonders auch Singles anlocken.« Simon nickte, als sie ihm deswegen ein Kompliment machte. »Und ich werde allen Unkenrufen der Kollegen zum Trotz beweisen, dass sich das rechnen wird«, murmelte er selbstbewusst, und Mila warf ihm einen kurzen Seitenblick zu. In Simons Augen war ein Funkeln und in seiner Miene ein Kampfeswille erschienen, die ihr Respekt abverlangten. Dieser Mann wusste, was er wollte. Und vor allem schien er zu wissen, wie er sein Haus in eine erfolgreiche Zukunft führen konnte. »Und sollte es sich als Irrtum erweisen, wäre immer noch genügend Platz für einen Anbau vorhanden.«

Sie gelangten zum rückwärtigen Teil des Hotelkomplexes. »Der Garten ist noch nicht perfekt. Da muss ich im Frühjahr ran. Ich möchte noch ein paar Bäume pflanzen, damit die Gäste im Sommer nicht nur auf die Gartenschirme angewiesen sind. Leider mussten viele der alten Bäume dem neuen Außenpool weichen«, fügte Simon erklärend hinzu. »Auf diese Arbeit freue ich mich schon ganz besonders und hab auch schon einige Ideen parat.«

»Die da wären?«, erkundigte sich Mila neugierig. Damit rechnend, dass er dabei besonders ausgefallene Bäume oder Pflanzen im Auge hatte, erstaunte seine Antwort sie dann doch und bewies, dass sein Charakter einige ihr unbekannte Facetten aufwies.

»Meine Vorstellung war, dass ich den ruhigsten Teil des Parks in einen Zen-Garten verwandele. Ich hab das in einem Hotel in Tokio gesehen und war begeistert.«

Bewundernd blieb Mila stehen. »Du warst schon in Japan?«, entfuhr es ihr. »Als Besucher, oder hast du dort etwa in einem Hotel gearbeitet?«

»Ich habe dort bei einem mit meinen Eltern befreundeten Hotelier ein halbes Jahr Praktikum absolviert«, entgegnete er stolz.

»Was sicherlich nicht leicht war.« Mila war voller Hochachtung.

»Sagen wir so, es war eine Herausforderung, denn ich spreche kein Japanisch«, sagte er grinsend. »Aber eine der tollsten, die ich während meiner Ausbildung zu bewältigen hatte. Na ja, und diese Familie hatte so einen Zen-Garten, und ich hab mir geschworen, wenn ich jemals ein eigenes Hotel hätte, würde ich auch so einen Garten anlegen.«

»Toll« war alles, was Mila herausbrachte.

»Ehrlich gesagt, finde ich die Idee heute nicht mehr so toll. Nachdem ich mich in der letzten Zeit mit dem Thema Artenvielfalt auseinandergesetzt habe, bin ich von diesem Einfall abgekommen. Im Gegenteil, ich habe mich mit einem Naturschützer hingesetzt und überlegt, was man machen kann. Und der hat mich überzeugt, einen Blütengarten zu gestalten mit einheimischen Pflanzen, sodass wir den Wildbienen bei ihrer Futtersuche helfen. Dieser neu gestaltete Park ist dann nicht nur zum Bummeln vorgesehen, sondern auch, um still zu sitzen und sich an der Vielfalt von Flora und Fauna zu erfreuen, die Ruhe und die Schönheit dieser Anlage auf sich wirken zu lassen. Man wird sehen ...«, endete er sinnend. »Aber jetzt zu dir. Wie gefallen dir das Hotel und vor allem der Wellnessbereich?«

Mila musste lächeln. Komplimente hatte sie ihm bereits jetzt zuhauf gemacht, aber sie konnte auch verstehen, dass er sehr stolz auf das Resultat seiner Renovierung war. »Der Lärchenhof ist genauso schön wie der Zirler Hof.«

»Falsche Antwort.« Er grinste. »Er ist schöner.«

»Entschuldige, ich habe mich geirrt«, sagte sie lachend. »Natürlich ist dieses Hotel tatsächlich noch viel schöner als das deiner Eltern – was wahrlich viel Mühe gekostet haben muss.«

»Richtig.« Er nickte zufrieden. »Und nicht nur Mühe, sondern auch viel Geld. Vor dir, liebe Mila, steht ein über beide Ohren verschuldeter Mann. Aber keine Sorge«, fügte er rasch mit erhobenen Händen hinzu, »es reicht immer noch zum Leben. Noch gehört ein großer Teil dieses Hauses der Bank, doch das gedenke ich in rascher Zukunft zu ändern.«

»Das Wenige, das ich von dir weiß, macht mich zuversichtlich, dass du es schaffen wirst.«

Er blieb stehen und sah ihr tief in die Augen. »Du solltest unbedingt noch mehr erfahren, finde ich.«

Sie lächelte geheimnisvoll und neigte dann ein wenig den Kopf.

Er legte leicht seine Rechte unter ihren Arm. »Und jetzt gehen wir zu mir, und ich koche uns was Schönes.«

»Gern. Ich hab einen Bärenhunger.«

Sie betraten den Aufzug, und Simon steckte den Schlüssel in das Schloss, das ihm allein Zugang zu seiner Wohnung im obersten Stock bescherte. Die Lifttür öffnete sich, und sie standen mitten im Flur seiner Wohnung. Diese umfasste drei Zimmer, einen Wohn-Koch-Essbereich, ein Schlafzimmer und ein Arbeitszimmer, das er auch als Gästezimmer nutzte. Die einzelnen Zimmer waren nicht sehr groß, jedoch geschickt eingerichtet – für Milas Geschmack mit den wenigen modernen Möbeln sehr puristisch, aber er erklärte, dass zu mehr noch keine Zeit gewesen war. »Es fehlen hier und da noch ein paar Bilder, aber das wird noch«, fügte er hinzu, als sei er imstande, ihre Gedanken zu lesen.

Er sah auf die Uhr, und sie bemerkten, dass es bereits sechs Uhr war, die Zeit schien nur so verflogen. »Wie wäre es jetzt mit einem Kaffee oder Tee? Oder einem Aperitif?«

»Wie wäre es mit einem Mineralwasser?« Sie wollte einen klaren Kopf behalten, schließlich würde es bei ihren Gesprächen um ihre berufliche Zukunft gehen.

»Gern.«

Er wies auf eine gemütliche Eckcouch vor einem niedrigen Tisch. »Bitte mach es dir bequem.«

Sie folgte und schaute ihm zu. Sie fand es schön, dass man sich beim Kochen miteinander unterhalten konnte. »Kann ich etwas helfen?«, fragte sie der Form halber, denn sie sah auf den ersten Blick, dass dazu der Küchenbereich zu klein war.

Er brachte ihr das Mineralwasser und ein Glas und sagte: »Nein, du bist mein Gast. Du sollst dich nur entspannen.«

Sie kuschelte sich in die bequemen Kissen auf dem Sofa und lächelte. »Das klingt wunderbar.« Die Anspannung, die sie überfallen hatte, als er sie in sein kleines Reich führte, legte sich. Auch bei ihm hatte sie kurz das Gefühl überfallen, dass er plötzlich nicht mehr ganz so selbstsicher war.

Er begann mit den Vorbereitungen für das Essen. Er wollte etwas Vegetarisches kochen, eine Suppe mit Kichererbsen, Spinat und Curry, und passend dazu indisches Brot reichen. Seine Bewegungen waren ruhig und sicher – er kochte nicht das erste Mal, so viel stand fest. Als das Currygericht gegen halb sieben fast fertig war, nahm er zwei vorbereitete Teigkugeln aus dem Kühlschrank und rollte sie mit dem Nudelholz rasch zu superdünnen runden Fladen aus, die dann in einer Pfanne gebacken wurden. Mila staunte über seine Geschicklichkeit. Ihre Frage, ob sie beim Tischdecken helfen sollte, lehnte er erneut ab, und sie genoss es, bedient zu werden.

Nachdem Simon alles behände auf dem exklusiven Esstisch, der aus Holz, Glas und Metall gearbeitet war, arrangiert hatte, folgte Mila seiner Aufforderung, an der Breitseite des Tisches Platz zu nehmen. Er setzte sich ihr gegenüber. Das Curry, zu dem er die warmen Chapatis serviert hatte, schmeckte vorzüglich. Und sie hatte Spaß. So viel wie schon lange nicht mehr. Simon war ein hervorragender Unterhalter. Er redete nicht ständig, aber er redete auch nicht zu wenig. Er sprach von sich, und er ließ sie zu Wort kommen. Es war ganz natürlich, dass sie, nachdem sich die erste Verlegenheit gelegt hatte, ungezwungen miteinander umgingen, als würden sie sich schon seit Jahren kennen. Und sehr schnell sprachen sie unbefangen auch private Themen an. Etwas, das eigentlich nicht ihrem Naturell entsprach. Aber es war eben Urlaub. Und der Urlaub verlieh Leichtigkeit, ging es nicht allen so? Und ein Flirt gehörte dazu, wie ihre Freundinnen gern betonten. Die kleine Stimme im Hinterkopf, dass sich hier allerdings möglicherweise eine Liaison entwickeln würde und dies keinen soliden Start in ein berufliches Abhängigkeitsverhältnis bedeutete, störte jedoch immer wieder mit warnenden Zwischenrufen. Ihre Sympathie für ihn war durchaus nicht einseitig, das erkannte sie im Laufe des Essens. Allerdings flirtete er heute nicht, im Gegensatz zu gestern Abend auf seinem Geburtstagsfest.

Abgesehen davon, dass sie nicht oft große Urlaubsreisen hatte unternehmen können, wäre er ihr erster Urlaubsflirt. Sie hatte sofort registriert, dass er keinen Ehering trug. Was nichts bedeuten musste. Ihre männlichen Patienten verloren unter ihren Händen sehr schnell die Scheu und plauderten aus dem Nähkästchen. Die Hälfte von ihnen trug keinen Ehering und sprach dennoch über die Ehe und deren Probleme. Wenn der Anfang erst gemacht war, musste Mila nur erstaunt »Was Sie nicht sagen!« beziehungsweise »Ist nicht Ihr Ernst?« von sich geben oder ein »Mir geht es da genau wie Ihnen« an den richtigen Stellen einschieben, dann sprudelten die Geheimnisse, Geständnisse, Wünsche und Träume aus den Mündern derer, die sich unter ihren Händen entspannten. Und eben das war ja einer der Aspekte, die ihr an ihrer Arbeit am meisten Spaß bereiteten: dass sich die Leute dank ihr entspannten und in der Regel gelockert und in gewissem Sinne wie befreit die Praxis verließen. Sie ging sogar so weit, zu behaupten, dass ihre Hände vielen Menschen den Psychiater ersparten. Vielleicht war sie sogar billiger. Oder wäre billiger gewesen, verbesserte sie sich – mit ihrer eigenen Praxis. Und was Simon betraf: Gestern auf dem Fest hatte sich weder eine Verlobte noch gar eine Ehefrau gezeigt, was bedeutete, dass er frei war. Ganz sicher.

»Langweile ich dich?«, fragte Simon ein wenig verlegen, als er merkte, dass ihre Aufmerksamkeit ein wenig nachgelassen hatte.

»Im Gegenteil, entschuldige.« Sie waren sehr schnell beim Du angelangt. »Aber als ich gemerkt hab, wie glücklich dich deine Arbeit in diesem schönen Haus macht, musste ich an eine unliebsame Angelegenheit denken.«

»Magst du mir davon erzählen?«

Sie waren beim Nachtisch angelangt, einer Bayerischen Creme, die er mit roten Früchten garniert hatte und die köstlich schmeckte.

Mila liebte Puddings und Cremespeisen jeglicher Art. »Es ist dumm, und es ist banal und tut trotzdem weh«, sagte sie. »Und eigentlich möchte ich uns unseren schönen Abend nicht mit meinem Kummer verderben.«

»Ach geh, ich hab dir jetzt so viel von mir erzählt und weiß von dir praktisch nichts, was über das Berufliche hinausgeht, also raus damit.«

Sie musste lachen. »Stimmt ja gar nicht. Wir waren ja fast bei meiner Geburt angelangt, während du nur bis zu deiner Lehre gekommen bist.«

»Und meine Geschichte war alles in allem sicher nicht sehr interessant. Also erzähl. Onkel Simon ist ein guter Zuhörer.«

Sie lächelte. »Das hab ich schon festgestellt. Ich finde, du bist der Richtige, ein solches Viersternehotel zu führen. Du besitzt viel Einfühlsamkeit.«

»Du lenkst ab«, antwortete er ernst. »Wo waren wir noch gleich stehen geblieben? Und komm mir jetzt ja nicht mit deiner Geburt«, befahl er. »Ich will alles über die letzten, sagen wir, zehn Jahren wissen.«

Sie schmunzelte. *Ja, lieber Simon, du weißt, wie es geht. Lass die Mädels von sich erzählen, und alles wird gut.* »Einverstanden.«

Er hob die Hände. »Eine Sekunde. Jetzt, wo wir zum gemütlichen Teil kommen, darf ich dir vielleicht ein Glas Wein eingießen?«

Sie nickte. »Gern.«

Er stand auf und holte zwei Gläser. »Komm, wir setzen uns hinüber auf die Couch, da ist es bequemer.«

Sie setzten sich nebeneinander auf die Zweiercouch, und er füllte ihre Gläser. »Lass dich nicht stören, sondern leg los. Ich bin ganz Ohr.«

Der Wein war gut, süffig, nicht zu warm. Mila war keine Weinkennerin. Für sie gab es nur Weißen oder Roten, Herben oder Süßen. Dieser Dessertwein, für den Simon sich zum Nachtisch entschieden hatte, passte jedenfalls wunderbar zur Cremespeise.

Sie seufzte und lehnte sich zurück. »Ich hab in den letzten Monaten nur Verluste erlitten. Nebenbei nicht nur ich, sondern auch meine Mutter. Wir haben beide einen lieben Menschen, meine Oma, die für mich in meinen ersten Lebensjahren Mutterersatz war, verloren. Das war allein schon schlimm genug. Hinzu kam, dass wir arbeitslos wurden.«

»Das tut mir leid.«

»Ich hab in den letzten Jahren so gut wie keinen Urlaub gemacht, sondern jeden Cent auf die Seite gelegt, um mich mit einer Physiotherapiepraxis selbstständig zu machen. Gemeinsam mit meiner Freundin. Als wir beide so weit waren, hab ich meine Arbeit gekündigt, hab Räumlichkeiten für die Praxis gesucht … Zum Glück hab ich nicht gleich den Mietvertrag unterschrieben. Sonst hätte ich die Miete dafür auch noch am Hals gehabt. Als nun also alles so weit war, dass ich mit meiner Freundin in der eigenen Praxis hätte loslegen können, da fand ich auf dem Tisch unserer gemeinsamen Wohnung einen Zettel, dass sie doch noch nicht zu einem so großen Schritt bereit sei und ich ihr nicht böse sein solle. Ich würde die Sache auch allein hinkriegen. Meine Freundin war verschwunden – und mit ihr mein Sparbuch und, ach ja, nicht zu vergessen, mein Verlobter.« Sie schluckte.

»Das ist natürlich furchtbar.« Simon schien ehrlich geschockt.

Sie nickte. »Mein Verlobter schickte mir eine SMS, ich solle ihm nicht böse sein, er hätte sich in meine Freundin verliebt, und das Geld würden sie mir irgendwann zurückzahlen.« Sie schüttelte immer noch fassungslos über ihre Ahnungslosigkeit den Kopf. »Erst da hab ich überhaupt gemerkt, dass nicht nur er, sondern auch mein Sparbuch flöten gegangen waren. Ich war ja so was von blöd. Von meiner Nachbarin erfuhr ich schließlich, dass meine Freundin und er sich schon öfter in unserer Wohnung getroffen hätten, die ich dann auch verlor, weil ich allein die Miete nicht bestreiten konnte«, fügte sie verbittert hinzu. »Ich musste zurück zu meiner Mutter und meiner Oma ziehen. Und dann starb meine Oma, und meine Mutter verlor ihre Arbeit. So war das«, endete sie matt.

Er nahm ihre Hand. »Da hast du aber wirklich viel Trauriges zu verarbeiten gehabt in den letzten Monaten. Aber du wirst schon sehen, alles wird wieder gut.«

Der Blick, den er ihr zuwarf, war Labsal für Milas Seele.

»Also, was meinst du? Magst du es nicht einfach einmal bei mir probieren?«

Sie strich sich über die Stirn und dachte an die Worte ihrer Mutter. Diese würde sie drängen, die Chance zu ergreifen. Aber brachte sie es wirklich übers Herz, so weit fortzuziehen? Ihre Mutter wäre dann ganz allein. Sicher, mit fünfzig war man noch nicht alt. Ihre Mutter würde sich vielleicht daran gewöhnen, auch ohne einen Lebensgefährten – ganz einsam war sie ja nicht, hatte einige nette Freundinnen. Aber ihre Beziehung war etwas Besonderes, und bei dem Gedanken, sie allein zu wissen, war ihr nicht wohl. Oldenburg lag nun auch nicht um die Ecke, sodass man sich öfter treffen könnte. »Das klingt wirklich alles sehr verlockend. Aber ... es ist besser, ich überschlafe die Sache noch einmal. Genauer, wir beide«, fügte sie lächelnd hinzu.

Sie waren sich sehr nah, in jeglicher Hinsicht, und eine Sekunde war sie geneigt, sich in seine Arme zu schmiegen und sich ganz ihren Gefühlen hinzugeben. Und sie erkannte, dass es ihm ähnlich erging.

»Das muss ich nicht, ich bin mir meiner Sache sehr sicher«, flüsterte er und legte entschlossen den Arm um ihre Schulter. Und ehe sie sich versah, küsste er sie. »Magst du heute Nacht bei mir bleiben?«, flüsterte er.

Sie öffnete den Mund, bereit, seinem Wunsch nachzugeben, doch dann riet ihr der Verstand, auch diese Sache einmal zu überschlafen. Urlaubsflirt hin oder her. Hier ging es schließlich um mehr. Sie ergriff ihr Glas und nahm einen großen Schluck. Dann schüttelte sie langsam den Kopf. »Heute Abend nicht.«

»Noch nicht?«, insistierte er.

Sie blickte ihn schweigend an und lächelte. »Der Abend war sehr schön, und ich möchte alles noch einmal in Ruhe überdenken. Ehrlich gesagt, schwirrt mir ein wenig der Kopf. Und das liegt nicht an deinem leckeren Wein und dem guten Essen.«

»Mir ergeht es ähnlich, aber das hat nichts mit dem Job zu tun.« Er schmunzelte und nahm den Arm von ihrer Schulter. Seine Miene wurde ernst, als er ihre Hände ergriff. »Ich ... sag es dir ganz ehrlich. Du, ... ich ... ich hab mich in dich verliebt, und ... ich wäre sehr froh, wenn du hierbleiben könntest. Also, ich meine hier ... auf der Alm und ... und natürlich auch hier bei mir«, sagte er mit stockender Stimme.

Er war verlegen, und das gefiel ihr an dem ansonsten so zielstrebigen und selbstsicheren Mann. »Du bist ein Mann der Tat, der nicht lange zögert, hab ich recht?«

»Es gibt manchmal Situationen, da muss man einfach handeln.«

»Ich bin nicht ganz so spontan. Das hier geht mir ein wenig zu schnell. Außerdem bin ich ein gebranntes Kind und ... und benötige ein bisschen mehr Zeit.« Entschlossen entzog sie ihm ihre Hände und stand auf. »Ich muss jetzt gehen«, sagte sie leise und blickte zärtlich auf ihn hinunter. Doch auch als sie die Enttäuschung in seinen Augen las, blieb sie hart.

Er stand auf, ergriff erneut ihre Schultern und sagte: »Das versteh ich. Aber ich möchte, dass du weißt: Ich meine es ernst. Mit der Arbeit und ... und mit allem.«

Sie lächelte, wandte sich um und ging ihm voraus in den Flur. Er half ihr in den Mantel, und eine Sekunde lang sahen sie sich verlegen an. Dann neigte er den Kopf und küsste sie. Und er küsste sehr gut. Und sie hatte keine Lust, ihn daran zu hindern.

Später in ihrem Zimmer lag sie lange mit offenen Augen im Bett. Das Leben war schön!

14

Nachdem sie Roman Zallinger verlassen hatte, wankte Konstanze mit weichen Knien zurück zur Pension.

Was für eine Wendung ihr Leben gerade genommen hatte!

Sie hatte einen neuen Vater geschenkt bekommen, der zwar nicht mehr lebte, aber dafür einen Bruder gewonnen. Nicht in der Lotterie, nein, das Leben hatte ihn ihr geschenkt. Denn dass Roman, ihr Halbbruder, ein Geschenk war, stand fest. Sie mochte ihn, von Anfang an, so einfach war das. Und dieses Geschenk übertraf auch das Gefühl der Hilflosigkeit, als sie auch ohne Gentest erkennen musste, dass der Mann, den sie immer geliebt hatte, der Mann, der sie all die Jahre durchs Leben begleitet hatte, nicht ihr leiblicher Vater war. Im Gegensatz zu manch anderen Menschen, die erst später im Leben erfuhren, dass der bisherige Vater nicht der biologische war, zerstörte diese Tatsache nicht die Zuneigung zu ihren Eltern. Sie wusste um deren beiderseitige Liebe und konnte ihre Mutter verstehen, die sich entschieden hatte, keinerlei Verbindung zu dem »Mann für eine Nacht« aufrechtzuerhalten, dem sie ihre Tochter verdankte. Für ihre Mutter war sie vielleicht anfangs ein »Unfall«, doch nicht, nachdem sie geboren war.

Ihr tiefstes Inneres versicherte ihr das. Niemand hätte zärtlicher sein können als ihre Eltern. Und sie liebte sie noch genauso wie vor der Offenbarung. Daran würde sich nie etwas ändern. Das Einzige, das sie bedauerte, war die Tatsache, dass sie mit ihrer Mutter nicht mehr über Claus Zallinger reden konnte. Ihn nachträglich kennenzulernen, dabei half ihr immerhin Roman, ihr Halbbruder. *Roman.* Sie sagte sich seinen Namen immer wieder im Stillen vor, und ein Lächeln erschien auf ihren Lippen. Ihre Familie hatte sich von jetzt auf gleich vergrößert. Wie schön.

15

Als Josefa am Nachmittag ihren Sohn zur Haustür hereinkommen und sich der Küche nähern hörte, musste sie lächeln. Ihr frisch gebackener Kuchen erfüllte auch heute seinen Zweck: ihre Lieben zu sich zu rufen.

»Magst du ein Stück Käsekuchen?«, fragte sie der Form halber. Natürlich mochte ihr Bub den. Es war sein Lieblingskuchen. Neben Apfelkuchen, Kirschstreusel und Ausgezogenen und ...

»Freilich«, entgegnete Luis offenbar gut gelaunt. Seit Tagen ging es ihm schon blendend, wie sie bemerkt hatte. Und den Grund meinte sie zu kennen.

Sie seufzte, gab ihm und ihrem Mann je ein Stück auf den Teller und nahm sich dann selbst. Dann goss sie Kaffee in die Becher, ging in den Flur und rief Hermann.

Kurz darauf war der schwere Schritt ihres Mannes zu hören. Sie zündete die Kerze auf dem Tisch an und stützte sich auf die Tischkante, während sie sich langsam hinsetzte. Heute zwickte sie nicht nur die Hüfte, sondern auch ihr Ischias meldete sich mal wieder zu Wort. Trotz aller Warnungen ihres Orthopäden, sie solle sich unbedingt körperlich schonen, wenn sie die Operation ihrer Hüfte noch hinausschieben wolle, hatte Josefa sich wieder einmal übernommen. Hermann war doch so mit seinen Schnitzereien beschäftigt gewesen, dass sie ihn nicht stören mochte und selbst den Kasten mit Wasserflaschen aus dem Keller hochtrug. Mit dem Resultat, dass sie sich verhoben hatte. Trotz aller Schmerzen war sie glücklich. Gab es etwas Schöneres als die Familie gemeinsam am gedeckten Tisch? Dass sie sonntags immer im Wechsel einmal bei ihr und das andere Mal bei ihrem Ältesten und seiner Frau im Hotel zu Mittag aßen, war ebenfalls eine gute Sitte. So sah man sich trotz aller Hektik im Alltag doch wenigstens einmal in der Woche und konnte sich austauschen.

»Mutter, schmerzt dich schon wieder deine Hüfte?«, unterbrach da Luis ihre behaglichen Betrachtungen.

Sie nickte. »Ein wenig.«

»Schmarrn, sie kann sich seit Tagen nicht richtig bewegen. Wird Zeit, dass du dich endlich operieren lässt, Mutter«, mischte sich Hermann ein wenig ruppig ein.

»Vater hat recht, Mutter. Ich hab neulich mit Dr. Burger gesprochen. Er rät dir dringend, nicht länger mit der OP zu warten«, sagte Luis.

»Ach, ihr habt gut reden. Wer, bittschön, soll denn hier alles machen? Hermann ist mit seinem Spielzeug beschäftigt, und kochen und alles …« Sie hielt hilflos inne.

»Du brauchst halt eine Hilfe«, entschied Hermann energisch, wie man es an ihm nicht kannte.

Luis nippte an dem heißen Kaffee. Er lud einen riesigen Bissen auf seine Gabel, betrachtete das

Werk zufrieden und sagte: »Abgesehen davon, dass du es bei uns mit gestandenen Männern zu tun hast, hätte ich da sogar eine super Idee, wie man diesen guten Geist wohl herzaubern könnte.«

Behaglich schob er die beladene Kuchengabel in den Mund, und wieder einmal wunderte sich seine Mutter, dass sein Mund eine Wagenladung Speisen jeglicher Art auf einmal verkraften konnte, ohne dass er daran zu ersticken drohte. Von ihr hatte er das nicht, sie war immer die Letzte beim Essen.

»Und wo willst du die gute Fee herzaubern? Hier oben auf der Alm kenn ich jedenfalls keine, die dafür Zeit hätte. Bei aller Liebe: Kati ist mit ihren zwei Enkelkindern und den Pensionsgästen momentan vollauf beschäftigt.« Kati und sie waren seit Kinderzeiten Freundinnen und halfen sich, wo sie nur konnten. »Die kann ich auf keinen Fall bitten. Ihr wisst, wie schwer sie eine Bitte abschlagen kann, aber sie ist selbst momentan am Ende ihrer Kräfte, seit sie ihre Enkelkinder hütet.«

»Ich dachte dabei auch nicht an Kati«, erwiderte Luis geheimnisvoll.

»Jetzt mach's nicht so spannend«, befahl sein Vater.

»Ich dachte dabei an unseren Pensionsgast.«

Josefa blieb vor Staunen der Mund offen stehen. Endlich brach es aus ihr heraus: »Etwa an die Frauen aus Deutschland?«

Luis schmunzelte. »Nicht an beide Frauen. An die Konstanze. Sie ist arbeitslos, und wir könnten ihr vielleicht den Vorschlag machen, hier auszuhelfen. Es geht hier ja nur um ein paar Wochen, vielleicht zwei, drei Monate, und eine Putzhilfe ist vorhanden. Ich könnte mir denken, dass sie nicht abgeneigt ist.«

»Aber so, wie du erzählt hast, müsste ihre Tochter dann allein nach Deutschland heimreisen.«

»Mila ist erwachsen, Mutter, und sicher in der Lage, sich ihre Schuhe allein zuzubinden und ein paar Spaghetti zu kochen, meinst du nicht?«, spöttelte Luis.

»Also ich find, das ist eine famose Idee, Bub. Du gehst heut noch zu ihr und fragst sie«, sagte Hermann mit aufgeräumter Stimme.

Josefa schwieg. Eigentlich hatte ihr Sohn recht. Fragen kostete nichts. Frau Konstanze war ihr sehr sympathisch, ebenso deren Tochter. Aber die Blicke, die Luis auf Simons Geburtstagsfeier Konstanze geschenkt hatte, sprachen Bände. Ihr Junge hatte sich verliebt, so einfach war das. In keine Hiesige. Und wohin das schon einmal geführt hatte – das wollte sie weder ihm noch sich noch Hermann je wieder wünschen.

»Also, Mutter, was sagst du?«

»Ich werde es mir überlegen. Bis zur Operation ist ja noch ein bisschen Zeit.«

»Unsinn, gleich im Januar lässt du die Hüfte richten«, entschied da Hermann.

Josefa schwieg erneut. Es half ja nichts, die OP musste sie wohl oder übel vornehmen lassen, denn die Schmerzen, die ihr zu allem Übel sogar noch in der Nacht die Ruhe raubten, wurden immer schlimmer. Diese Schmerzen brachten es mit sich, dass sie so gut wie nie mehr spazieren ging, wie sie es früher so gern gemacht hatte, gerade auch im Winter. Und je weniger sie sich bewegte, umso mehr schmerzte sie die vermaledeite Hüfte. Es war ein Teufelskreis. Die Idee mit der netten Frau aus Deutschland war ja nicht schlecht, und sie hätte sofort zugestimmt, wenn nicht die eindeutigen Vorzeichen dagegensprachen: dass ihr Bub ein Auge auf sie geworfen hatte. Und das hätte sie gern zu verhindern gewusst. Nicht auszudenken, wie sich das Verhältnis entwickeln würde, wenn sie außer Gefecht gesetzt war. Nun gut, sie konnte eh nichts machen, wenn Luis sich und seine Gefühle nicht im Griff hatte. Auf der anderen Seite fiel ihr wirklich niemand ein, der hätte helfen können. Und dass ihre beiden Männer in diesen Wochen Hilfe benötigten, die Reha folgte ja anschließend auch noch, war so klar wie der Himmel an diesem Nachmittag.

Ach, es gab wirklich keine Lösung für dieses Problem. Aber lieber sah sie die beiden allein herumwurschteln, als dass Luis erneut in eine Liebe stürzte, die nur eine weitere Katastrophe heraufbeschwören würde. Das alles hatten sie hinter sich, und das durfte kein zweites Mal geschehen. Luis hatte gelitten wie ein Hund. Und sie würde alles daransetzen, dass so etwas nicht wieder passierte.

»Wie sieht's aus, Bub, bist du heute Abend zum Essen da?«, versuchte sie, dem Gespräch eine Wendung zu geben.

»Du lenkst ab, Mutter. Das Thema ist noch nicht durch«, erwiderte Luis streng. »Und nein, heute Abend esse ich nicht zu Hause.«

»Dabei hab ich extra für dich Schupfnudeln mit Kraut gemacht«, maulte sie.

»Pech. Lass mir für morgen was übrig«, schlug er gleichmütig vor.

Sie seufzte. Schade, dass er nicht mehr sechs Jahre alt war. Da hatte sie ihn noch voll im Griff gehabt. Die Zeit verging. Sehr schade!

16

Gedankenverloren öffnete Konstanze am Dienstagabend die Tür zur Pension – und wäre beinahe mit Luis zusammengestoßen, der gerade mit großen Schritten aus der Küche geeilt kam.

»Hoppla, schöne Frau«, sagte er mit seiner Baritonstimme und fing sie schmunzelnd auf.

Ihr Herz begann sogleich zu hämmern, als sie seine warmen, festen Arme spürte. Seine schönen braunen Augen strahlten wieder jene Heiterkeit aus, die man bei ihm so oft entdecken konnte. Ob er wusste, wie gut er aussah? Sehr männlich. Dennoch war da nicht nur eine oberflächliche Attraktivität, an der tiefere Gefühle abperlten wie Wassertropfen von der heißen Herdplatte, sondern man verspürte jene gewisse Sensibilität, die ein Frauenherz erwärmte. Nicht zu vergessen, sein angenehmer Duft.

»Hallo, also, grüß Gott, mein ich«, haspelte sie verlegen. Sie war noch so benommen von den vergangenen Stunden, dass sie die lässige Gewandtheit verloren zu haben schien, die sie früher im Beruf ausgezeichnet hatte.

»Grüaß di«, antwortete er grinsend.

Ihre Beine drohten unter ihr nachzugeben.

Sie fest im Arm haltend, blickte er fragend auf sie hinunter. »Ich wollte gerade was essen gehen und dazu einen guten Roten trinken. Wie wär's, hättest du Lust, mich zu begleiten?«

Eigentlich war ihr überhaupt nicht nach Essen, dazu war sie viel zu aufgewühlt. Die nächsten Stunden allein in aller Ruhe ihren Gedanken nachzuhängen, wäre vielleicht gut. Andererseits – einem Mann wie Luis gab sie keinen Korb, sie war doch nicht blöd. Dieser Mann war einfach jemand, bei dem ihr das Wasser im Mund zusammenlief. Ein Mann zum Kuscheln, zum Lieben ... ach ...

»Das wäre wunderbar«, brachte sie mühsam heraus. Ihre Gedanken zu ordnen, dazu war die Nacht lang genug. Zudem kannte sie sich. Kaum wurde vor ihr etwas Essbares aufgetischt, langte sie mit Appetit zu. Das Einzige, was sie in Gefahr bringen konnte, wäre der Wein, der sie verleitete, sich zu verplappern, denn Roman hatte sie ja um Schweigen gebeten. Zumindest vorerst. Und diese Bitte würde sie natürlich befolgen.

»Ich wollte allerdings nicht hinübergehen, sondern in ein Weinlokal.« Er blickte auf ihre Schuhe. »Vielleicht wäre es besser, du ziehst dir bequeme Stiefel an, denn ich hatte nicht vor, mit dem Auto zu fahren, auch wenn wir eine Viertelstunde laufen müssen. Und dich zu tragen, dafür ist der Weg zu weit, fürchte ich. Zumindest der Rückweg«, setzte er hinzu. »Ich fürchte also, du musst selber laufen. Wenn's dir recht wäre.«

»Die Aussicht auf einen guten Wein wird mich beflügeln, auch auf dem Rückweg – und wenn's auf allen vieren ist«, gab sie zur Antwort, beschwingt die Tatsache beiseiteschiebend, dass sie bereits ein paar Schnäpse und eine halbe Flasche Rotwein mit Roman genossen hatte.

»Zur Not nehm ich den Schlitten mit«, schlug er augenzwinkernd vor.

»Nicht nötig. Ich bin jung und gut zu Fuß, wie du hoffentlich gemerkt hast. Und ich hab auch noch alle meine Zähne.« Sie grinste zurück. »Warte einen Moment, ich ... ich bin gleich wieder unten.« Damit jagte sie die Treppe hinauf.

Oben fuhr sie sich mit dem Waschlappen durch das erhitzte Gesicht, zog die Lippen mit einem dunklen Rot nach und stieg in die wandertauglichen Stiefel. Nun noch Mütze und Schal. Fertig. Tief atmete sie ein und aus.

Was für eine Aufregung. Gerade eben wirbelte ein neuer Bruder durch ihr Leben, und jetzt ging sie mit dem aufregendsten Mann, der ihr in den letzten Jahren begegnet war, in ein Weinlokal. Aufpassen, wiederholte sie sich. Wein löste ihre Zunge, und das durfte heute nicht passieren.

Fröhlich plaudernd, bummelten sie durch die strahlende Nacht. Der volle Mond beleuchtete die Szenerie wie in einem Märchenfilm, und einen Moment blieb sie stehen, legte den Kopf in den Nacken und sah zu dem Sternenhimmel. »Hörst du es auch?«

»Was?«

»Diese wunderbare Stille.«

»Ja, die höre ich. Und ich liebe sie. Dann und wann«, endete er lächelnd.

»Wie sehr ich diese Stille genieße. Wo gibt es ihn heute noch, diesen Luxus?«

»Manche Leute können auf diesen Luxus verzichten. Sie halten zu viel Stille nicht aus.«

Sie vermeinte eine leichte Bitterkeit aus seiner Stimme zu hören. Verständlich, wenn man an seine Vergangenheit dachte. »Ich würde sie immer aushalten – wenn mein Leben daneben noch etwas mehr als Stille zu bieten hätte«, antwortete sie sinnend.

»Eben, das ist der Punkt.«

Schweigend setzten sie ihren Weg fort. Ganz allein waren sie nicht unterwegs. Es gab auch noch andere Flaneure, Paare vor allem, die beim Abendspaziergang die winterliche Stimmung genossen. Konstanze hatte sich lange nicht so lebendig gefühlt. Und so wundersam. Nie zuvor verspürte sie, die den Dezember zeitlebens geliebt hatte, eine solche Vorfreude im Advent wie in diesem Augenblick.

Immer wieder wurde der Blick von adventlich beleuchteten Fenstern angezogen, deren Lichtschimmer die Luft silbern glitzern ließ.

Advent – die Ankunft des Herrn, die Erwartung. Wie gut es sich hier anfühlte. Wie vertrauensvoll. Wie gewiss.

»Gibt es eigentlich eine Kirche hier oben auf der Seiser Alm?«, fragte sie spontan.

Er nickte. »Wir haben die Marienkapelle am Rande der Alm in der Nähe vom Plattkofel, wo heute noch in den Sommermonaten Gottesdienste stattfinden. Und seit 2009 gibt es die Franziskuskirche drunten in Compatsch neben dem Feuerwehrhaus. Sie ist natürlich ganz modern, mit

Wänden und einem Dach aus Lärchenholz. Der Hauptraum stellt den Körper einer Taube dar, und die Eingänge von Westen und Osten erinnern an ausgebreitete Flügel. Die blau verglasten Fenster leuchten wunderbar bei Sonnenschein. Sie ist sehr schön, du wirst sehen.«

Konstanze nahm sich tatsächlich vor, bei nächster Gelegenheit die Kirche zu besuchen.

Sie erreichten das gemütliche Weinlokal nur eine Viertelstunde später. Es schien komplett überfüllt, doch Luis hatte für sich einen kleinen Zweiertisch in einer gemütlichen Nische reserviert, von der aus sie das Lokal im Blick hatten, dennoch ungestört waren. Sie bestellten beide eine kalte Platte mit Tiroler Köstlichkeiten, dazu auf Luis' Anraten einen Südtiroler Lagrein. »Er hat in Bozen seine Wurzeln und überzeugt mit seinen Aromen von Waldbeeren, Kirschen und Veilchen«, dozierte er. »Im Bozener Talkessel bleiben im Herbst die Böden lange warm, das mag er.«

Konstanze nickte. »Hm, vor allem die Veilchen schmeckt man«, flunkerte sie. »Und im Gaumen zeigt er eine samtige Fülle und eine weiche Säure«, gab sie zum Besten.

Luis hob leicht erstaunt die Brauen. »Ich sehe, ich hab es mit einer Weinkennerin zu tun.«

»Mitnichten, ich kann lediglich Roten von Weißem unterscheiden. Nein, ich hab's soeben auf der Karte gelesen«, gestand sie auflachend.

»Schade, und ich dachte, ich kann ein bisschen mit meinem Wissen angeben.«

»Ja, ihr Südtiroler kennt euch aus mit Wein«, vermutete sie.

»Nicht alle. Meine Kenntnis hab ich auch aus der Karte, jedenfalls hab ich bei meinem Lagrein noch kein Veilchen herausgeschmeckt«, bekannte er schmunzelnd.

Sie prosteten sich zu. »Und«, begann er, »wie war dein Treffen mit Roman?«

»Oh, es war wundervoll«, antwortete Konstanze mit Begeisterung. Seine Neugierde machte ihr Spaß. Eine kleine Unmutsfalte auf der Stirn von Luis ließ sie jedoch innehalten. *Achtung, Konstanze, Minenfeld. Halt an dich. Nichts ausplaudern!*

»Ach ja?«, knurrte Luis.

»Ja. Er hat mir so viel über die Seiser Alm erzählt, es war wirklich hochinteressant.«

»Und es muss sich um eine schier endlose Erzählung gehandelt haben, so lange, wie du es bei ihm ausgehalten hast.«

Es freute sie, dass er darüber so gar nicht erfreut schien. Sie zuckte scheinbar gleichmütig mit den Schultern. »Man kommt vom Hölzchen aufs Stöckchen, und schon ist der Tag vorbei.«

»Eigentlich ist Roman nicht als Plaudertasche bekannt.«

»Äh … keine Ahnung. Zu mir war er sehr aufmerksam und … nun ja, ich finde ihn sehr nett.«

»Soso. Aber um das Thema zu wechseln«, versuchte Luis, das Gespräch auf etwas Neues zu lenken, »ich wollte dich zu unserem Ski-Ball am kommenden Sonntag einladen. Wie wäre es, würdest du mir die Ehre erweisen und mich begleiten?

Es spielt immer eine gute Musik, und es gibt Feines zu essen und zu trinken.«

Sie verspürte tiefstes Bedauern, dass sie ihm einen Korb geben musste, aber Roman war ihm bereits zuvorgekommen. »Das tut mir wirklich furchtbar leid, aber Roman hat mich bereits zu dem Ball eingeladen«, sagte sie und konnte nicht vermeiden, dass die Enttäuschung ihrerseits in ihrer Stimme mitschwang.

»Na, das macht doch gar nichts. Da ich ohnehin auf den Ball wollte, könnten wir ja zu dritt hingehen«, schlug er aufgeräumt mit betont munterer Stimme vor. »Und ... äh ... zur Not, also wenn du deine Tochter nicht allein lassen möchtest, könnten wir ja auch Mila bitten«, schickte er zögernd hinterher.

Konstanze musste lachen. »Ich glaube, für Mila gibt es schon einen anderen Ballbegleiter – falls der auf die gute Idee kommt, sie einzuladen«, schränkte sie ein.

»Ach, du meinst meinen Neffen Simon?«, fragte Luis, bestrebt, sich seine Enttäuschung darüber, dass Roman ihr bereits ein Angebot gemacht hatte, nicht anmerken zu lassen.

Konstanze nickte. »Ich bin natürlich nicht sicher, aber mir schien, die beiden haben sich gut verstanden. Oder ... oder ist er bereits gebunden?«

»Soweit ich weiß, nicht. Er hat vor zwei Wochen mit seiner Freundin Schluss gemacht. Zwischen den beiden ging es immer hin und her. Aber jetzt ist es wohl endgültig. Das mit Lizza war ohnehin nichts Rechtes. Also, was ist? Gehen wir gemeinsam mit Roman auf den Ball?«

Konstanze zuckte die Schultern. »Wenn Roman nichts dagegen hat ... Aber was sollte er schon dagegen haben«, fügte sie rasch hinzu.

In Luis' Augen trat ein Funkeln. »Eben. Also abgemacht.« Er ergriff sein Glas. »Prosit, Konstanze.«

»Zum Wohl, Luis.« Ihre Wangen glühten, und sie war glücklich. Natürlich würde Roman nichts dagegen haben, sie waren ja nicht verliebt ineinander, sondern Geschwister.

Wie schön das Leben sein konnte.

Und dann erzählte Luis ausführlich, dass er geplant hatte, seine Wohnung zu erweitern, wozu er die beiden Gästezimmer nutzen würde. »Ich bin nicht unbescheiden, aber zwei Zimmer mehr sind nicht schlecht. Man weiß ja nie ...« Er stockte.

»Man weiß ja nie *was?*«, fragte Konstanze neugierig.

Er schaute ihr tief in die Augen. »Man weiß ja nie, ob man sich nicht noch einmal bindet. Und da kann ein bisschen mehr Platz nicht schaden, findest du nicht?«

»Klar. Eine große Wohnung ist heutzutage Luxus, wenn ich da an die Mieten in den großen Städten denke«, sagte sie leicht verlegen. »Hast du denn vor, dich in naher Zukunft zu binden?« Der Wein löste bereits ihre Zunge. *Aufpassen!*

Er blickte sie lange ernst an, sodass ihr die Röte siedend heiß den Hals hochkroch. »Es wäre jedenfalls schön.«

»Und ... gibt es da schon eine?«
»Ja«, entgegnete er schlicht.
Sie zuckte innerlich zusammen. *Bingo!* Logisch gab es eine andere.
»Aber diejenige weiß es noch nicht.«
»Oh. Dann ... dann darfst du aber nicht zu lange zögern ... ich meine, ehe sie dir ein anderer vor der Nase wegschnappt.«
Seine Miene verfinsterte sich. »Dazu lass ich es nicht kommen.«
»Oh«, wiederholte sie ratlos.
Sie schwiegen eine Weile, und Konstanzes gute Stimmung drohte zu schwinden. Es gab also eine andere. Klar, ein Mann wie Luis lief doch nicht frei herum. Obwohl – die Art, wie er sie taxiert hatte, eröffnete auch eine andere Möglichkeit. Sie seufzte. Wäre das schön, wenn er tatsächlich sie gemeint hätte – die Frau, die noch nicht wusste, dass er sich in sie verliebt hatte.
»Übrigens, ich, das heißt meine Eltern und ich, wollten dich etwas fragen«, fuhr er schließlich fort.
Konstanze hob erstaunt den Blick. »Ach ja?«
Er nickte. »Es ist nämlich so, dass meine Mutter im neuen Jahr eine Hüftoperation vor sich hat. Und da ... äh ... wünscht sie sich sehnlich eine Hilfe für zu Hause, also mindestens so lange, wie sie in der Reha ist, und für die erste Zeit danach, und da dachte sie an dich. Also wollten wir dich fragen, ob du dir vorstellen könntest, für ein paar Wochen bei uns die gute Fee zu spielen. Putzfrau ist natürlich vorhanden«, fügte er rasch hinzu. »Es geht eigentlich nur ums Kochen und ... kleinere

Hilfestellungen für Mutter, also Besorgungen ... äh, die ich natürlich auch machen könnte nach meiner Arbeit.«

Er hielt inne, und Konstanze bemerkte seine Verlegenheit.

»Natürlich würdest du das nicht umsonst machen.« Er nannte ihr den Betrag, den sie ihr zahlen wollten, und diese großzügige Summe brachte erst recht keine Ruhe in ihr stolperndes Herz.

Man bat sie, zu bleiben! Sie würde Luis jeden Tag zu Gesicht bekommen. Und sie würde noch dazu bezahlt.

Wunderbar!
Und völlig unmöglich!

»Das ist tatsächlich eine Überraschung«, antwortete sie hilflos.

Musste denn wirklich alles an einem Tag passieren? Reichte es nicht, dass sie heute bereits einen neuen, wenn auch verstorbenen Vater und einen Halbbruder geschenkt bekommen hatte? Jetzt machte dieser Wahnsinnsmann ihr auch noch ein wunderbares Angebot, dass sie um nichts in der Welt ausschlagen durfte.

Sie müsste es dennoch ablehnen, denn sie war einfach furchtbar in ihn verliebt. Und diese schreckliche Verliebtheit würde er spätestens dann bemerken, wenn sie sich täglich sähen. Und wie peinlich das in ihrem Alter war, dachte sie verschämt. Nein, sie würde auf keinen Fall zusagen! Das riet einem doch schon der Verstand.

Doch ihr Herz überrumpelte die Vernunft: »Das klingt zu schön, um wahr zu sein.« *Du dumme*

Gans! So viel also zu deinem Vorsatz, dich nicht der Gefahr der Peinlichkeit auszusetzen.

Hastig fügte sie hinzu: »Aber ... das müsste ich mir natürlich reiflich durch den Kopf gehen lassen ... ich ... meine, wegen meiner Tochter«, brach es stotternd aus ihr heraus. Himmel, was erzählte sie für einen Unsinn. Mila war keine sechs mehr. Und sie klang ganz nach einer Übermutter. Einfach Furchtbar!

»Du musst dich natürlich nicht gleich entscheiden«, unterbrach Luis ihre wirren Gedanken.

»Es wäre ja auch nur für ein paar Wochen.«

»Eben.« Er nickte hastig.

»Da wäre natürlich nichts dabei.«

»Genau. Und wir haben natürlich eine Putzfrau. Es ... geht eigentlich nur um meinen Vater, der sich schnell überfordert fühlt. Und von Mutter ganz zu schweigen. Sie hat die OP so lange vor sich hergeschoben, weil sie dachte, ohne sie würden wir verhungern und verdursten.«

»Wobei zumindest für Letzteres keine Gefahr besteht, schätze ich.«

»Korrekt«, nickte er ernst. »Und ... und wenn du dabei an deine Tochter denkst ... Sie kann doch sicherlich eine kurze Zeit auf dich verzichten. Sie macht auf mich einen sehr patenten Eindruck.«

Konstanze lächelte innerlich. Was ihn zu dieser Einsicht bewog, wusste sie nicht, denn außer einer Begrüßung hatten die beiden kaum miteinander gesprochen. »Je länger ich mir die Sache durch den Kopf gehen lasse, umso mehr gefällt sie mir.« Sollte der Verstand ihr doch schnuppe sein.

Sie ergriff das Weinglas wie einen Rettungsring und stürzte den Inhalt zur Hälfte hinunter.

Einen Moment betrachteten sie schweigend die Umgebung.

»Also abgemacht?«, sagte er schließlich. »Kann ich meine Mutter dahingehend beruhigen, dass ihre beiden Männer dank deiner Hilfe nicht zusammenbrechen, wenn sie sich einer OP unterzieht? Und ... und sie auch später mit deiner Hilfe rechnen kann, solange sie noch unsicher auf den Beinen ist?«

»Ich bin dafür, sie zu beruhigen. Und deinen Vater ebenso«, antwortete Konstanze mit fester Stimme. Also auf in ein neues, unruhiges Leben, egal wie lange die Unruhe währte.

»Von mir ganz zu schweigen.« Er grinste. »Prosit, Konstanze. Ich bin wirklich froh, dass du zugestimmt hast.«

Sie trank den Rest des Weines, und nach einem verlegenen Moment kehrten sie bald zu der anfänglichen Ungezwungenheit zurück.

Es war lange nach elf Uhr, als er schließlich zahlte. Natürlich hatte er sie eingeladen. Als sie das Weinlokal verließen, nahm Luis sie beim Arm ... zur Sicherheit, wie er bekannte, und sie bummelten zurück in die Pension.

Er folgte ihr hinauf und begleitete sie diesmal bis zu ihrer Tür. Und als sie ihm zum Abschied die Hand hinstreckte, nahm er sie bei den Schultern und küsste sie. »Ich finde, das musste jetzt sein. Gute Nacht, Konstanze«, murmelte er dicht an ihrem Ohr, drehte sich um und ging die Stufen hinauf in seine Wohnung.

Konstanze wankte mit weichen Beinen in ihr Zimmer, machte sich zur Nacht fertig und sank ins Bett. Himmel, was für ein Tag.

17

Der Mittwochmorgen begrüßte die Bewohner und Gäste der Seiser Alm mit strahlendem Sonnenschein und einigen Minusgraden. Die Eiskristalle glitzerten in der klaren Bergluft und ließen das Licht aufflammen.

Nach langem, tiefem Schlaf empfand Mila, dass sie sich langsam zu erholen begann – woran die Gedanken an Simon und die mögliche neue Stelle sicher nicht unbeteiligt waren.

Bester Laune traf sie sich mit ihrer Mutter im Frühstücksraum. Sie konnte es kaum erwarten, sie in Simons fantastisches Angebot einzuweihen. Und dass sie drauf und dran war, fest zuzusagen.

Doch Konstanze, deren Wangen ebenfalls rosig angehaucht waren und die sogar auf ihr Schlafmittel hatte verzichten können, was in den letzten Monaten nie mehr der Fall gewesen war, legte die Hand auf ihren Arm und sagte mit flammenden Augen: »Mein Schatz, lass mich bitte zuerst erzählen. Ich glaube, meine Neuigkeiten sind noch spannender. Genauer, sie werden dich vom Hocker reißen.«

Mila blickte sie erstaunt an. Tatsächlich schien alles an ihrer Mutter in Aufruhr. Konstanze neigte zu Übertreibungen, aber allem Anschein nach bebte diesmal jede Körperzelle. Ihre Augen leuchteten wie lange nicht mehr in den trostlosen Monaten zu Hause. Und das strahlende Lachen, das Konstanze auszeichnete und die Menschen für sich einnahm, hatte sie ebenfalls lange vermisst.

Wissend um Konstanzes Hang zur Theatralik, mutmaßte sie vergnügt, dass diese gestern Abend höchstwahrscheinlich den Hauptgewinn – ein paar Langlaufski – aus der Tombola gezogen hatte, deren Gewinner heute im Zirler Hof bekanntgegeben wurden. »Ach, da bin ich aber gespannt.«

Konstanze nahm einen Schluck vom Kaffee, und dann erzählte sie von Roman.

Milas Hand fuhr zum Mund. »Du hast recht, das haut mich jetzt wirklich um. Dass Oma eine One-Night-Affäre mit Folgen gehabt hat, das ist tatsächlich eine Bombe! Damit hätte ich nie gerechnet. Bist du wirklich sicher, dass dieser Roman dein Halbbruder ist?«

»Absolut sicher. Wenn du die Fotos siehst, wirst du mir zustimmen. Ich bin seiner Großmutter väterlicherseits wie aus dem Gesicht geschnitten. Und wir, also seine Großmutter und ich, haben das gleiche Muttermal. Er findet einen Gentest unnötig – und wahrscheinlich würde das auch schwierig werden. Ich finde das jedenfalls sehr nett und vertrauensvoll, vor allem, da mich die Tatsache, dass wir denselben Vater haben, zur Miterbin des riesigen Hauses macht. Und ich muss dir gestehen, das lässt mich nicht ganz kalt, wenn ich an unsere momentane finanzielle Lage denke …«, gab sie schmunzelnd zu. »Ich will natürlich kein Geld von ihm, so gierig bin ich nicht, aber der

Gedanke, zur Not ein Dach überm Kopf zu haben, beruhigt mich doch.«

»Kann ich natürlich verstehen«, antwortete Mila seufzend. »Jetzt hat sich unsere Familie also tatsächlich vergrößert. Wenn auch nur um eine Person«, sagte sie. »Eigentlich schade, dass wir deinen leiblichen Vater nicht kennenlernen konnten, findest du nicht?«

»Einerseits ja. Aber ich bin nicht sicher, wie die Sache ausgesehen hätte, wenn Papa noch lebte. Ich glaube, dann wäre die Situation doch nicht so unkompliziert gewesen wie sie mir jetzt vorkommt. Und für Papa erst recht nicht.«

»Glaubst du, dass er von Oma die Wahrheit erfahren hat?«

Konstanze schwieg einen Moment. Dann schüttelte sie langsam den Kopf. »Ich habe nicht die geringste Ahnung. Sie betonte zwar immer, wie wichtig Ehrlichkeit in der Familie sei, aber dennoch hat sie mich ja eindeutig ein Leben lang belogen. Mithin war sie doch nicht das offene Buch, für das ich sie immer gehalten hab, und es ist schade, dass ich sie jetzt nicht mehr befragen kann«, seufzte sie. »Wir flunkern zwar alle gern mal. Aber ich bin dennoch der Meinung, dass in der Familie so viel Ehrlichkeit wie möglich herrschen sollte ... erst recht bei etwas so Gravierendem wie der Wahrheit über den biologischen Vater. Wenn du mir natürlich weismachen willst, meine fünf Kilo, die ich bis Weihnachten zulegen werde, seien nicht zu sehen, dann hab ich nichts dagegen«, fügte sie lächelnd hinzu. »Übrigens,

Roman hat dich natürlich eingeladen, ihn ebenfalls so rasch wie möglich zu besuchen, damit ihr euch kennenlernt. Heute Morgen geh ich mit ihm spazieren, aber wir dachten, dass du vielleicht heute Nachmittag zum Kaffee mitkommen könntest?«

»Das ist nett«, erwiderte Mila mit rosigen Wangen. »Aber heute Nachmittag möchte ich doch lieber noch einmal zu Simon, um ihm meine endgültige Zusage zu dem Jobangebot zu geben. Morgen Nachmittag passt mir besser, wenn Roman einverstanden wäre. Ich komme also auf jeden Fall mit, ich bin doch gespannt auf meinen neuen Onkel.«

Und dann berichtete sie vom gestrigen Nachmittag. Sie nahm rasch einen Schluck Kaffee. »Und das Sahnehäubchen daran ist, dass er sich wohl in mich verliebt hat«, fügte sie keck hinzu.

Konstanze erkannte, dass ihre wunderbare Tochter nicht ganz so gleichmütig war, wie sie sich den Anschein gab. »Ach, wie nett.« Sie lächelte. »Und du? Hast du dich auch in ihn verliebt?«

Mila zuckte die Schultern und sah betont gelassen aus dem Fenster. »Möglich, vielleicht«, antwortete sie. »Ein klitzekleines bisschen«, gab sie lachend zu. »Aber ich finde, ich sollte erst einmal professionell bleiben. Ich will nichts überstürzen. Das mit der Liebe ... das funktioniert bei mir nicht mehr so wie noch vor ein paar Monaten. Ich kann mich nicht mehr Hals über Kopf in irgendein neues Liebesabenteuer stürzen. Und wenn er es ernst meint, dann lässt er mir auch Zeit.«

»Völlig richtig.« Konstanze dachte zum hundertsten Mal, wie klug ihre Tochter war. Ganz anders als sie selbst. Sie stürzte sich nach fast fünfundzwanzig Jahren in eine neue Liebe, als gäbe es kein Morgen.

»Und demzufolge hab ich natürlich gesagt, dass ich mir das mit dem Job noch überlegen werde, aber ... alles spricht dafür. Auch wenn ein Techtelmechtel mit dem Chef ja nicht ganz ungefährlich wäre.«

Konstanze bemerkte an dem Glanz in Milas Augen und der heiseren Stimme, dass sie trotz der beherrscht hervorgebrachten Argumente sehr aufgeregt war. Und diese natürliche Reaktion beruhigte sie. Nichts würde sie ihrer Tochter mehr wünschen als eine neue Liebe. Und wenn sie hier einen beruflichen Neuanfang vor sich hätte – umso besser.

»Es muss ja nicht bei einem Techtelmechtel bleiben. Ich finde, Schatz, das Ganze klingt wirklich vielversprechend. Und es passt perfekt zu dem, was ich dir noch berichten wollte.«

Und dann erzählte Konstanze von dem zweiten Abenteuer, das sie mit Luis erlebt hatte. »Und stell dir vor, ich hab zugesagt.«

»Mama, dass du bei der Familie Zirler aushelfen willst, ist phänomenal, wenn man mal bedenkt, dass du deinem Luis damit näherkommen könntest«, sagte Mila augenzwinkernd. »Und ihn vor allem in Ruhe näher kennenlernen könntest.«

»Also erstens ist es ja eigentlich noch viel zu früh, davon auch nur zu reden. Aber ich ... ich hab das Gefühl, dass ich ihm nicht gleichgültig bin, aber noch ist er nicht *mein* Luis«, wiegelte Konstanze mit hochrotem Kopf ab. »Und zweitens, ... ja, ich finde die Idee auch super«, endete sie lächelnd. »Wenn ich mir auch vorkomme, als säße ich in einer Rakete, die mich gerade ins unbekannte Universum schießt.

»Egal. Tatsache ist, dass wir zwei uns gerade mitten in zwei berauschenden Abenteuern befinden«, sagte Mila mit verschmitztem Gesicht.

»Und ausgerechnet ich, wo ich doch Abenteuer hasse wie die Pest.«

Bestens gelaunt verabschiedeten sie sich.

Als Mila zu ihrem Skikurs unterwegs war, bummelte Konstanze zu Romans Haus, um mit ihm spazieren zu gehen. Sie hatten sich ja so viel zu erzählen. Er begrüßte sie freudestrahlend. »Ich habe mir für heute etwas anderes ausgedacht«, sagte er, als sie das Haus betreten hatte. »Möchtest du, dass wir sofort losfahren, oder willst du zuvor eine kleine Stärkung in Form von Kaffee oder Tee?«

»Nicht nötig«, lehnte sie ab. »Ich komme geradewegs vom Frühstück. Aber spann mich nicht so auf die Folter. Wo soll es heute hingehen?«

Er nahm seine Lodenjacke, und sie verließen das Haus. »Wir fahren nach Völs am Schlern. Von dort gibt es einen gespurten Wanderweg zum Völser Weiher. Ein sehr hübscher See unterhalb des Schlerns. Wunderbar zum Baden im Sommer und Schlittschuhlaufen im Winter, mit einem netten Restaurant.«

»Das klingt sehr einladend«, antwortete sie.

Sie stiegen in sein Auto und hatten nach einer Viertelstunde den kleinen Ort Völs erreicht. Sie parkten und wanderten gemächlich zum gleichnamigen Weiher.

»Hierher sind wir als Kinder immer mit dem Fahrrad zum Baden gefahren. Das Wasser ist kalt, alles ist bescheiden und naturbelassen. Wir lieben es so. Heute allerdings sparen wir uns das Baden«, sagte er mit einem Lächeln.

»Logisch, wir haben ja auch gar keine Badesachen dabei.«

»Und nackt zu baden, das wäre denn doch etwas zu ungemütlich, fürchte ich«, fügte er schmunzelnd hinzu.

»Abgesehen davon, dass wir uns vorher mit dem Pickel ein Loch ins Eis schlagen müssten.«

»Obwohl danach im Restaurant der heiße Grog unsere Lebensgeister wieder auf Trab bringen würde.«

In bester Stimmung schlenderten sie zum Weiher.

»Und wie schön, dass man hier eislaufen kann, inmitten dieser bezaubernden Kulisse«, schwärmte Konstanze, während sie den See umrundeten und dabei den Schlittschuhläufern zusahen. »Ich hab es als Kind geliebt und später dann auch Mila beigebracht, aber im Laufe der Jahre arg vernachlässigt, nachdem sie groß geworden war und sich lieber mit ihren Freunden verabredete.«

Roman zuckte bedauernd die Schultern. »Ich hab es auch gelernt, aber ich war nie eine Größe auf dem Eis. Mir liegt eher das Skilaufen.«

Als sie kurz stehen blieben, zog sich Konstanze den Schal enger und die Mütze tiefer über die Ohren, in der für sie ungewohnten Kälte von nahezu minus acht Grad. Ihr Atem bildete weiße Wolken, und ihr Gesicht glühte, doch sie fror nicht, denn beim Laufen war ihr warm geworden. Glücklich gab sie sich dem heiteren Panorama hin.

Roman schien die Kälte nichts auszumachen. Mit seinen Händen, die keine Handschuhe schützten, deutete er auf die Berge ringsum mit dem Schlernmassiv und der Santnerspitze und kannte sie fast alle mit Namen.

Sie setzten ihren Spaziergang fort, und dann erzählte Konstanze ihm, welches Angebot ihr Luis gemacht hatte.

»Das klingt doch wirklich gut«, entfuhr es Roman. »Ich hatte dir ohnehin den Vorschlag machen wollen, bei mir einzuziehen. Die andere Ferienwohnung könnte dann Mila nehmen, wenn sie Interesse hat. Die Wohnungen oben sind zwar schlicht eingerichtet, jedoch ist alles vorhanden. Ich meine, wenn es euch hier so gut gefällt und ihr Arbeit habt, könntet ihr doch bei mir leben.«

»Das wäre wirklich sehr großzügig von dir«, sagte Konstanze leise. Sie konnte ihr Glück kaum fassen. »Heute Nachmittag wird Mila wohl Simon ihre Zustimmung geben, dass sie in seinem Hotel den Massagesalon übernehmen wird.«

»Na, da wäre es doch das Beste, sie zöge tatsächlich bei mir ... also uns ... ein. So würden wir zu dritt unter einem Dach wohnen. Ich bin wirklich begeistert von der Idee!«

»Aber fürchtest du nicht, dass du dich von uns zwei Weibsen dann ein bisschen überfordert fühlen könntest?«, wandte Konstanze ein. »Nicht dass das Ganze dir wie ein Überfall vorkommt.«

»Dann hätte ich dir wohl kaum diesen Vorschlag gemacht«, gab er schmunzelnd zur Antwort. »Außerdem wird niemand zu irgendwas gezwungen. Jeder ist sein eigener Herr. Falls jemand seine Ruhe möchte, wurschtelt er allein für sich. Und wenn ihr Lust auf gemeinsames Kochen habt, bin ich gern dabei. Alles kein Problem. Ich wäre nicht mehr einsam«, sagte er mit heiserer Stimme, »und …« Seine Stimme brach.

Sie legte ihre Hand auf seinen Arm. »Und wir erst«, fuhr sie rasch dazwischen. »Wir haben uns zuletzt in Oldenburg auch zu zweit ziemlich allein gefühlt. Glaub mir!«

»Auf jeden Fall habt ihr in mir ab sofort nicht nur einen Bruder und Onkel, sondern vor allem einen Freund.« Seine Stimme klang immer noch ein wenig belegt.

»Ich kann das alles noch gar nicht glauben«, murmelte Konstanze und hakte sich spontan bei ihm unter. »Ich bin so gespannt, was Mila sagen wird, wenn ihr euch kennenlernt.«

»Wie war denn für sie die neue Situation, ich meine, dass sie ab sofort zwei Großväter hat?«

»Ganz unkompliziert. Es ist ja so, dass meine Väter leider schon tot sind. Ich denke, alles wäre ein wenig verzwickter, wenn beide noch lebten. Auch wenn ich mir das wirklich wünschen würde«, schickte sie schnell hinterher.

»Das sehe ich genauso. Ich bin auch schon sehr gespannt auf deine Tochter.«

»Um noch einmal auf ein mögliches Zusammenleben zurückzukommen«, fuhr sie fort. »Ich möchte auf jeden Fall so lange bei der Familie Zirler bleiben, wie wir die Zimmer gebucht haben. Und es wäre sicher am praktischsten, wenn ich in der Zeit meiner Aushilfe bei der Familie Zirler auch noch wohne.«

»Ganz wie du magst.« Er nickte.

Zurück auf der Seiser Alm, aß sie noch bei Roman zu Mittag. Es gab einen deftigen Eintopf – aus seinen eingefrorenen Vorräten, wie er ihr verriet, da er gern kochte und immer größere Mengen zubereitete – und eine Obstnachspeise. Sie verstanden sich hervorragend, und es galt, keine peinlichen Gesprächspausen zu überwinden. Es gab ja so viel zu erzählen. Die gegenseitigen Schilderungen aus ihrem Leben wurden bereichert durch Geschichten über Paul und Maria.

Gegen zwei verabschiedete sich Konstanze von ihm, nachdem sie sich für Donnerstagnachmittag verabredet hatten.

Aufseufzend öffnete sie die Tür zur Pension. Sie war rechtschaffen müde und dennoch aufgekratzt.

Luis, der sich die ganze Zeit nach dem Mittagessen in der Küche herumgetrieben hatte – mittwochs war der Schuldienst schon um elf vorüber –, sah, wie sie sich der Tür näherte, und stürzte in den

Flur. »Servus, schön dich zu sehen«, begrüßte er sie ein wenig atemlos.

»Hallo, grüß dich«, erwiderte Konstanze, und Luis bemerkte beglückt, wie in ihre Augen ein Leuchten trat.

Wie immer bei ihrem Anblick hämmerte sein Herz aufgeregt. Und wie fantastisch sie aussah! Keine Spur mehr von den dunklen Augenringen, die ihm bei ihrer Ankunft aufgefallen waren. Ihre Wangen glühten, und die Augen funkelten wie die Lichterketten in den Blumenkästen mit den Fichtenzweigen, die seine Mutter zur Adventszeit vors Fenster stellte. Die Seiser Alm schien ihr wohl zu bekommen ... und hoffentlich nur diese und nicht noch ein Hallodri wie Roman. »Na, warst du wieder spazieren?« Seine Stimme klang selbst in seinen Ohren verräterisch belegt.

»Ja.« Sie nickte. »Wir waren in Völs und am Völser Weiher. Es war wunderschön.«

»Wir?«, wiederholte er, peinlich berührt beim Klang seiner jetzt eine Oktave höheren Stimme.

Sie stockte einen Moment. »Ja, Roman und ich. Er ... hat mich zu diesem Ausflug eingeladen«, sagte sie schließlich.

»Hört, hört«, entgegnete Luis und schluckte. Was war hier nur los? Sollten die beiden tatsächlich Gefallen aneinander gefunden haben? Mein Gott, Roman war dreiundsechzig und Konstanze schließlich erst fünfzig! Sie hatte doch etwas viel Besseres verdient. Dich zum Beispiel, flüsterte sein Innerstes ihm spöttisch zu. Er hätte alles dafür gegeben, wenn er sie heute wieder zu irgendeinem

Beisammensein einladen könnte, aber leider war seine Zeit komplett verplant. Er hatte um drei eine Besprechung mit den Eltern seiner Schüler, mit denen er die nächsten zweieinhalb Tage auf Skifreizeit ging. Danach traf sich der Jagdclub, dem er vorstand, und später musste er noch packen. So ein Mist. Dabei freute er sich auf die Tage mit seinen Schülern. »Schade, dass ich heute keine Zeit für dich habe«, entfuhr es ihm.

»Du bist doch nicht hier, um mich zu bespaßen«, antwortete sie leichthin mit einem Lächeln

Er kratzte sich am Kopf. »Nein, natürlich nicht, aber ... es würde mir Spaß machen, dich zu bespaßen.« Herrgott, was redete er für einen Schwachsinn! Er hatte Spaß, sie zu bespaßen? War er Lehrer oder ein Gigolo? »Nun ja, ich bin gern mit dir zusammen.«

»Am Samstag sehen wir uns ja wieder. Ich freu mich schon auf den Ball am Sonntag.«

»Dann vergiss nicht, dass ich mitgehe«, sagte er und erneut griff er sich an die Stirn. Bildlich gesehen. Musste er seine Eifersucht vor ihr wie eine Kinoleinwand ausbreiten?

Sein Blick wanderte zu der Uhr im Flur. »Alsdann, schöne Tage noch. Am Samstagmittag bin ich wieder hier.«

»Dann wünsche ich dir ebenfalls nette Tage mit deinen Schülern und Schülerinnen.«

»Danke, das werden wir haben – wenn auch sicher nicht so nette Tage wie du mit deinem Roman.«

»Roman ... ist nicht mein Roman oder ...«

Er sah, wie sie erschrocken, beinahe schuldbewusst innehielt. Also lief da doch was! Heiße Wut auf den Freund und Nachbarn durchzuckte ihn. Am liebsten wäre er hinübergerannt und hätte Roman zur Rede gestellt.

»Wie auch immer – schönen Tag noch.« Mit diesen Worten riss er sich seine Jacke vom Haken und jagte aus der Tür. *Schönen Tag noch ...* was für ein Stiesel er doch war!

18

Am Mittag, nachdem sie, viel zu aufgeregt für eine komplette Mahlzeit, lediglich ein Brot in der Pension gegessen hatte, teilte Mila ihrer Mutter mit, dass sie sich gleich auf zum Lärchenhof machen wollte, um sich heute noch einmal in aller Ruhe die Räumlichkeiten anzuschauen und dann ihre endgültige Entscheidung zu treffen.

»Kann ich mitkommen?«, fragte ihre Mutter.

Mila schüttelte den Kopf. »Sei nicht böse, Mama, aber ich möchte wirklich allein sein und alles noch mal auf mich wirken lassen.« Vor allem Simon, fügte sie in Gedanken hinzu.

»Na ja, dann muss ich mich halt noch gedulden«, erwiderte Konstanze. »Wann schätzt du, zurück zu sein, damit ich dir noch Roman vorstellen kann? Ich bin doch so gespannt, was du von ihm hältst.«

»Ich denke, um vier bin ich wieder hier. Dann können wir hinübergehen.«

Konstanze strahlte, und Mila stellte fest, wie gut sie sich in den wenigen Tagen auf der Alm erholt zu haben schien. »Fein. Ich freu mich schon wahnsinnig«, sagte sie.

Mila verließ die Pension. Ihre warme Kleidung schützte sie ausreichend gegen die bittere Kälte. Beseelt marschierte sie flotten Schrittes voran.

Was sie sich lange versagt hatte, praktizierte sie heute in vollem Umfang: Sie träumte. Sie träumte von einem Mann. Sie träumte von einer Familie. Vor allem jedoch träumte sie von einem beruflichen Neustart.

Ach ja, es war wundervoll, so seinen Visionen nachzuhängen. Endlich wieder, nach langer Zeit. Dennoch musste sie vorsichtig sein. Momentan ging ihr Beruf vor, und mit Simon lägen Berufliches und Privates gefährlich nahe beieinander. Trotzdem lief ihr allein bei seinem Namen das Wasser im Munde zusammen. Gestern Abend war es nur zu gut gewesen, dass sie nicht viel Alkohol getrunken hatte, sonst wäre sie womöglich mit ihm glücklich ins Bett gesunken. Stets klopfte ihr Herz rascher, wenn sie ihn erblickte. Sie lagen in so vielen Dingen auf einer Wellenlänge. Und körperlich fühlte sie sich sowieso zu ihm hingezogen.

Auf einen Flirt würde sie sich mit ihm als Chef nicht einlassen. Wenn, dann müsste es sich schon um etwas wirklich Ernstes handeln. Der nächste Mann, der in ihrem Leben eine Rolle spielte, würde auf Herz und Nieren geprüft, ehe sie sich näher mit ihm einließe. Einen One-Night-Stand wie bei ihrer Großmutter würde es mit ihr nicht geben. Sie war doch nicht blöd. Damals waren die Zeiten natürlich anders gewesen. Heute konnte man sich vor ungewollten Schwangerschaften ausreichend schützen. Doch eine gemeinsame Nacht zu verbringen, kaum dass sie sich den Namen des anderen gemerkt hatten? Nicht mit ihr! Wenngleich – warum eigentlich nicht? Das Leben konnte so kurz sein. Und ungewollt schwanger würde sie nicht werden.

Als sie den Lärchenhof erreicht hatte, hielt sie schon automatisch Ausschau nach dem Mann, der sie von Kopf bis Fuß so verzauberte. Sie öffnete die Eingangstür und ließ einer flotten Mittdreißigerin den Vortritt, die auf die Tür zustürmte.

Die Fremde trat zur Rezeption. Sie zog die schwarzen Lederhandschuhe aus. »Grüß dich, Petra. Ist Simon oben?«, fragte sie mit heller Stimme.

Mila betrachtete sie verstohlen. Die Frau war sehr hübsch. Rote Haare, deren Lockenflut durch keine Mütze beengt wurde. Sehr lange, schmale Fingernägel. Alles in allem eine gepflegte Erscheinung in dem wadenlangen roten Wollmantel und den schicken Winterstiefeln.

»Nein, Simon ist außer Haus.«

»Weißt du, wann er zurück ist? Ich bin heute erst von einer Tagung des Internationalen Hotelverbandes in London zurückgekommen und hatte noch keine Gelegenheit, ihn zu sprechen.«

»Nein, tut mir leid.«

»Macht nichts«, erwiderte die Fremde. »Ich hab ja seinen Schlüssel und werde einfach oben auf ihn warten.« Mit diesen Worten wandte sie sich zum Aufzug.

Mila blickte ihr interessiert hinterher. Das war sicherlich seine Schwester. Wie schön, so lernte sie sie heute vielleicht auch schon kennen. Obwohl ... hatte er nicht gesagt, dass die gerade eine Schweizer Hotelfachschule besuchte? Na, egal, die hübsche

Mittdreißigerin würde nicht ohne Grund eine Tagung in London besucht haben.

»Hallo«, sagte Mila. »Ich höre gerade, Herr Zirler ist nicht da?«

Die Rezeptionistin nickte.

Mila nahm allen Mut zusammen und fragte nach einem scheuen Blick zum Aufzug, den die Frau gerade betrat: »Ist diese Dame zufällig Herrn Zirlers Schwester?«

Die Rezeptionistin, eine andere als am Tag zuvor, verkniff sich sichtlich ein Lächeln. »Nein, das ist die Verlobte von Herrn Zirler.«

»Oh ...«, brachte Mila mit trockenem Mund hervor. »Ja dann ...«

»Kann ich Ihnen irgendwie weiterhelfen?«

»Nein ... danke. Ich wollte mir nur noch einmal den Wellnessbereich des Hotels ansehen.«

»Aber gern«, kam die freundliche Antwort. »Hier rechts um die Ecke und dann immer geradeaus.«

Mila schluckte. »Danke, ich weiß Bescheid.« Mit zittrigen Beinen wandte sie sich nach rechts. Der Wellnessbereich interessierte sie momentan so wenig wie der Gipfel des Mount Everest.

Simon hatte eine Verlobte.

Der Simon, der gestern Abend mit ihr munter in die Kiste springen wollte. *Danke auch, Herr Zirler! Kaum ist die Verlobte außer Landes, nutzen wir die Gelegenheit für einen sexuellen Zeitvertreib.* Es galt schließlich, die Stunden des Wartens zu überbrücken, bis die Geliebte wieder verfügbar war.

Und sie war drauf und dran gewesen, sich in ihn zu verlieben. Da hatte sie ja gerade noch einmal die Kurve gekriegt.

Aber trotzdem: Mist, Mist, Mist! Sie wollte keinen Mann – sie wollte einen beruflichen Neuanfang. Und der führte nun mal über diesen Kerl, der nicht viel besser war als all die Millionen Internet-Männer, die ihrem Vergnügen im Vorbeigehen frönten, die sich en passant ein sexuelles Abenteuer gönnten wie andere einen »Kaffee zum Mitnehmen«. Sex *to go*. Nicht mit ihr. Aber natürlich war sie ihm gegenüber alles andere als unbeteiligt, um es mal so zu nennen. Andererseits, wenn er merkte, dass sie um seine Verlobte wusste, würde er ihr vielleicht auch gleich wieder eine Absage erteilen. Und dass er in kürzester Zeit dieses Wissen erlangte – auch wenn dies den Verlust des Jobangebots bedeuten sollte –, dafür würde sie sorgen!

Scheiße, konnte sie da nur sagen. Scheißmänner! Scheißträume! Berufliche Tätigkeit in Traumlandschaft – ade!

Sie sparte sich den Rundgang und lief mit steifen Beinen, den Kopf gesenkt, zurück in die Pension. Zitternd vor Erregung und Kälte, obwohl sie mehr gerannt als gegangen war, und erleichtert, in wenigen Augenblicken ihr Zimmer betreten und sich dort ihrem Elend hingeben zu können, öffnete sie die Eichentür der Pension.

Im Flur erwartete sie der nächste Schock! Eigentlich war sie der Meinung, dass nach den Erlebnissen der letzten Wochen, gekrönt von der Entdeckung im Hotel, sie nichts mehr schocken konnte. Doch der Anblick des Mannes ließ sie beinahe kollabieren.

Schwankend hielt sie sich am Türrahmen fest. »Was machst du denn hier?«, brachte sie nach einer Schocksekunde hervor.

»Hallo, Schatz!«

Schatz? Schatz? Sie hatte Mühe, nicht zu hyperventilieren. Wäre eines zur Hand gewesen, so hätte sie Markus ein gewaltiges Kaminholz über den Schädel gezogen.

»Was willst du?« Sie wunderte sich, dass ihr die Worte so scheinbar leicht über die Lippen kamen. Der bekannte Duft, den er verströmte, verstärkte noch die Übelkeit, die sie seit ihrem Besuch im Hotel verspürte. Wie hatte sie jemals Gefallen an seinem impertinenten, muffigen Rasierwasser finden können, das er stets aus England bezog?

»Ich ... Wollen wir nicht in dein Zimmer gehen? Ich habe dir etwas zu sagen. Oder vielmehr etwas zurückzugeben«, schickte er, zum ersten Mal anscheinend verlegen, hinterher.

Was immer er ihr geben wollte, konnte er sich in den Allerwertesten stecken, dachte sie sarkastisch. Es sei denn, es handelte sich um ihr Sparbuch. Oder einen zehnkarätigen Diamanten. Nichts von beidem war zu erwarten. Doch wie auch immer, hier im Flur war es auf jeden Fall unpassend. Sie ging an ihm vorbei in den Frühstücksraum, dessen Tür offen stand. »Komm hier rein! Aber wenn es etwas anderes ist als mein Sparbuch, das du mir zurückgeben willst, kannst du dich gleich wieder vom Acker machen.«

Er folgte ihr und schloss rasch die Tür. Sie waren allein in dem gemütlichen Raum, der ihr nun fast die Luft nahm. »Wie bist du überhaupt an unsere Adresse gekommen?«

Er besaß die Dreistigkeit, zu grinsen. »Durch freundliche Nachbarinnen natürlich. In deiner alten Wohnung sagte mir Frau Martin, dass du zu deiner Mutter gezogen wärst, und von eurer dortigen Nachbarin erhielt ich eure Adresse hier. Und in der Tat bin ich hergekommen, um dir dein Sparbuch zurückzubringen.« Das Feierliche in seiner Stimme verwandelte sich in weinerliches Nörgeln. »Und du kannst mir glauben, ich habe eine elend lange Fahrt hinter mir, mit sämtlichen Staus, die unsere heimischen Autobahnen zu bieten haben.«

Er kam, um ihr Geld zu bringen!

Sie ließ sich auf den Stuhl vor dem Tisch fallen und betrachtete aus schmalen Augen den Mann vor ihr. Es war mitnichten der Weihnachtsmann. Vor ihr stand ein betrügerisches, verlogenes Arschloch. »Bist du sicher, dass wir hier von meinem geplünderten Sparbuch reden, oder hast du getrunken?« Ihre Stimme war so hart wie der gefrorene Wasserfall, den sie auf dem Weg zum Lärchenhof bewundert hatte.

Mit dem gleichen Gesichtsausdruck, mit dem ihre Oma ihr das Gebetbuch zur ersten Heiligen Kommunion geschenkt hatte, zog er das kleine Buch aus der Innentasche seines Mantels »Wir reden hier von deinem Sparbuch, auf das ich bis auf den letzten Cent alles wiedereinbezahlt habe.« Seine Worte klangen feierlich wie die eines Priesters.

Sie riss ihm das Sparbuch aus der Hand. Am liebsten hätte sie es ihm links und rechts um die Ohren geschlagen, doch als ein kurzer Blick ins Innere ihr versicherte, dass der ausgewiesene Betrag vollständig war, hielt sie sich zurück. Aber ihr fiel auch auf, dass es sich nicht um das alte, abgegriffene Exemplar aus ihrer Nachttischschublade handelte. Das Heft war nagelneu, die Chronik ihrer Überweisungen fehlte, stattdessen gab es nur einen kürzlich vorgenommenen Eintrag über die Einzahlung der kompletten Summe, auf der sie ihre Existenz hatte aufbauen wollen. »Das ist nicht mein altes Sparbuch. Von wem hast du denn das Geld erbeutet?«, presste sie heraus, bemüht, ihr erregtes Herzklopfen nicht durch ihre Stimme zu verraten.

Markus räusperte sich und setzte sich auf die Ecke des Sofas, die Hände zwischen den Knien gefaltet. »Das spielt doch jetzt keine Rolle. Hauptsache, du hast dein Geld zurück und ... ich bin wieder da ... Wir ... also Charly und ich ... haben uns nämlich getrennt«, sagte er heiser. »Ich ... Oh, Mila, es tut mir so fürchterlich leid! Es war alles ein riesiger Fehler, und ich bitte dich ehrlich um Verzeihung. Das Ganze war natürlich Charlys Idee. Ich allein ... Du weißt doch, dass ich viel zu sehr Weichei bin, als dass der Diebstahl auf meinem Mist gewachsen wäre.«

Sie ließ ihn keine Sekunde aus den Augen. Die Übelkeit, die sie bei seinem Anblick erneut überfallen hatte, vergrößerte sich noch bei seinen Worten, die er mit einem treuherzigen Blick krönte, der jedoch nicht die Falschheit seines Wesens übertünchen konnte. Fassungslos fragte sie sich, wieso sie sich je in ihn hatte verlieben können. »Dass du ein Weichei bist, stimmt. Aber du lenkst ab. Woher hast du also das Geld?«

Er zuckte die Schultern und blickte aus dem Fenster. »Von meinem Vater natürlich, von wem sonst.«

Mila lachte hart auf. »Das hätte ich mir ja denken können. Warst du etwa so ehrlich und hast ihm gestanden, was du angerichtet hast?«

Markus nickte. »Charly wurde immer unmöglicher. Sie hat das Geld nur so aus dem Fenster geworfen. Arbeit war für sie natürlich ein Fremdwort. Und ... sie hat mir eines Nachts doch tatsächlich dein Sparbuch mit dem restlichen Geld geklaut und sich verdünnisiert. Ich stand also am nächsten Morgen ohne einen müden Cent auf der Straße.« Er schluchzte fast. »Na ja ... und da hab ich meinen Vater angerufen. Nachdem meine Mutter interveniert hat, haben sie ihr Erspartes zusammengekratzt und es mir ... also dir ... auf ein neues Sparbuch eingezahlt.«

»Ja, kein Wunder, dass du so ein Weichei geworden bist. Sie haben dich viel zu sehr verwöhnt.«

»Ach, Schatz ...«

Mila ballte die Fäuste. »Noch einmal das Wort *Schatz*, und ich zieh dir den Kerzenleuchter über den Schädel!«

»Ich will damit nur sagen: Es tut mir aus tiefster Seele leid. Bitte verzeih mir!«

»Das haben dir deine Eltern aber schön eingetrichtert«, antwortete sie spöttisch.

»Ich weiß gar nicht, wie ich das alles wiedergutmachen kann.«

»Kannst du nicht.« Verächtlich blickte sie ihm in die Augen.

»Könntest du denn bitte von einer Anzeige absehen, jetzt, wo du das Geld wiederhast?« Ja, in seinen schönen Augen standen tatsächlich Tränen, und seine Stimme hätte sie früher ebenfalls zu Tränen gerührt.

Sie musterte ihn feindselig. Dann fiel ihr etwas ein. Die Idee, die ihr plötzlich bei seinem Anblick kam, ließ ihr das Herz vor Schadenfreude hüpfen. »Ich könnte von einer Anzeige absehen. Dafür musst du nur heute Abend so schauspielern wie jetzt vor mir. Und zwar bei einem Abendessen.«

Markus' Gesichtszüge entspannten sich. »Nichts lieber als das, Scha… Mila. Ich … lade dich natürlich ein«, schickte er mit leuchtenden Augen hinterher.

Beinahe hätte sie laut gelacht. »Du wirst mich heute Abend um sieben Uhr in ein Hotelrestaurant begleiten und dort mit mir ein Fünf-Gänge-Menü zu dir nehmen.«

»Oh, Liebes … entschuldige, Mila. Ich bin so froh, dass du mir verziehen hast«, rief er laut.

Mila schnaubte. »Ich verzeihe dir gar nichts. Aber weil deine Eltern mir leidtun, sehe ich von der Anzeige tatsächlich ab. Du wirst also mit mir speisen, und dabei werden wir das verliebte Paar geben – nicht den ganzen Abend, sondern erst, wenn eine bestimmte Person das Restaurant betritt. Und dann wirst du meinen Verlobten spielen. Mit Betonung auf *spielen*«, machte sie deutlich. »Und keine Sekunde eher, bis ich es dir sage, sonst besteht die Gefahr, dass ich mich übergebe.«

Und dann würde Simon, der Mistkerl, staunen. Sie würde Markus, den anderen Mistkerl, als ihren Verlobten vorstellen, dem sie verziehen hatte und zu dem sie zurückkehren wollte. Das wäre ein Bravourstück erster Güte, das sie hinlegen müsste, doch das sollte ihr ein Leichtes sein. »Und jetzt verlässt du die Pension. Wir sehen uns um sieben. Du wartest draußen auf mich. Und nimm genügend Geld mit.«

»Und wo soll ich so lange hin?«

»Wie wär's mit der Senkgrube vor den Toren der Stadt?«

»Ich hab noch gar kein Zimmer gebucht.«

»Von mir aus kannst du draußen vor der Tür nächtigen.«

»Oh, Mila.« Er hielt eine Sekunde inne, die Augen gesenkt. »Aber auf jeden Fall danke für dein Verständnis. Ich werde alles geben, damit dieser Abend schön wird.«

»Das war schon in deinen besten Zeiten zu wenig«, erwiderte sie sarkastisch. »Und dein Verständnis kannst du dir sonst wohin stecken. Heute musst du dich selbst übertreffen: Du musst den Liebenden abgeben – für die Dauer eines Essens. Und, ich wiederhole, du wartest draußen vor der Tür um sieben auf mich. Wehe, du kommst in mein Zimmer!« Mit diesen Worten drehte sie sich um und verließ den Raum. Dann hechtete sie die Treppe hinauf. Sie war gerade an ihrem Zimmer angelangt, als sich die Tür nebenan öffnete.

»Hallo, Schatz, wie war's?«, fragte Konstanze, die Mantel und Mütze trug, freundlich.

»Oh, Mama, ich ...« Mila stöhnte innerlich. Sie merkte, wie sie die Fassung verlor, und stürzte in ihr Zimmer. Konstanze folgte ihr.

»Was ist passiert?«, fragte sie verwirrt.

Mila riss sich Mütze und Schal herunter und zog die Jacke aus, wobei sie mit stockenden Worten berichtete, was vorgefallen war. Und dann hielt sie ihrer Mutter das Sparbuch hin. »Er hat alles bezahlt. Vielmehr seine Eltern. Dieser Kerl verdient das gar nicht.«

»Nein, aber du, mein Schatz«, erwiderte Konstanze trocken, nachdem sie den Eintrag ernst geprüft hatte. »Du wirst dir morgen sofort ein Passwort zulegen!«

»Und heute Abend werde ich Simon meinen Verlobten vorführen, mit dem ich mich versöhnt habe.«

»Sag mal, hast du noch alle Tassen im Schrank?«, rief Konstanze geschockt.

Mila lachte, während ihr eine Träne die Wange hinunterkullerte. »Nein, so krank bin ich nun doch nicht. Aber Markus und ich werden Simon das glückliche Paar vorspielen. Und dann werde ich die Chose mit meinem neuen Job beenden.«

Konstanze blickte sie ernst an. »Was ist vorgefallen?«

Mila erzählte.

»Trotzdem, bist du sicher, dass du dir eine solche Chance entgehen lassen willst?«

Mila blickte hilflos aus dem Fenster. »Nein, sicher bin ich mir nicht. Aber ... ich bin sicher, dass ich dem Anblick von Simon nicht gewachsen sein würde, wenn ich ihn täglich zu sehen bekäme.«

»Das muss ja nicht der Fall sein«, wandte Konstanze vorsichtig ein.

»Er ... er hat mir tatsächlich vorgespielt, er sei in mich verliebt und ... und hat mich doch nur ins Bett locken wollen.« Mila presste fest die Lippen aufeinander, um nicht erneut die Fassung zu verlieren.

»Schatz, überleg dir das noch mal. Du weißt, dass wir bei Roman wohnen könnten, und ... nun, man kommt über jeden Mann hinweg, wenn es sein muss. Irgendwann«, endete sie leise. »Ich bin das beste Beispiel dafür, glaub mir.«

Mila schüttelte den Kopf. »Ich habe keine Ahnung, wie ich mich entscheiden soll. Außerdem kann es ja auch sein, dass er unter diesen Umständen auf mich als Physiotherapeutin lieber verzichten will.«

»Überstürze nichts.«

Mila schaute Konstanze traurig an, der die Bestürzung ebenfalls ins Gesicht geschrieben stand. »Ach, Mama. Ich glaube, ich werde wieder zurück nach Oldenburg gehen. Jetzt hab ich erst einmal das Geld und kann in Ruhe überlegen, ob und wie ich meine Physiotherapiepraxis aufbauen werde.«

Konstanze nickte bekümmert. »Ich schätze, dann ist dir heute wohl eher nicht nach einem Besuch bei deinem neuen Onkel zumute«, sagte sie schließlich.

»Nein, bitte nicht, Mama. Sei so lieb, und entschuldige mich bei ihm. Morgen Nachmittag gehe ich auf jeden Fall zu ihm.« Sie räusperte sich. »Und was machst du?«

»Ich werde noch ein wenig spazieren gehen, solange es noch hell ist, und dann besuche ich ihn wieder.«

»Und was macht dein Luis?«

»Ach der«, antwortete Konstanze leichthin. »Der hat ein Problem mit Roman. Ich glaub fast, er ist ein bisschen eifersüchtig«, kicherte sie. »Jedenfalls war er heute richtig komisch. Leider fährt er mit seinen Schülern in ein Skilager und ist erst Samstagnachmittag wieder hier. Aber er hat mich bereits eingeladen, am Wochenende mit ihm den Kastelruther Weihnachtsmarkt zu besuchen.«

»Na, das ist doch toll.« Mila gab sich alle Mühe, sich mit ihrer Mutter zu freuen. »Ich wünsche dir viel Glück, Mama.«

Konstanze umarmte Mila und murmelte: »Ach, Schatz. Es ist alles momentan so verwirrend und in deinem Fall auch ein bisschen traurig, wenn ich auch auf der anderen Seite froh bin, dass du dein Geld zurückerhalten hast.«

»Tja, da hast du recht.«

»Ich geh jetzt los. Gräm dich nicht so sehr. Wir sehen uns dann spätestens morgen früh beim Frühstück, ja? Du kannst aber auch heute Abend jederzeit zu mir kommen und berichten, wenn du willst.«

Mila musste lächeln. Ihre Mutter würde vor Neugierde platzen, sie kannte sie schließlich. Aber würde sie nach dem Zusammentreffen schon bereit sein, mit irgendjemandem auf der Welt über den Abend zu sprechen? Und würde Simon überhaupt im Restaurant auftauchen? »Ich werde sehen.«

Konstanze verließ das Zimmer, und Mila sank aufs Bett. Um Punkt sieben ging sie nach unten.

Wie verabredet, wartete Markus draußen vor der Tür auf sie. Da es nach 17 Uhr war, durften sie mit dem Auto die Straße hinunter zum Lärchenhof fahren, die tagsüber für private Fahrzeuge gesperrt war. Sobald sie das Hotel betreten hatten, begann Mila, am ganzen Körper zu zittern. Ihr wurde fast übel vor Aufregung, und sie fror wie nach einem Sprung ins Eisbecken nach drei Saunagängen. Hoffentlich lief ihr Simon tatsächlich über den Weg. Zur Sicherheit ging sie zur Rezeption und bat darum, Simon zu berichten, dass sie sich im Restaurant aufhielt und ihn sprechen wolle. Sie hatte in der Tat nicht vor, bis morgen zu warten, um ihm ihre Entscheidung mitzuteilen. Die schlaflose Nacht davor wollte sie sich dann doch liebe ersparen.

Sie hatte Glück. Kaum hatte Markus das Essen bestellt – sie hatte auf die fünf Gänge verzichtet und sich für ein Dreigangmenü entschieden, konnte sie doch Markus keine Sekunde länger als nötig ertragen –, als Simon an den Tisch trat.

Es war ihr wie ein vorgezogenes Weihnachtsgeschenk, als sie seinen Gesichtsausdruck wahrnahm, nachdem sie ihm Markus als ihren Verlobten vorgestellt hatte. »Wir haben uns versöhnt, und ich bin so glücklich«, strahlte sie ihn an. Sie spürte, wie ihre Augen glänzten, was er hoffentlich als schiere Freude auslegen würde. In Wahrheit waren es die zurückgehaltenen Tränen.

Simons Gesichtsmuskeln verkrampften sich. »Bist du dir da ganz sicher?«, brach es schließlich aus ihm hervor.

»Völlig. Ich hoffe, du freust dich für mich. Und du verstehst sicher, dass ich unter diesen Umständen nicht mehr dein nettes Stellenangebot annehmen kann.«

»Nein, versteh ich nicht«, gab er kalt von sich. »Aber gut, deine Entscheidung. Ich wünsche noch einen schönen Abend.« Mit diesen Worten drehte er sich abrupt um und ging mit großen Schritten davon.

Bingo!

Mila würgte mit Mühe die Suppe hinunter, dann zwang sie Markus, das bestellte Menü zu bezahlen – das sie nicht mehr zu speisen gedachte – und sie zurück in die Pension zu fahren. »Und ab jetzt wirst du mich nie mehr belästigen, sonst werde ich dich doch noch anzeigen«, verlangte sie kühl. Dann ließ sie ihn stehen und betrat die Pension. Sie stieg die Treppe hinauf und klopfte an die Tür ihrer Mutter.

Konstanze öffnete und nahm sie in den Arm. »War's schlimm?«

»Ja.« Mila nickte, zog die Jacke aus und setzte sich zu ihrer Mutter an den runden kleinen Tisch, auf dem eine Teetasse stand und eine flackernde

Kerze warmes Licht verbreitete. »Ja, es war schrecklich. Zum Glück musste ich nicht bis zum Schluss des Essens warten.«

»Jetzt hast du es überstanden. Ich bin froh, dass du dein Geld zurückhast. Nur die Sache mit Simon tut mir leid.«

»Mir nicht. Wir kannten uns schließlich kaum. Nur dass ich den Job nicht antreten kann, ist schade«, flunkerte Mila. Natürlich trauerte sie auch um Simon, denn Fakt war, dass sie sich auch in ihn verliebt hatte. Jedenfalls ein bisschen.

»Schatz, aber bitte tu mir den Gefallen, und fahr nicht sofort nach Hause«, bat Konstanze mit leiser Stimme. »Allein zu Hause zu grübeln, bekommt niemandem. Außerdem vergiss nicht, wir haben Familienzuwachs bekommen«, endete sie mit einem Lächeln. »Ich hab Roman gesagt, dass du vielleicht morgen Nachmittag mitkommst.«

Mila war momentan nicht in der Stimmung, einen neuen Onkel willkommen zu heißen, aber es nützte ja nichts. Sie war zu gar nichts in der Stimmung, außer allen Männern den Hals umzudrehen. »Morgen Nachmittag wäre gut. Am Vormittag geh ich noch Ski laufen, das bringt mich auf andere Gedanken.« Sie stand auf und nahm ihre Jacke. »Und jetzt gute Nacht, Mama. Ich geh ins Bett.«

»Versuch zu schlafen, Schatz. Unten im Kühlschrank steht noch eine Flasche Wein. Gönn dir ruhig ein Glas!«, befahl sie sanft.

»Gute Idee.« Mila ging nach nebenan, hängte ihre Jacke auf, dann holte sie die Weinflasche. Im

Bett schaltete sie den Fernseher ein. Gegen zwölf Uhr zeigte der Wein endlich seine Wirkung. Sie machte den Fernseher aus, und tatsächlich fiel sie kurz darauf in unruhigen Schlaf.

19

Noch jemanden traf ein erneuter Schock, der zudem einem Schlag ins Gesicht und in nichts dem bezaubernden Schauder glich, der ihm erst zwei Tage zuvor durch Konstanzes Auftauchen widerfahren war.

Eigentlich hatte Roman sie wieder zu einem Ausflug einladen wollen, doch Konstanze kam ihm zuvor. Genauer, sie besuchte ihn auf einen Kaffee und teilte ihm mit, dass sie am Nachmittag mit ihrer Tochter vorbeikommen wolle.

»Doch zuvor möchte ich hinunter nach Kastelruth fahren.« Sie griff sich in die Haare. »Ich möchte mich verschönern lassen.«

»Das hast du zwar nicht nötig«, antwortete er galant, »aber dabei bin ich natürlich im Weg.«

Wie immer verging die nächste Stunde wie im Fluge – aufregend und auch aufwühlend, und selbst für ihn nach und nach neue Seiten seines Vaters zutage fördernd, je mehr er über ihn aus seinem Gedächtnis hervorkramte.

»Wir kommen dann also heute Nachmittag«, sagte sie zum Abschluss. »Mila ist schon ganz aufgeregt.«

Mit ruhigen Bewegungen räumte Roman danach die Tassen in die Spülmaschine und überlegte, wie er den restlichen Vormittag verbringen sollte. Als Erstes würde er einen Kuchen backen. Er stellte sich geschickt an, was Kochen und Backen anbelangte. Er aß gern und war der Meinung, wer gern aß, der liebte es auch, zu kochen.

Eine Stunde später verstärkte der Duft des Kuchens noch seine Vorfreude auf den Besuch seiner neuen Familie. Er konnte es kaum erwarten, Mila näher kennenzulernen, dieses ausnehmend hübsche Mädchen.

Er blickte aus dem Fenster. Das Wetter war gut, doch heute wollte er auf einen Spaziergang verzichten und sich endlich einmal der Garderobe und den Unterlagen seines vor einem Vierteljahr verstorbenen Vaters widmen. Das Mittagessen war bereits vorgekocht, ein Eintopf aus Wirsing, Kartoffeln und Selchfleisch. Den würde er heute Abend auch seinen Gästen anbieten, sollten es die beiden so lange bei ihm aushalten. Er hatte mitbekommen, dass Konstanze Eintöpfe und deftiges Tiroler Essen liebte. Also blieb ihm jetzt noch Zeit, sich dieser aufwühlenden Tätigkeit zu widmen, die er bisher vor sich hergeschoben hatte. In tiefer Trauer hatte er es einfach noch nicht übers Herz gebracht, diesen endgültig letzten Schritt vorzunehmen.

Die Arbeit, die Kleidung in verschiedene Säcke zu stopfen, war rasch erledigt. Jetzt galt es, den kleinen Nachtschrank zu sichten.

Eine Viertelstunde später stand er in der Küche, das gefundene Schriftstück in der einen Hand, einen Schnaps in der anderen.

Du lieber Himmel! Mit allem hatte er gerechnet, nicht jedoch hiermit. Die Neuigkeit einer geschenkten Schwester war eine mittlere Sensation gewesen. Doch das hier übertraf noch den unverhofften Familienzuwachs.

Er sank auf den Stuhl, setzte seine Lesebrille auf, nahm sich das amtliche Schreiben noch einmal vor und las es erneut, Wort für Wort. Es war eine Realität, so unverrückbar wie der Plattkofel: Er war nicht der leibliche Sohn seines geliebten Vaters!

Er nahm die Brille von der Nase und wischte über die Gläser. Der Schweiß war ihm ausgebrochen. Auch das zweite Glas Kirschwasser trank er in einem Zug aus, wonach seine Kehle wie Feuer brannte.

Das Schreiben attestierte einen Vaterschaftstest, und der war eindeutig. Seine Mutter hatte also seinen Vater – genauer seinen Stiefvater – betrogen. Wie lange diese Affäre bestanden hatte – wenn es nicht mehr gewesen war, was er bezweifelte –, wusste er nicht. Und er würde es auch nie mehr erfahren. Die Tatsache, dass sein Vater – und nun er – davon erfahren hatten, tat höllisch weh. Nie mehr wieder würde er ihn oder seine Mutter befragen können.

Das Gespräch kurz vor dem Tod des Vaters stand erneut vor seinen Augen. Mit keinem Wort hatte er diese bedeutsame Sensation erwähnt. Warum nicht? Um ihm nicht wehzutun? Oder weil er sich scheute, diesen Ehebruch Irmgards ans Licht zu bringen, da sie nichts mehr zu ihrer Verteidigung hervorbringen konnte?

Roman schluckte und wischte sich mit dem Taschentuch über die Stirn. Wie seltsam. Vor ein paar Tagen stellte sich heraus, dass sein Vater eine Tochter mit einer anderen Frau gezeugt hatte, jetzt der Beweis, dass er andererseits gar nicht sein Erzeuger war.

Roman hatte alles abgesucht, mit fliegenden Händen sämtliche Schränke auf den Kopf gestellt. Aussichtslos. Nirgends gab es einen Beweis oder auch nur den geringsten Hinweis, wer tatsächlich sein biologischer Vater war. Was für den Charakter seiner Mutter sprach. Diesen Fehltritt hätte sie wahrscheinlich für immer geheim gehalten. Und doch musste sein Vater ihr auf die Spur gekommen sein. Vielleicht durch die seltene Blutgruppe, die er, wie übrigens auch Konstanze, hatte. AB fiel nur auf etwa vier Prozent der Bevölkerung. Er selbst kannte seine Blutgruppe nicht. Aber sicher Dr. Burger, der Hausarzt der Familie, fiel es ihm siedend heiß ein.

Entschlossen griff er zum Telefon. Gleich darauf der Beweis: Sein Vater hatte kurz vor Irmgards Tod durch einen Zufall erfahren, dass er aufgrund seiner Blutgruppe unmöglich Romans Vater sein konnte. Und hatte den Vaterschaftstest angefordert.

Er seufzte. Was für ein Dilemma! Da nahm er großzügig die neue Schwester in den Arm – und jetzt musste er ihr gestehen, dass er eigentlich gar nicht der Blutsverwandte war, als der er sich verstanden, vorgestellt und vor allem gefühlt hatte. Wie überaus schade. Er schüttelte den Kopf.

Über eine Stunde saß er wie betäubt in der Küche, den Kopf in die Hände gestützt. War er seiner Mutter böse? War er traurig? War er neugierig, wer sein leiblicher Vater sein könnte? Würde er gern wissen, wie sein Vater reagiert hatte? Konnte er seiner Mutter diesen Fehltritt verzeihen?

Die Antwort lautete: Ja, von allem ein bisschen.

Irgendwann fiel ihm der Vormittag ein, an dem seine Mutter ums Leben gekommen war. Das Datum des Vaterschaftstests war der 21. September, der Todestag seiner Mutter der 23. September des gleichen Jahres. Er erinnerte sich, dass es am Tag des Unfalls einen schrecklichen Streit zwischen seinem Vater und seiner Mutter gegeben hatte. Es war ein Samstag gewesen und er am Mittag zum Essen nach Hause gekommen. Beide, Vater wie Mutter, hatten auf das übliche Beisammensein bei Tisch verzichtet, und so saß er dort allein mit einem mulmigen Gefühl im Magen. Eine Stunde später kam die Todesnachricht.

Er war fast sicher, dass an diesem Tag sein Vater die Mutter zur Rede gestellt hatte. Und er wusste, wie sehr der Streit und der ihm folgende tödliche Unfall – zum Glück handelte es sich tatsächlich um einen Unfall und keinen Selbstmord, wie die Polizei berichtete – seinen Vater belastet hatten. *Seinen* Vater? Aber natürlich! Dieser Mann würde immer *sein* Vater bleiben. Konstanze erging es ja ebenso. Nur dass sie noch dank ihm etwas über den Charakter ihres leiblichen Vaters erfahren durfte, was ihm nicht vergönnt war. Aber, Herrgott, er war ein alter Mann. Nun, zumindest ein älterer, gestand er sich schmunzelnd. Und diese Dinge geschahen nun mal. Seine Mutter war also tatsächlich nicht der Engel gewesen, als den sie sich immer gesehen hatte. Sie alle hatten ihre Fehler, und er liebte seine Eltern viel zu sehr, als dass er nicht irgendwann in der Lage sein sollte, ihnen ihre Fehltritte posthum zu verzeihen. Wenn in Fernsehfilmen diese Sachverhalte immer etwas dramatisch dargestellt wurden, fand er die Handlungen der Darsteller oft übertrieben. Aber gewiss brachen viele Menschen in solchen Fällen zusammen, waren gar traumatisiert. Ja, natürlich war er geschockt, auch gekränkt, aber seine Welt stürzte dadurch nicht ein. Vielleicht auch, weil er bei dieser Entdeckung ja schon denn größten Teil seines Lebens hinter sich hatte und die beteiligten Personen tot waren.

Dann dachte er an Konstanze. Es würde auch für sie eine erstaunliche Wendung bedeuten. Sie waren zwar immer noch verwandt, aber keine Blutsverwandten. Er konnte nur hoffen, dass dies ihr Verhältnis zueinander nicht negativ veränderte.

Am Nachmittag dann die Gewissheit: Konstanze und er bezeugten sich in einer Umarmung, dass ihr gutes Verhältnis sich auch nicht die Spur verschlechtern würde. Sie mochten sich, ja, waren auf dem besten Weg, sich zu lieben. Und Mila war natürlich ein Schatz. Sie vertraute sich ihm an wie zuvor ihrer Mutter, sprach von Markus und dem Verrat durch ihn und ihre Freundin, von Simons

Jobvorschlag, ihrer Verliebtheit in ihn und dem späteren Schock, dass er verlobt war.

»Seltsam«, sagte Roman. »Ich dachte, es wäre vorbei. Die beiden passten sowieso nicht zueinander«, beendete er irgendwann das Gespräch über Simon.

Und irgendwann ging es doch wieder nur um ihre Väter. »Schade finde ich nur, dass wir jetzt doch nicht blutsverwandt sind«, fügte er schließlich hinzu, nachdem er Konstanze und Mila den Vaterschaftstest vorgelegt hatte.

»Aber Roman, das spielt doch überhaupt keine Rolle. Ich fühle mich dir so nah, als wärst du mein richtiger Bruder.«

»Und du mein richtiger Onkel«, fügte Mila hinzu, die sich schon ebenso gut mit Roman verstand wie ihre Mutter.

Er nahm einen Zug aus der Pfeife, die er sich zum ersten Mal seit langer Zeit und mit dem Einverständnis seiner Gäste wieder gönnte: »Aber es ist trotzdem seltsam – wenn man es niederschreiben würde, würde einem diese Geschichte niemand abnehmen.«

»Keine Bange, ich werde keinen Roman dazu verfassen«, grinste Konstanze.

»Und ich werde diese Bombe auch nicht im Internet hochgehen lassen«, schloss sich ihr Mila an.

»Ach, Kinder, ich bin so froh, dass ich euch habe«, rief Roman laut. »Ich wüsste ja gar nicht, mit wem ich darüber reden sollte.«

»Nun, vielleicht mit Luis?«, erinnerte ihn Konstanze vorsichtig.

»Hast du schon mit ihm darüber gesprochen?«, fragte Roman ein wenig besorgt.

Konstanze schüttelte den Kopf und trank einen Schluck Kaffee, der heute stärker war als bei ihren vergangenen Besuchen. Roman benötigte momentan Stärkung in jeglicher Form. »Keine Sorge. Ich weiß doch, dass du das nicht willst. Und daran hab ich mich gehalten. Aber ... ich hoffe, du klärst ihn irgendwann auf. Bald«, fügte sie leise hinzu. »Ich ... will ihm nicht länger etwas vormachen müssen, wenn er mich nach dir ausfragt.«

»Ich glaube, der Gute ist in dich verliebt«, schmunzelte Roman. »Und ja, ich werd ihn einweihen, wenn er aus der Skifreizeit zurück ist.«

»Samstagnachmittag«, erinnerte ihn Konstanze.

Roman wandte sich an Mila: »Was auch immer passiert: Du weißt doch hoffentlich, dass du wie deine Mutter jederzeit hier im Haus willkommen bist«, sagte er und blickte ihr ein wenig bang in die Augen. Immer noch hegte er die Befürchtung, dass die beiden Frauen ihn so rasch wieder verlassen würden, wie er sie in sein Leben getreten waren. Die heutige Nachricht hatte ihn eben aus dem Gleichgewicht gebracht. »Ich hätte zwei schöne Wohnungen zur Auswahl. Und hier unten wäre auch noch ein Zimmer frei, wenn ich es denn endlich renoviere.«

»Ich bleibe auf jeden Fall – zumindest bis die Familie Zirler mich nicht mehr benötigt«, betonte Konstanze mit einem schnellen Seitenblick zu ihrer Tochter.

»Und ich komme auf jeden Fall in den Ferien.« Mila nickte.

»Wenn du dir nicht doch noch hier etwas suchst«, sagte ihre Mutter manipulierend, wie sie dann und wann sein konnte.

»Ich bin momentan weder in der Stimmung noch in der Lage, mich damit zu beschäftigen, Mama«, entgegnete Mila mit leiser Schärfe.

»Schon gut, ich meinte ja nur«, entgegnete Konstanze, und Roman musste lächeln.

»Mein Haus ist euer Haus – im wahrsten Sinne des Wortes«, sagte er feierlich. »Und darauf lasst uns einen trinken.«

Er goss die Gläser voll, und sie prosteten sich mit dem Wildkirschgeist zu. Und dann redeten und redeten sie bis spät in die Nacht.

Ja, Roman verlor alle Befürchtungen bezüglich ihres gegenseitigen Verhältnisses. Vor allem die Worte von Konstanze beruhigten ihn nachhaltig. »Weißt du, lieber Roman«, hatte sie leise zum Abschied gesagt und gelächelt, »wir sind nicht nur Stiefgeschwister und Freunde, in gewisser Weise sind wir auch Leidensgenossen. Irgendwie müssen wir mit der Tatsache fertigwerden, dass nicht alle unsere Fragen beantwortet werden können. Und dass wir nicht in der Lage sind, die Zeit zurückzudrehen.«

»Und dass wir uns selbst abverlangen müssen, zu verzeihen«, schloss Roman.

Als die beiden gegangen waren, saß er noch lange in der Küche und rauchte Pfeife, etwas, von dem er umgekehrt bei seinen Freunden nicht begeistert war, denen er es jedoch erlaubte, wenn sie in seinem Hause Karten spielten.

Er hatte eine Schwester und eine Nichte gewonnen, und nichts und niemand konnte ihn dieses Schatzes berauben. Und seine Liebe zu seinen Eltern war und blieb stark wie immer. Ja, am Wochenende würde er Luis einweihen, denn das schuldete er seinem besten Freund. Der würde über die Tatsache schweigen, dass Irmgard Paul untreu gewesen war, denn den Mut, *diese* Sensation die Runde machen zu lassen, brachte Roman noch nicht auf. Dass das Geheimnis um den auf Abwege geratenen Paul preisgegeben wurde, konnte er zu seiner Verblüffung eher verkraften, was ihm bei seiner Mutter momentan noch unmöglich schien. Und das lag nicht allein daran, dass Konstanzes und möglicherweise auch Milas Einzug in sein Haus Grund zu irrtümlichem Gerede bieten würde, das er mit der Wahrheit im Zaum halten konnte. Mit Sicherheit würde man Konstanze für seine Affäre halten, und das war absolut nicht in seinem Sinne.

So ungeheuerlich sich diese Angelegenheit auch vor ihnen aufbaute, so war er dennoch überzeugt: *Alles wird gut!*

Drei Worte, die ihm oft genug hohl erschienen wie die Strohhalme, aus denen er in Kindertagen mit seiner Mutter die Weihnachtssterne gebastelt hatte. Diesmal würden sie sich bewahrheiten. Wobei ihm die heutige Entdeckung für den Rest seines Lebens ein unheilvoller Kamerad bliebe. Aber er würde dafür Sorge tragen, dass dieser in einem der hintersten Winkel seines Selbst wie auch andere Spielverderber aus der Vergangenheit in Schach gehalten wurde. Bisher hatte er diesen Kampf noch stets gewonnen. Diese Kameraden würden jedenfalls nicht das Friedvolle, Positive, vielleicht sogar Glück seines weiteren Lebens so weit überschatten, dass er seine Daseinsfreude verlor.

20

Der Samstag kam, und Mutter wie Tochter waren ruhelos. Konstanze, weil sie kaum die Rückkehr von Luis erwarten konnte und sich wie eine Siebzehnjährige auf ihn freute. Und Mila war sowieso aufgewühlt und unglücklich seit ihrer Entdeckung vom Mittwoch. Jeder Schritt nach draußen bedeutete Qual. Morgens lief sie mit den Ski, so schnell es die starren Skischuhe erlaubten, zum Kurs, bei dem sie kein Treffen mit Simon befürchten musste. Doch die letzten beiden Nachmittage allein auf dem Zimmer waren schlimm gewesen. Ihre Unruhe wich einfach nicht. Simons Gesichtsausdruck, als sie ihm mitteilte, dass sie sich mit ihrem Verlobten versöhnt hatte, stand ihr fortwährend vor Augen. Diese Auskunft hatte ihn erwischt wie einen Kampfjet-Piloten, dessen Maschine soeben von einem Blitz getroffen worden war, so viel war sicher. Aber seine Verlobte totzuschweigen, um eine andere in sein Bett zu locken, war eben unverzeihlich. Am liebsten wäre sie sofort abgereist, aber sie wollte ihrer Mutter die Freude am Urlaub nicht verderben.

Konstanze hingegen schwebte wie auf Wolken. Der Grund war, dass sie Luis endlich nach fast drei Tagen begrüßen konnte, kaum dass dieser das geparkte Auto verlassen hatte – als Lohn dafür, dass sie seit einer Stunde im Frühstücksraum gesessen und die Einfahrt im Auge behalten hatte. Die ungefähre Ankunftszeit hatte ihr Josefa ganz absichtslos am Morgen verraten, als Konstanze sie fragte, ob sie ihr etwas aus Kastelruth mitbringen sollte. Nein, hatte Josefa geantwortet, Luis würde gegen Mittag von der Klassenfahrt zurück sein und ihr auf dem Heimweg einige Lebensmittel besorgen. Daraufhin plante Konstanze generalstabsmäßig, wie sie vorgehen müsste, damit sie Luis in die Arme lief. Ihre Mütze und Jacke hatten zu diesem Zweck auf dem Stuhl im Frühstückszimmer gelegen, sodass sie in der ersten Minute seiner Ankunft, zu einem Spaziergang angezogen, so tun konnte, als sei ihre Begegnung rein zufällig.

Die gegenseitige Freude über das Wiedersehen stand in ihren Gesichtern geschrieben, wie auch Josefa bemerkte, die ebenfalls zu seiner Begrüßung aus dem Haus gestürmt war. In diesem Moment hätte Konstanze sich allerdings gewünscht, seine Mutter wäre nicht beim ersten Wiedersehen aufgekreuzt. Doch als Luis sie dann zum Besuch des Weihnachtsmarktes in Kastelruth einlud, spielte die Nähe seiner Mutter keine Rolle mehr.

»Ich freu mich.«

»Dann sagen wir sechs Uhr. Wäre das in Ordnung?«

»Aber natürlich. Ich freu mich«, wiederholte Konstanze mit roten Wangen.

»Möchtest du nicht mit uns zu Mittag essen? Wie ich Mutter kenne, hat sie wieder für eine ganze Fußballmannschaft gekocht.«

»Das ist heute übertrieben, da muss ein Löffel Wasser die Suppe verlängern«, antwortete Josefa schmunzelnd.

»Danke, aber das ist nicht nötig. Ich … ich bin bereits verabredet«, antwortete Konstanze, die das Gefühl hatte, dass Josefa nicht unbedingt Wert auf eine Mitesserin legte.

»Ach, wieder mit Roman?«

Konstanze bemerkte vergnügt, dass sich seine Augen verdunkelt hatten und die latente Eifersucht zum Greifen war. Wunderbar. »Äh … ja, mit Roman«, antwortete sie daher.

»Dann vergiss nicht unsere Verabredung heute Abend«, ordnete er in ziemlich energischen Ton an.

»Wie könnte ich«, gurrte sie, verabschiedete sich strahlend und wandte sich nach links in Richtung Romans Haus. Sie ging langsam, sodass die beiden nicht mitbekamen, dass sie mitnichten bei ihm einkehren würde, um ihn abzuholen, auch wenn ihr der Sinn nicht danach stand, allein herumzuwandern. Doch Mila war noch nicht vom Skikurs zurück, und Konstanze wusste, dass Roman sich in Kastelruth beim Einkaufen befand, also blieb ihr nichts anderes übrig. Als sie sein Haus passiert hatte, bemerkte sie eine Frau, die leichtfüßig den Weg hochgestapft kam. Es war Karla Zirler, die sie freudig begrüßte, gekleidet in einen langen, grauen Lodenmantel mit roter Kapuze, und sie prompt zu einer Tasse Kaffee einlud.

Konstanze nahm die Einladung freudig an, denn Karla war ihr sympathisch, und sie hatte sich schon auf Simons Geburtstagsfeier mit ihr unterhalten wie mit einer guten Bekannten. Als sie schließlich in einer privaten Suite im Hotel saßen, kam das Gespräch unweigerlich auf Simon und Mila.

»Aber nein, Simon ist doch nicht verlobt«, dementierte Karla vehement. »Die beiden sind schon seit Längerem auseinander, genauer waren sie nie richtig zusammen«, ergänzte sie zu Konstanzes Freude. »Das hat das Mädchen nur nie einsehen wollen.«

»Dann hast du nichts dagegen, wenn ich meine Tochter darin einweihe?«, erkundigte sich Konstanze. Sie waren bereits zu Beginn übereingekommen, sich zu duzen.

»Aber natürlich nicht – wenn wir Eltern uns in der Regel auch aus Beziehungsproblemen heraushalten«, betonte Karla mit verschmitztem Lächeln. »Aber hier geht es schließlich in erster Linie um Berufliches«, wandte sie augenzwinkernd ein.

»Und ich möchte hoffen, dass Mila ihre Entscheidung, nach Oldenburg zurückzukehren, überdenkt«, seufzte Konstanze.

Karla nickte. »Sofern sie sich tatsächlich von dem Schuft getrennt hat.«

»Aber ja, sie ist doch nicht blöd.« Ihre Worte kamen genauso energisch wie zuvor Karlas Zurückweisung bezüglich Simons Verlobung.

Sie schauten sich einvernehmlich an und genehmigten sich jede ein weiteres Stück vom köstlichen Apfelkuchen.

»Ich bin froh, dich getroffen zu haben, denn jetzt, wo sich sicherlich alles wieder einrenken wird, hab ich einen Anschlag auf dich vor«, äußerte Karla geheimnisvoll, nachdem sie sich hingebungsvoll einem Haselnuss-Schnäpschen zur Verdauung gewidmet hatten.

Konstanze hielt die Luft an, um dann, eine Viertelstunde später, die Frau, die ihr wie eine neue Freundin erschien, freudig anzustrahlen. »Das wäre wirklich fantastisch, wenn du es mit mir versuchen wolltest. Ich könnte dir natürlich meine komplette Bewerbung zusenden, bevor du dich endgültig entscheidest, aber ich bin sicher, ich werde dich nicht enttäuschen. Allerdings möchte ich mich zuvor noch mit Mila besprechen.«

Karla hatte ihr eine Halbtagsstelle angeboten. Im Sekretariat ihres Hotels. »Das sollte ich dann auch ganz gut mit meiner Hilfe bei deiner Schwiegermutter vereinbaren können«, endete sie.

»Und zur Not wäre ich nachmittags ja auch zur Stelle. Es ist halt so, dass ich mittlerweile ein wenig mehr Zeit für mich benötige. Die Arbeit schlaucht nicht wenig, und ich bin auch nicht mehr ganz so fit wie noch mit dreißig«, gestand Karla.

»Das sind wir alle nicht mehr, mit fünfzig«, stimmte Konstanze der Frau gleichen Alters zu.

Ja, Konstanze war glücklich.

Bis sie verträumt in die Pension zurücksegelte, wo sie ein paar Minuten später auf dem Boden der Tatsachen landete.

Es geschah beim unbeabsichtigten Belauschen eines Gesprächs zwischen Josefa und Luis, die sich auf der Terrasse vor der Küche unterhalb eines Flurfensters befanden, durch das eiskalte Luft hereinströmte. Konstanze trat ans Fenster, um es zu schließen. Alles ringsum war ruhig, sodass sie jedes Wort des Gesprächs mitbekam.

»Du solltest dir die Sache mit Konstanze wirklich noch mal durch den Kopf gehen lassen. Ich mag sie, aber ich sehe auch, dass sie dir gefährlich werden kann. Und wie das beim letzten Mal ausgegangen ist, wissen wir ja. Und was die Unterstützung für mich angeht – da werde ich schon irgendjemanden finden, der mir zur Not helfen kann.«

»Vielleicht hast du wirklich recht, und ich sollte mich auch von der Idee verabschieden. Aber ich habe ihr schon zugesagt und …«

Konstanze merkte, wie sich ihre Nackenhaare aufstellten, als sie Luis' gequälte Stimme vernahm. Die weiteren Worte konnte sie nicht mehr verstehen, weil beide zurück in die Küche gegangen waren. Aber mehr musste sie ja auch nicht wissen.

Sie hastete in ihr Zimmer, zog Jacke, Mütze und Schal aus, dann legte sie sich aufs Bett und starrte aus dem Fenster.

Er hatte also Zweifel. Wie sollte sie jetzt bloß reagieren?

Geschockt analysierte sie die Lage. Sie waren sich sympathisch. Und sie war obendrein in ihn verliebt. Er in sie auch, da war sie ziemlich sicher.

Aber man fürchtete, sie könnte Probleme bereiten, wenn sie in Zukunft hierbliebe.

Das klang nicht gut. Wenn, dann wollte sie mit offenen Armen begrüßt und nicht als zweite Wahl oder Notnagel geduldet werden.

Und da war andererseits Karlas Angebot, das sie sehr gern annehmen würde. Und auch Mila wäre in ihrer Nähe. Sie und Simon würden sich sicherlich wieder vertragen, und Mila könnte hier ihr Auskommen finden. Es zumindest versuchen. Roman würde sie auf das Herzlichste bei sich aufnehmen, sollten sie ihn um Unterkunft bitten, für die sie keine hohe Miete zu zahlen hätten.

Hier bei den Zirlers auszuhelfen ... das würde schwierig. Selbst wenn Luis oder Josefa keinen Rückzieher machten: Konstanze wusste, dass sie ihre Zuneigung gegenüber Luis nicht unterdrücken könnte. Die Leute waren ja nicht dumm. Zumindest Josefa hatte möglicherweise bemerkt, wie es um sie stand. Und Josefa und scheinbar auch ihr Sohn Luis waren in Sorge darüber, dass sich alles wieder so dramatisch entwickeln könnte wie schon einmal. Sie würde mithin um ihn kämpfen müssen. Wollte sie das?

Nein, beschloss sie niedergedrückt, diesem Stress würde sie sich nicht aussetzen. Hier als die vernarrte Touristin durchs Haus zu laufen, ohne Aussicht, dass Luis sich in irgendeiner Form für sie jenseits eines kleinen Techtelmechtels entschied, wäre schlimmer. Und sie hatte keinen Nerv, ihre Gefühle zu unterdrücken. Sie kannte sich, sie würde stammeln wie ein Teenie, wenn er sie nur ansprach. Nein! Sie hatte genug Stress in den letzten Wochen gehabt, einen solchen Zustand würde sie sich nicht antun. Sie würde ihr Angebot zur Hilfe zurückziehen. Das wäre ein bisschen peinlich, aber möglicherweise war man sogar erleichtert. Man würde vermuten, dass sie allzu spontan zugesagt hatte. Und es würde heute geschehen, dass sie ihm und damit seiner Familie reinen Wein einschenkte. Wenn man sie nach dem Grund fragte, könnte sie ihre Arbeit bei Karla vorschieben. Obwohl sie sich nicht sicher war, ob sie Luis diese Neuigkeit schon anvertrauen sollte. Alles war zu neu. Nein, mit dieser Botschaft würde sie noch warten.

Nach einer halben Stunde hatte sie sich ein wenig gefangen, und so ging sie hinüber zu Mila, um ihr die letzten Neuigkeiten zu berichten. Sie begann mit Simon.

Als sie das Aufleuchten in Milas Augen bemerkte, erfreute sie das augenscheinliche Glück darin und beruhigte für eine Sekunde ihr trauriges Herz. Als Mutter wünschte man sich doch in erster Linie, dass es den Kindern gut ging. Und dass es zwischen Mila und Simon gut ausgehen würde, daran hatte sie keinen Zweifel.

»Und wenn du dann bei Karla arbeitest, wäre doch alles in Butter. Ach, Mama, glaubst du wirklich, ich soll einfach so zu Simon gehen? Vielleicht sieht seine Mutter ja alles falsch, und er ist wirklich ein Idiot, der nur seine Spielchen mit mir getrieben hat. Außerdem hatte seine Exfreundin ja auch den Schlüssel zu seiner Wohnung«, gab Mila voller Zweifel zu bedenken.

»Ich würde auf jeden Fall wenigstens einmal mit ihm reden«, sagte Konstanze bestimmt. »Du hast nichts zu verlieren.«

»Und es wäre zu schön, denn … ich find ihn einfach toll«, sagte Mila mit einem verträumten Lächeln und umarmte spontan ihre Mutter, was bei ihr Seltenheitswert hatte.

Konstanze bemühte Mühe sich, die Tränen zu unterdrücken. »Roman würde sich wirklich freuen, wenn wir bei ihm einzögen, das hast du auch gemerkt. Er fühlt sich einsam, so allein in dem großen Haus, das hat er mir anvertraut. Und jetzt sind wir ja auch Familie.«

»Und dir gehört zumindest die Hälfte des schönen Anwesens«, sagte Mila, nun schon mit vernünftiger Stimme.

»Ach, das Geld, das ist doch nun wahrlich nicht das Wichtigste.«

»In der Not ist es aber auch nicht unwichtig. Ich werde gleich morgen zu Simon gehen und die Lage klären«, vermeldete Mila. »Und wir zwei fahren heute Abend mit dem Schlitten den Berg runter«, beschloss sie vergnügt.

Konstanze, deren Sinn momentan nicht die Bohne nach einer nächtlichen Schussfahrt stand, gab sich einen Ruck. »Das wäre wirklich toll. Aber hinauf nehmen wir den Lift«, fügte sie rasch hinzu.

»Logisch. Die Bahn fährt ja bis acht.«
»Sollen wir um sieben losgehen?«

Mila schüttelte den Kopf. »Lieber um halb sieben. Dann könnten wir oben auf der Hütte gemütlich essen, bevor wir mutig auf unseren Hintern den Berg runterjagen.«

»Aber erst, nachdem wir es richtig haben krachen lassen. Ich fürchte, ich muss mir Mut antrinken«, gestand Konstanze nur halb im Scherz.

»Das auf jeden Fall. Ich kann dir aus Erfahrung versichern, dass man mit einem Obstler im Magen wie ein junger Gott Ski fährt, und wir die Schlitten danach laufen lassen werden wie die Skeletonfahrer ihre im Eiskanal.«

Konstanze sah sich im Geiste mit dem Kopf voran den Eiskanal hinabschießen. So hatte sie sich heute schon einmal gesehen. Auf ein zweites Mal konnte sie getrost verzichten. »Ich freu mich drauf«, entgegnete sie matt. »Aber zieh dich warm an, es ist eiskalt da draußen. Und setz den Helm auf«, konnte sie sich nicht zurückhalten.

»Und du vergiss nicht die Zahnschiene und Knie- und Ellbogenschützer, Mama«, lachte Mila sie aus.

»Sicherer wäre es auf jeden Fall«, seufzte Konstanze, die mutig wie ein Mops war, dann ging sie zurück in ihr Zimmer.

Angespannt wartete sie, dass Luis sie zum Weihnachtsmarkt abholte. Mit Bedauern dachte sie daran, wie sehr sie sich auf diesen Ausflug gefreut hatte. *Schnee von gestern!*

Pünktlich um sechs klopfte es an der Tür. Frisch geduscht, mit Lippenstift und Rouge aufgehübscht, ging sie zur Tür, bereit, sich ihm zu stellen – und wenn es das letzte Mal sein würde, denn nach ihrer Absage würde er sie wahrscheinlich nicht einmal mehr von hinten ansehen wollen. Tief Luft holend, öffnete sie.

»Servus. Da bin ich«, sagte er mit strahlendem Lächeln. »He, du siehst super aus.«

Konstanze überlegte, ob sie die Worte dieses hinreißenden Mannes nur geträumt hatte. Nein, hatte sie nicht. »Danke.«

Sie hielt sich an der Türklinke fest, damit ihre Beine nicht unter ihr nachgaben. »Äh … Luis, es tut mir furchtbar leid, aber ich muss unsere Verabredung absagen. Ich habe völlig vergessen, dass Roman mich bereits für diesen Abend eingeladen hatte.«

Sein Strahlen erlosch, und nach gefühlten zehn Minuten erwiderte er mit schmalen Lippen: »Macht nichts, dann gehen wir eben gemeinsam auf den Weihnachtsmarkt.«

Verlegen und verunsichert, wandte sie den Blick zur Seite. Dass sie hier bei ihm für ihn und seine Familie sorgte, mochte er als fatal ansehen. Dass sie jedoch mit einem anderen Mann ausging, schien ihm auch nicht zu schmecken. Gut so. »Das … das ist eher keine gute Idee. Roman hat mich zum Essen eingeladen, nach … nach Bozen, glaub ich.«

Darauf gefasst, dass seine Entschlossenheit, sich nicht abwimmeln zu lassen, sie überrollte wie eine Nassschneelawine, erwartete sie mit feuchten Händen seine Antwort. Doch sie sollte sich täuschen.

»Na dann wünsch ich viel Spaß. Guten Abend«, sagte er schließlich mit harter Stimme und wandte sich zum Gehen.

Konstanze jedoch hatte noch nie etwas vor sich hergeschoben, das in Angriff genommen werden musste. »Und ... da ist noch etwas«, hielt sie ihn bebend zurück.

Er blieb stehen und drehte sich langsam zu ihr herum. Seine lockigen Haare umrandeten wild sein Gesicht mit den dunklen Augen. Mit einer Miene, so freundlich wie die des Rausschmeißers einer Spelunke, der soeben entschieden hatte, den unliebsamen Gast aus der Tür zu befördern, sagte er knapp: »Ja?«

Konstanze schluckte und hob den Kopf. Ihre Hand auf dem Türgriff verkrampfte sich, doch es nützte ja nichts. »Und außerdem muss ich leider meine Zusage, euch in den nächsten Wochen zu helfen, zurückziehen.« *Und bitte frag jetzt um Gottes willen nicht nach dem Grund meines plötzlichen Wandels.*

Er erhörte ihre stumme Bitte und erwiderte schulterzuckend: »Okay. Ich weiß Bescheid. Habe die Ehre.« Die Antwort kam völlig leidenschaftslos.

Sie wollte gerade eine weitere Entschuldigung hervorbringen, doch diese Gelegenheit gab er ihr nicht mehr, so schnell, wie er die Treppe hinauf in seine Wohnung stürmte.

Man war erleichtert. Oder sauer? Weil sie ihm die Absage abgenommen hatte? Und wenn, seine Antwort ohne ein Zeichen des Bedauerns tat weh.

Es war ein Spiel gewesen, ein flüchtiges Geplänkel. Logisch, bei dem ständigen Wechsel von liebeshungrigen Touristinnen gehörte das Flirten dazu wie der morgendliche Wäschewechsel. Ihr Pech, wenn sie mehr darin gesehen hatte.

Leise schloss sie die Tür.

21

Luis hatte Mühe, nicht die Tür hinter sich zuzuknallen. Was für ein Weib! Hatte seine Mutter also doch recht behalten, dass hier alles ein bisschen zu schnell gegangen war. So ein Mist!

Er warf sich auf sein Sofa und betrachtete mit starrem Blick das Foto an der Wand, das er letzten Sommer vom Gipfel des Langkofels gemacht hatte. Konnte man sich so täuschen? Wieso der plötzliche Sinneswandel? Er hatte keine Ahnung. Wahrscheinlich hatte sie sich in den letzten zwei Tagen alles noch einmal durch den Kopf gehen lassen und nun die Notbremse gezogen. Wer entschied sich schon so von jetzt auf gleich, seinem Leben eine neue Wendung zu geben? Dabei gab es doch nichts zu verlieren. Wie sehr ihre Augen geleuchtet hatten, als er ihr den Vorschlag machte, seiner Familie unter die Arme zu greifen. Das hatte er nicht geträumt. Dennoch: Alles nur ein Trugschluss, er musste sich damit abzufinden. Möglicherweise war ja auch Roman daran schuld, an dem sie seltsamerweise einen Narren gefressen zu haben schien. Meine Güte, der Mann war doch viel zu alt für sie!

Um kurz vor halb sieben hörte er, wie Konstanze die Tür ihres Zimmers schloss, und Schritte auf der Treppe. Dann war Stille im Haus.

Vielleicht war sie gleich zu Roman rüber, um mit ihm im Auto nach Bozen zu fahren.

Er lag vielleicht eine Viertelstunde allein mit seinen düsteren Gedanken auf der Couch, als es an seiner Tür klopfte. Herein trat zu seinem Erstaunen Roman.

»Grüaß di«, sagte Roman.

»Wenn du Konstanze suchst, die ist schon los. Eigentlich hätte sie längst bei dir sein müssen«, murrte Luis.

»Konstanze bei mir? Wieso? Ich dachte, du wolltest heute mit ihr auf den Weihnachtsmarkt.«

»Sie hat mir abgesagt. Du bist mir zuvorgekommen, und sie zog es vor, mit dir in Bozen essen zu gehen.«

Roman zog die Brauen zusammen. »Komisch. Davon weiß ich gar nichts. Ich bin jetzt nur gekommen, um was mit dir zu besprechen.«

Luis zuckte die Schultern. Was kümmerte ihn das? Wer wusste bei der Frau schon, was in ihrem Kopf vor sich ging?

Er wies auf den Sessel neben dem Sofa. »Dann schieß los.«

Roman kratzte sich am Kopf. »Also, wenn du nichts dagegen hast, würd ich das lieber bei einem Spaziergang tun. Ich dachte, wir laufen hinauf zur Hütt'n, essen was und fahren dann mit den Schlitten wieder runter.«

Luis war alles egal. Seine schlechte Laune konnte jetzt nichts und niemand aufheitern. Aber allein vor sich hinzugrübeln, war auch nicht besser. »Von mir aus.« Er stand vom Sofa auf, zog sich die

Jacke und dicke Stiefel an, und dann stapften sie die Treppe hinunter. Sie traten hinaus auf den Hof und nach nebenan in den Schuppen, wo sie die Skier und Schlitten aufbewahrten.

»Ja, verflixt ...« Luis blieb stehen. Die beiden kleinen Schlitten fehlten, die er eigentlich hatte nehmen wollen, doch es gab ja noch die beiden großen Ungetüme. Sie waren ziemlich schwer, egal. Ein Klacks für kernige Männer wie sie. Sie bewaffneten sich jeder mit einem der Schlitten, und dann stiegen sie den dunklen Pfad hinauf zur Hütte, vorbei am Lift, der in hellem Licht lag. Vom Liftbetreiber jedoch war weit und breit nichts zu sehen. »Wahrscheinlich schläft der Loisl bereits jetzt schon seinen Rausch aus«, witzelte Luis.

»Glaub ich kaum, seine Frau erwartet doch jeden Tag ihr Baby«, widersprach sein Freund.

Sie betrachteten den Lift, dessen Sessel stillstanden und der verlassen schien.

»Keine Ahnung«, murmelte Luis. Was kümmerten ihn Loisl und dessen schwangere Frau. Der Loisl trank manchmal zu viel, aber den Lift hatte er bisher noch immer bewältigen können.

Stumm wanderten sie abseits der Rodelstrecke hinauf zur Hütte. »Also, was wolltest du mit mir besprechen?«

Roman senkte den Kopf. Gemäßigten Schrittes stieg er langsam neben dem Jüngeren den Berg hinauf, nachdem Luis seinen Rennschritt gezügelt hatte. Es wehte ein steifer Wind, und er war froh, dass er trotz seiner Daunenjacke nicht auf den

Schal verzichtet hatte. »Es ist nicht leicht. Ich weiß nicht so recht, wie ich beginnen soll«, sagte er.

»Am besten mit dem Anfang.«

Roman seufzte. »Du entsinnst dich doch der Geburtstagsfeier von dem Simon.«

»Ja, denn ich bin noch nicht senil«, spöttelte Luis schlecht gelaunt.

»Und an dem Abend hab ich Konstanze kennengelernt.«

Scheiße, dachte Luis.

»Und … da fiel mir ihre Ähnlichkeit mit meiner Großmutter auf, und ganz besonders das Muttermal, das sie gemeinsam an der gleichen Stelle haben, also am linken Auge, falls es dir noch nicht aufgefallen ist.«

Natürlich war es das. Er hatte es als sehr attraktiv empfunden. »Nicht nur dir, sondern auch meiner Mutter ist die Ähnlichkeit aufgefallen«, stimmte Luis grimmig zu.

»Diese Ähnlichkeit war so frappierend, … na ja, jedenfalls hab ich mir an dem Abend so meine Gedanken gemacht. Und … und ich dachte an das Foto, das mir mein Vater vor seinem Tod zeigte. Er hatte mit einer Frau aus Oldenburg eine kurze Affäre. Und … als ich Konstanze sah, da … da hab ich eins und eins zusammengezählt. Und als Beweis, dass wir von derselben Frau sprachen, zeigte sie mir das gleiche Foto, das mein Vater ihr zur Erinnerung geschenkt hatte – mit seiner Schrift. Und … die Ähnlichkeit mit der Mutter von Vater ist tatsächlich so erstaunlich, dass wir davon ausgehen, dass Konstanze meine Halbschwester ist. Das ist das eine.«

In der eingetretenen Stille zwischen ihnen waren nur ihre gleichmäßigen Schritte im verharschten Schnee zu hören.

Luis hatte es tatsächlich die Sprache verschlagen. »Also bist du nicht in sie verliebt?«, vergewisserte er sich dann doch.

»Verliebt?«, wiederholte Roman konsterniert, dann brach er in sein sympathisches Lachen aus, in das sich schon viele Frauen verliebt hatten. »Aber natürlich nicht! Wir haben uns jetzt bloß öfter gesehen und viel von früher erzählt. Leider verstarb ja Vater, sodass Konstanze ihn nicht kennenlernen konnte.«

Luis fiel ein Stein vom Herzen – obwohl es ja jetzt keine Rolle mehr spielte. Die beiden waren jedenfalls nicht verliebt ineinander. Die beiden waren Halbgeschwister! »Ich werd es garantiert niemandem erzählen, wenn du das nicht willst«, versprach er.

Roman schüttelte den Kopf. »Das mit Konstanze geht in Ordnung. Es darf ruhig jeder wissen. Vor allem, da ich ihr den Vorschlag gemacht hab, bei mir zu wohnen, wenn sie will. Schon, um dem Gerede zuvorzukommen, wir seien womöglich liiert«, fügte er mit einem grinsenden Seitenblick hinzu. »Sie sagte, dass sie Josefa beziehungsweise dir und Hermann helfen will, wenn Josefa operiert wird.«

»Von dem Vorschlag hat sie sich gerade verabschiedet«, erwiderte Luis düster.

Roman blieb abrupt stehen. »Ach? Warum das denn?«

Luis zuckte die Schultern. »Frag mich nicht. Ich versteh's nicht. Sie hat abgesagt, einfach so, ohne Angabe von Gründen.«

»Das ist ja seltsam, das passt so gar nicht zu ihr.«

»Wo du sie doch so gut kennst«, antwortete Luis sarkastisch.

Danach gingen sie stumm den Berg hinauf, ein jeder in seine Gedanken versunken. Dann blieb Roman erneut stehen.

»Du, da wär noch was. Und das ... das bitte ich dich wirklich für dich zu behalten«, begann er.

»Ehrenwort.«

»Es ist so, dass ich einfach mit jemandem darüber reden muss, denn mich hat es beinahe umgeworfen.«

»Hau's raus, mich kann heute nichts mehr schocken«, brummte Luis. Dennoch war er neugierig, was Roman noch auf Lager haben mochte. Dass sein Freund eine Halbschwester hatte, war ja schon der Clou. Aber was jetzt noch folgen würde, stand dieser Nachricht womöglich in nichts nach. Und er sollte recht behalten.

Roman erzählte von dem Vaterschaftstest.

»Stimmt, das kann einen wirklich umhauen«, nickte Luis schließlich.

»Und das bleibt bitte unter uns«, bat Roman leise. »Ich habe keine Erklärung dafür, warum mir Mutters Geheimnis so wichtig ist, während ich Konstanze ohne Probleme allen als meine Halbschwester vorstellen kann«, sagte er leise. »Außer dass ich nicht will, dass man ihr mit mir eine Affäre andichtet. Und vielleicht ebenso aufgrund der

Tatsache, dass mein biologischer Vater möglicherweise noch lebt. Wer weiß.«

Luis blieb stehen und legte ihm eine Hand auf die Schulter. »Ich sagte doch, du kannst dich auf mich verlassen.« Geheimnisse waren bei ihm sicher, das hatte in der Vergangenhei schon so manch einer erfahren dürfen.

22

Bevor Luis und Roman den Berg hochstiegen, kletterten Konstanze und Mila in den Einer-Sessellift. Loisl half ihnen mit den Schlitten, und die Fahrt konnte beginnen. Dann und wann, wenn sie aus einem Waldstück herauskamen, streifte sie ein böiger Wind, doch Konstanze fühlte sich vollkommen sicher. Hier oben wusste man, bei welchem Wetter man einen Lift gefahrlos am Laufen halten konnte. Die Nacht war zudem berückend. Sternenklar, mit einem vollen Mond, der Berge und Wälder hell beleuchtete, waren sogar die lang herabhängenden Flechten an den Bäumen erkennbar, sodass Konstanze sich wie bei einer Märchenaufführung in einem Freilufttheater vorkam. Ganz in der Ferne vernahmen sie das beruhigende Gelächter der Rodler, und die Freude, auf das Hinabsausen im weichen Schnee beschlich sie immer mehr. Sie hatten sich gegen die großen Schlitten entschieden, die ihnen selbst für den Transport im Lift zu schwer erschienen. Die kleineren waren gerade recht.

Konstanzes von der Begegnung mit Luis aufgewühltes Herz beruhigte sich immer mehr. Fort mit der Traurigkeit. Es waren Ferien. Sie hatte einen Job in Aussicht, sie hatte einen netten Halbbruder gefunden, und der Flirt, dem sie verfallen war, würde sich nach und nach auflösen wie die morgendlichen Nebelfetzen auf der Alm. Bleiben würde die Verbundenheit mit dieser wunderschönen Gegend.

Nach und nach nahm der Gedanke, für längere Zeit hier oben zu leben, immer mehr Gestalt an. Und die Sache zwischen Mila und Simon würde sich sicherlich auch wieder einrenken. Das war die Hauptsache. Und natürlich die Aussicht auf eine bezahlte Arbeit.

Lächelnd genoss sie beinahe leichten Herzens die romantische Fahrt durch die Nacht und den verträumten Winterwald.

Im Tal jedoch war nichts von Verträumtheit zu spüren. Loisl, der ohnehin vorhatte, den Lift nach den beiden Frauen abzustellen, fuhr erschrocken zusammen, als sein Handy zu läuten begann, was so oft vorkam wie ein Tag ohne seinen abendlichen Schnaps. Er hatte es sich erst zugelegt, als herauskam, dass Moni, seine Frau, schwanger war. Und der ungewohnte Klang in der Stille betäubte seine Ohren wie ein Dudelsack.

»Ja?«, meldete er sich mit zitternder Stimme. »Um Gottes willen, ich bin schon weg«, schrie er kurz darauf. Um seine Frau und das Baby stand es kritisch. Sie waren in der Klinik, und er wurde gebeten, so schnell wie möglich zu kommen. Dabei schien am Morgen doch noch alles in schönster Ordnung. Und zu früh war es auch noch. *Himmel, Arsch und Zwirn!*

Er rannte aus dem Häuschen, dann fiel ihm ein, dass ja noch Leute im Sessel auf dem Weg nach oben waren. Er kehrte um und rief seinen Kollegen oben an der Station an. »Du, Seppi, mach du den Lift aus, es kommen noch zwei, dann kannst du abstellen. Ich muss sofort ins Krankenhaus, um Moni steht's schlecht«, brachte er keuchend heraus. Dann legte er auf und schoss aus dem Häuschen, stieg ins Auto und raste die Straße hinunter. Hoffentlich kam er nicht zu spät.

Was er vor Aufregung völlig vergaß – oder aber, weil seine Trunksucht ihn schon eine Menge grauer Zellen gekostet hatte –, war die Tatsache, dass Minuten vor Konstanze und Mila zwei junge Männer in den Sessellift gestiegen und auf dem Weg nach oben waren.

Als der Lift plötzlich anhielt, stutzte Konstanze. Aber da es bis oben nicht mehr weit war, machte sie sich keine Sorgen. Sie hoffte nur, dass der Stopp nicht allzu lange dauerte, denn auf der Fahrt kühlte man doch mächtig aus.

»Was ist da los?«, rief Mila, die hinter ihr den Lift bestiegen hatte.

»Keine Ahnung, aber es ist nicht mehr weit. Ich seh schon die Liftstation«, rief Konstanze zurück und wollte sich gerade in Geduld üben, als sie zu ihrem Entsetzen erkannte, dass das Lifthäuschen völlig unbeleuchtet war. Also keiner da!?

Keine Panik! Oder doch?

Da oben jedenfalls rührte sich rein gar nichts. Keine Gestalt im Dunkeln zu erkennen. Niemand!

Einen Moment wusste sie nicht, was sie tun sollte, sie spürte nur, wie die Gänsehaut über ihren ganzen Körper zog und ihre Haarwurzeln erreichte. »Ich versteh das nicht«, rief sie mit zitternder Stimme Mila zu. »Meinst du, wir sollten rufen?«

»Unsinn, wird schon gleich weitergehen«, kam Milas Antwort, und Konstanze war froh, dass ihre Tochter keine Angst zu haben schien, davon abgesehen, dass sich Mila noch alberner als sie sich vorgekommen wäre, wenn sie bei der kleinsten Unterbrechung um Hilfe schrien.

Sie warteten, und irgendwann merkte Konstanze, dass bereits mehr als ein, zwei Minuten vergangen waren. Sie umklammerte den Schlitten und überlegte fieberhaft, was sie tun konnten.

»Hallo«, rief sie schließlich beherzt. Ihre Stimme klang fremd und entschieden zu leise. Und natürlich kam keine Antwort. Von nirgendwo.

»Hallo«, rief sie erneut, diesmal laut und kräftig, und dann setzte auch Mila ein.

Konstanzes Augen waren starr auf das Lifthäuschen gerichtet, das im hellen Mondlicht beinahe malerisch wirkte, in völligem Schweigen und friedvoller Einsamkeit. Keine menschliche Regung noch Stimme störte die vermeintliche Beschaulichkeit. Die Liftgondeln schaukelten leise im Wind, und wenn die Kälte und die Sorge nicht gewesen wären, hätte er Konstanze in den Schlaf zu wiegen vermocht.

Fahr los, befahl sie im Stillen. Umsonst, der Lift rührte sich keinen Zentimeter von der Stelle.

»Hilfe! Hallo!«

»Wir stecken fest. Im Lift. Hilfe!«, schrie sie dann beherzt gemeinsam mit Mila, egal wie dumm sie sich momentan dabei auch fühlte. Sie hatte noch nie um Hilfe geschrien, schreien müssen, weder am Tage noch in dunkler Nacht, und fühlte sich dementsprechend unbehaglich. Aber hier war wirklich Hilfe nötig, denn die Uhr bewies, dass sie jetzt eine Viertelstunde in der Luft schwebten. Und oben regte sich rein gar nichts.

»Jetzt ruf doch einfach mal mit dem Handy an. Irgendwen«, bat sie schließlich Mila. Sie biss die Zähne zusammen. Es war bitterkalt, aber klar war, dass sie nicht nur vor Kälte zitterte.

»Das Smartphone liegt in der Pension. Wir haben uns ja blöderweise Handy-Fasten geschworen«, rief Mila zurück, und Konstanze konnte deutlich die Verbitterung in der Stimme der Tochter bemerken.

»Ach, so ein Mist, ich hab auch keins dabei.«

Nie wieder ohne Handy aus dem Haus, schwor sie sich. *Und erst recht nie wieder ohne Handy in einen Lift steigen.* Und dann begannen sie wieder, um Hilfe zu rufen.

Unterdessen hatten Luis und Roman beinahe die Hütte erreicht. Plötzlich blieb Luis stehen. »Sag, hörst du nicht auch schon die ganze Zeit jemanden Hallo rufen?«

»Ja.« Roman nickte. »Aber ich hab gemeint, es sind die Rodler, die sich was zurufen.«

Luis zog die Brauen zusammen und lauschte angestrengt. Dann schüttelte er den Kopf. »Nein, das kommt vom Lift. Und die rufen auch nicht nur Hallo«, widersprach er alarmiert.

Beide standen still und lauschten angestrengt in die Richtung des Lifts, der von hier aus nicht zu sehen war. »Du, da stimmt was nicht«, stellte Luis energisch fest. Dann legte er die Hände trichterförmig an die Lippen und rief: »Hallo! Wo sind Sie?«

»Hier, hier«, kam jetzt die deutliche Antwort. »Im Lift! Wir stecken fest.«

»Hast du das gehört? Du, ich glaub, die hängen im Lift, so jedenfalls hat es geklungen.«

Roman schob sich aufgeregt die Mütze zurück und nickte. »Zwei Frauen und das Wort ›Lift‹ hab ich auch gehört. Du, da müssen wir hin.«

Luis formte die Hände zu einem Trichter und brüllte: »Wir kommen!« Dann marschierte er energisch in Richtung Eingangstür, vor der die Schlitten der Gäste auf ihren Einsatz harrten. Vor dem Dach der Hütte waren meterlange Eiszapfen abgeschlagen worden, sodass niemand in Gefahr geriet, zu Schaden zu kommen.

Am Fenster blieb er stehen, schaute hindurch und stellte fest: »Mei, der Seppi vom Lift ist noch da. Vielleicht kann man von da oben aus etwas erkennen.« Er wollte gerade die Tür öffnen, da ging sie bereits auf, und Simon trat heraus. »Ach, ihr hattet wohl die gleiche gute Idee«, lachte er. »Dann bleib ich natürlich noch, wenn ihr einen ausgebt.«

Luis und Roman fielen nicht in sein Lachen ein. »Du, da ist was am Lift. Ich glaub, da stecken zwei Frauen fest.«

Simon hob erstaunt die Brauen. »Dann haben wir Glück, der Seppi sitzt drinnen.« Mit diesen Worten folgte er den Freunden, die eilends den von Musik und Gelächter erfüllten, brüllend heißen Gastraum betreten hatten.

Sie erklärten Sepp, was sie gehört hatten.

»Ja, verreck. Der Loisl hat gesagt, es kämen noch zwei, dann könnt ich zusperren. Und die zwei Buben sind gekommen, und da hab ich natürlich abgesperrt.«

»Es klang aber nicht nach Jungen-, sondern nach Frauenstimmen«, knurrte Luis.

»Scheiße«, stieß Sepp hervor, stand auf und ergriff seine Jacke. »Du, Lisa, schreib's auf. Wir haben ein Problem. Wahrscheinlich stecken welche im Lift fest.«

»Oh«, stieß Lisa, die siebzigjährige Bedienung, hervor. »Soll ich die Rettung rufen?«

»Nein, wir müssen uns erst schlaumachen, was los ist«, antwortete Sepp, wischte sich mit dem Ärmel den Schweiß von der Stirn und zog sich an.

»Hast du dein Handy dabei?«

Sepp nickte wortlos und verschwand hinaus.

Zu viert rannten sie den Berg hinauf, wobei Roman noch gut Schritt halten konnte.

Als sie oben ankamen, sperrte Sepp das Häuschen auf, machte Licht, nahm zitternd das Fernglas zur Hand, das immer auf dem Tisch am Fenster lag, und schaute hinunter. »Verdammt«, fluchte er und setzte mit bebenden Fingern per Knopfdruck sofort den Lift in Bewegung. »Zwei Frauen.«

»Seit wann warst du in der Hütte?«

Sepp wischte sich übers Gesicht. »Halbe Stunde schätze ich.«

Niemand gab eine Antwort, bis Luis mit mühsam beherrschter Stimme fragte: »Wie konnte so was passieren? Wieso habt ihr zugesperrt, es ist ja auch noch nicht acht.«

»Der ... der Loisl hat gesagt, es kämen nur noch zwei. Und das waren die beiden Buben. Und dann sollte ich zusperren.«

»Hast du nicht wie üblich noch gewartet?«

Er schüttelte stumm den Kopf. »Ich ... ich hab mich einfach auf Loisl verlassen. Seine Frau ist im Krankenhaus ... Es sah ernst aus ... Er war in Eile ...« Unsicher hielt er inne.

»So etwas sollte wirklich kein zweites Mal passieren«, betonte Luis zähneknirschend mit leiser Stimme, die jedoch mehr Wirkung erzeugte, als wenn er ihn angeschrien hätte.

Währenddessen schrien und klatschten die beiden Frauen im Sessellift vor Begeisterung, als sie erkannten, wie oben im Lifthäuschen das Licht anging. Keine Minute später erreichten sie die Station.

Roman, Luis und Simon blickten ihnen mit großen Augen bang entgegen, als sie erkannten, wer sich in dem Lift befand.

»Ihr ... ihr seid da im Sessel gesessen?«, brach es als Erstes aus Luis hervor. »Ich hab gemeint, ihr ... du ...«

Zitternd, nicht nur vor Kälte, ließ Konstanze es geschehen, dass Luis sie in den Arm nahm. Wer konnte da schon Nein sagen, dachte sie insgeheim lächelnd, während sie aus den Augenwinkeln wahrnahm, wie Simon sich beinahe auf Mila stürzte.

»Ja … ja wir sind es«, stieß sie zähneklappernd hervor. »Wir … ich hab mich nicht mit Roman getroffen, sondern hab es mir anders überlegt.« Roman, der schweigend danebenstand, hatte seine Rettungsfolie ausgepackt, die er immer im Rucksack bei sich trug, und Luis hatte seine ebenfalls bereits hervorgeholt. Auch er ging nie ohne diverse Schnüre, Messer, Taschenlampe, Erste-Hilfe-Kasten und Rettungsdecke auf Tour.

»Ich … ich bin so froh … Ich hatte richtig Angst«, stotterte Konstanze und schluckte mit Mühe die aufsteigenden Tränen hinunter, was ihr leidlich gelang. Gegen das Zähneklappern kam sie allerdings nicht an.

»Jetzt ist alles gut«, sagte Luis. Roman faltete die Rettungsdecke auseinander, doch er war schneller und legte ihr seine um. »Wir sind gleich in der Hütte. Du gestattest?« Ohne Umschweife wickelte er sie in die Folie, bis Konstanze protestierte:

»Meine Arme musst du aber bitte auslassen, sonst rutsche ich womöglich aus, und du bist gezwungen, mich als Paket in die Hütte zu tragen.«

»Wär mir ein Vergnügen«, schmunzelte Luis, wickelte sie wieder aus und gab ihre Arme frei.

Dabei blickte er ihr so tief in die Augen, dass ihr gleich wärmer wurde. *Konstanze halt an dich, befahl sie sich. Du bist eine Touristin, mit der er gern mal flirtet. Mehr ist da nicht.*

»Wie … wieso haben Sie denn nicht gemerkt, dass wir noch im Lift sind?«, fragte Mila mit bebenden Lippen Sepp. Mit Freude hatte sie beobachtet, wie Simon Roman die goldfarbene Folie abnahm und anschließend ihren Oberkörper umwickelte, die Arme dabei aussparend. Ohne Protest gestattete sie ihm ferner, dass er den Arm um sie legte.

»Es ... es tut mir furchtbar leid ... Ich bin schuld ... Ich weiß nicht, was ich sagen soll«, stotterte Seppi angstschlotternd. Die Bestürzung drang aus allen seinen Poren.

»Jetzt lasst uns erst mal runtergehen, damit die Frauen ins Warme können«, mischte sich Roman mit ruhiger Stimme ein.

Konstanze jedoch schob nach einem winzigen Zögern Luis' Arm von ihren Schultern. Sie wollte sich nicht an seine Nähe gewöhnen. In drei Wochen endete ihr Urlaub und somit dieser Winterflirt – der dann vielleicht auch schon Geschichte war. Wie gern sie sich an ihn geschmiegt hätte, das musste er nicht wissen.

Der Lift wurde abgeschlossen, und so rasch wie möglich liefen sie schweigend die kurze Strecke hinunter zur Hütte.

Auch Simon und Mila schwiegen. Doch Simons Arm lag fest um Milas Schultern, und auch sie genoss die Nähe des Mannes, in den sie sich Hals über Kopf verliebt hatte.

In der Hütte wurden sie freudig begrüßt. Der Platz am Kachelofen war freigehalten worden, man versorgte sie mit Suppe und Semmeln, und danach gab es reichlich Rum und Jagertee, dem sie alle gut zusprachen.

»Wenn ihr wollt, könnt ihr auf der Hütte übernachten«, schlug Simon den Frauen vor.

»Ich hab die Marie gefragt. Ein Doppelzimmer für die Nacht wär noch frei. Und gut eingeheizt ist es auch.«

Doch Mila und Konstanze sahen sich nur kurz an, dann schüttelten sie die Köpfe. »Vorgenommen ist vorgenommen. Wir sind schließlich zum Schlittenfahren hergekommen, und jetzt wollen wir die Abfahrt auch genießen«, bestimmte Mila.

»Und sei es auf allen vieren«, rief Konstanze, der bereits das erste Glas vom köstlichen Jagertee nach der überstandenen Angst ordentlich zu Kopf gestiegen war.

Zwei Stunden später machten sich dann alle fünf auf die fröhliche Abfahrt. Wie zufällig ergab es sich, dass sich Simon und Mila sowie Konstanze und Luis je einen der großen Schlitten teilten. Sie fuhren als Erste, während ihnen Roman mit dem kleinen Schlitten folgte, an den die anderen beiden Schlitten angebunden waren. Beim Hinabsausen verspürte Konstanze ein Gefühl von Lebendigkeit und Lebensfreude wie lange nicht mehr. Sturzfrei erreichten alle das Ziel. Danach ging es erstaunlich still nach Hause, und Konstanze war sicher, dass auch die anderen die angespannte Stimmung fühlten, die sich zwischen ihnen auszubreiten begann. Das Angebot von Luis, sie auf dem Schlitten heimzuziehen, lehnte sie ab.

An der Tür der Pension blieben sie eine Weile ein wenig verlegen stehen, bis Roman sich als Erster verabschiedete, nicht ohne sie alle für Sonntag zu einem Nachmittagskaffee in sein Haus einzuladen – dem sogar Simon ohne Zögern zustimmte.

»Alsdann, bis morgen. Kommt schon um drei, wenn's recht ist, damit wir Zeit genug haben bis zum Ball um acht«, endete Roman schließlich.

Simon fasste sich ein Herz, nahm mutig Milas Hand und sagte: »Würdest du mir die Ehre erweisen und mich auf den Ball begleiten?«

Mila entzog ihm die Hand. »Ich glaube, davor gibt es noch einiges zwischen uns zu klären«, bestimmte sie.

Simon nickte heftig. »Hättest du etwas dagegen, wenn ich dafür noch einen Moment mit zu dir raufkomme?«

Mila zögerte keine Sekunde. »Wie sollte ich, wo du mich doch gerettet und gewärmt hast.«

Er nickte stumm und folgte ihr langsam die Treppe hinauf.

Konstanze ließ die beiden vorgehen. Sie war erleichtert. Zwischen ihnen schien sich alles, wieder einzurenken. *Gut so.* Langsam folgte sie ihnen.

Luis schloss die Tür und stieg als Letzter die Treppe hoch. Am Treppenabsatz hinauf zu seiner Wohnung drehte sich Konstanze zu ihm. »Nochmals herzlichen Dank für eure Rettung. Ich werde euch das nie vergessen. Ich ... ich hatte wirklich richtig Angst.«

Luis antwortete nichts darauf, und so hielt sie ihm die Hand zum Abschied hin.

»Konstanze ... hättest du ... würdest du ... willst du nicht noch einen Moment mit zu mir kommen?«, brachte er schließlich stockend hervor.

Konstanze schmolz unter seinem Blick beinahe dahin. *Ach, lieber Luis, nichts lieber als das.*

Doch ihr Mund formte die Worte: »Das ist nett, aber nein, danke. Ich bin wirklich hundemüde.«

Das Lächeln verschwand so rasch aus seinem Gesicht, wie es aufgeblitzt war. »Also gut – wie du meinst. Ich wünsche dir eine gute Nacht.« Mit diesen Worten drehte er sich um und hastete die wenigen Stufen hinauf in seine Wohnung.

Mist, dachte Konstanze und betrat ihr Zimmer.

In Milas Zimmer war die Spannung ebenfalls einen Moment zum Zerreißen. Doch dann nahm Mila allen Mut zusammen und begann.

»Das mit deinem Freund … Ich meine, deinem Exfreund, war aber teuflisch. Du bist eine gute Schauspielerin«, murmelte Simon schließlich, nachdem sie geendet und sie sich ausgesprochen hatten. »Werde ich mir merken«, fügte er hinzu und knabberte zärtlich an ihrem Ohr. »Und ab jetzt werden wir immer über alles reden, ehe wir wie zwei dumme Teenager gleich auseinanderrennen.«

»Versprochen«, versprach sie feierlich.

»Hättest du etwas dagegen … Ich bin schrecklich müde … Würdest du mir die Freude machen und mich heute bei dir schlafen lassen?«

Sie funkelte ihn vergnügt an. »Auch ich bin müde. Aber zuvor musst du noch Folgendes wissen: Ich werde in deinem Hotel als Angestellte arbeiten. Aber es kann durchaus sein, dass ich irgendwann eine komplette Physiopraxis eröffnen werde. Mit allem Drum und Dran.«

»Tu, was du nicht lassen kannst. Die Hauptsache ist, dass wir zusammenziehen und glücklich sind bis an unser Lebensende«, endete er, dem die drei Jagertee, die er sich als Mutmacher nach dem Genuss von zwei bis drei Gläsern Rotem einverleibt hatte, ziemlich betrunken machten.

»Wir werden mitnichten zusammenziehen«, widersprach sie, und sein Kopf ruckte hoch, was ihm nicht besonders gut bekam.

»Was sagst du da? Du willst nicht mit mir zusammenleben?«

»Aber nein, du Dummkopf. Ich möchte nur nicht bereits jetzt zu dir ziehen. Die paar Stunden, die wir zusammen verbracht haben, lassen sich ja an einer Hand ablesen und ...«

»Na, na, das waren schon ein paar Hände«, murrte er undeutlich.

»Man wird sehen. Für den Anfang werde ich in deinem Hotel arbeiten, aber wohnen werde ich bei Onkel Roman.«

Er fuhr sich übers Gesicht. »Bei Roman? Wieso das denn?«, fragte er blinzelnd.

Sie erzählte ihm in Kurzfassung die Ereignisse der letzten Tage. »Und so werde ich also bei ihm wohnen. Vielleicht auch mit meiner Mutter, keine Ahnung. Aber wenn mich mein Eindruck nicht täuscht, wird sie wohl eher die nächste Zeit hier wohnen bleiben.« Sie grinste.

»Aber wir werden uns sehen«, sagte er, jetzt beinahe nüchtern. »Ich meine ... wir gehen doch jetzt zusammen, oder hab ich das jetzt auch falsch verstanden?«

»Nein, du Dummer. Wir sind zusammen«, antwortete sie lächelnd. »Und jedenfalls diese Nacht darfst du hier bei mir wohnen. Ist das nicht wunderbar?«

»Das ist nicht schlecht fürs Erste«, stieß er erleichtert hervor.

»Ich bin die Erste im Bad.«

»Aber sicher«, murmelte er schläfrig. »Alles, was du willst, Schatz.«

Mila ging trällernd nach nebenan.

Simon zog sich komplett aus, legte die Sachen ordentlich über den Sessel am Fenster, stieg ins Bett, zog die Decke über den Kopf. Es fehlte nicht viel, und er wäre eingeschlafen. Doch da erschien Mila in der Tür, und an Schlafen war für lange Zeit nicht zu denken.

In den frühen Morgenstunden fiel Mila ein, dass es trotzdem noch eine Frage zu klären galt. »Wieso hatte deine Exfreundin eigentlich noch deinen Schlüssel, wenn ihr Schluss gemacht habt?«

»Weil sie ständig Ausreden hatte, warum sie ihn nicht vorbeibringen konnte, während ich ihr meinen von ihrer Wohnung bereits am Abend unserer Trennung in den Briefkasten warf. Ich forderte sie also zum letzten Mal auf, mir den Schlüssel zu bringen … Was sie dann unglücklicherweise zur gleichen Zeit tat, als du im Hotel auftauchtest.«

»Okay, ich hab verstanden«, seufzte Mila erleichtert.

Am folgenden Morgen saßen Konstanze und Mila erst um zehn beim Frühstück. Sie ließen sich viel Zeit, denn sie hatten beide Schlaf nachzuholen. Konstanze, weil sie allein im Bett nicht zur

Ruhe gekommen war, und Mila, weil sie zu zweit im Bett keine Ruhe gesucht hatten. Nach einer halben Stunde standen sie auf. Konstanze beschloss, einen ruhigen Vormittag im gemütlichen Zimmer zu verbringen. Plötzlich öffnete sich die Tür, und Luis stand im Türrahmen. Sofort begann Konstanzes Herz seinen unruhigen Rhythmus. Mila verabschiedete sich rasch.

»Guten Morgen, Luis«, erwiderte Konstanze betont ruhig seinen Gruß.

»Du warst gestern ein wenig müde, daher wollte ich dich fragen … also, dich bitten, doch heute einen Moment mit in meine Wohnung zu kommen. Ich … ich wollte etwas mit dir besprechen.«

Konstanze steckte die Hände in die Hosentaschen und blickte ihn unschlüssig an. »Und … was sollte das bringen?«

»Ich … habe mich dir gegenüber in den letzten Tagen nicht nett benommen und … wollte daher einiges richtigstellen, falls ich dich gekränkt haben sollte«, gab er stockend von sich.

»Nun, du hast uns schließlich aus dem furchtbaren Lift gerettet. Das ist doch schon was für den Anfang«, versuchte Konstanze, der Situation die Spannung zu nehmen.

»Trotzdem. Ich glaube, wir sollten reden.«

»Oh, nein, nicht schon wieder«, entschlüpfte es Konstanze. Als sie seinen erschrockenen Gesichtsausdruck sah, fügte sie lächelnd hinzu: »Als beim letzten Mal ein Mann mir diese Worte sagte, hab ich meine Stelle verloren.«

»Ich kann dir garantieren, das wird bei mir nicht der Fall sein«, antwortete er mit völlig ernster Miene.

Konstanze seufzte. Dann nickte sie. »Also bitte, wenn du meinst.«

»Ich meine.« Er gab die Tür frei, die er immer noch wie aufgepflanzt versperrte, hob den Arm und wies mit der Hand die Treppe empor. »Nach dir.«

Sie ging ihm voraus bis zu seiner Wohnungstür. Er öffnete und ließ ihr den Vortritt. Immer noch schweigend, deutete er auf die gemütliche Sitzecke. Konstanze sank auf das tiefe, rot gemusterte Sofa am Fenster, von dem aus man einen weiten Blick auf die Berge hatte. Draußen stand eine gleißende Sonne und ließ den aquamarinblauen Himmel erstrahlen.

»Möchtest du noch was trinken?«

Sie schüttelte den Kopf. »Nein, danke.«

»Ist dir warm genug?«

»Ja, danke.«

Einen Moment war sie geneigt, mit ihm ein wenig Small Talk zu betreiben, doch dann entsann sie sich. Das, was es zu sagen gab, musste heraus. Jetzt. Sie war ihr Ziel immer schon direkt angegangen. »Du fragst dich, warum ich mich so plötzlich anders entschieden hab, stimmt's?«

Er setzte sich nicht auf den Sessel an der Schmalseite des Tisches, sondern direkt neben sie aufs Sofa, und nickte wortlos.

Konstanze atmete tief, denn ihr Puls raste, als er seinen Arm hinter ihr auf die Rückenlehne legte.

Das Sofa war doch kleiner, als es auf den ersten Blick schien. »Ich ... hab ...«, ihre Hand fuhr in die Höhe, »ungewollt, versteht sich«, fügte sie hastig hinzu, »gestern am Flurfenster, ... also, als ich es zumachen wollte, weil es so kalt war, ... mitbekommen, wie du und deine Mutter draußen auf der Terrasse über mich geredet habt. Und ... und da hat sie gesagt, dass das mit uns beiden ... na ja, nicht gut wäre. Und da hast du geantwortet, da hätte sie recht, aber ... du hättest leider schon zugesagt und ...« Sie stockte und schluckte. *Jetzt nur nicht weinen.*

Da nahm er den Arm von der Lehne und umfasste mit beiden Händen ihren Kopf.

Sie genoss die Wärme auf ihren Wangen und schloss die Augen.

»Der Lauscher an der Wand ...«, begann er lächelnd.

Sie öffnete die Augen und antwortete schwach: »Ich habe nicht gelauscht.«

»Nein, ich weiß, du bekamst es nur ganz nebenbei mit. Aber wer lauscht, sollte auch bis zu Ende lauschen«, feixte er.

»Ich ... na, das ging ja nicht. Ihr seid ja reingegangen«, protestierte sie.

»So ein Pech aber auch. Also, liebste Konstanze. Ich habe meiner Mutter gesagt ...«

»... dass sie recht hat, aber du hättest leider schon zugesagt«, wiederholte sie, erneut erbost.

»Tz, tz.« Er grinste kopfschüttelnd. »Ich sagte nicht *leider*. Ich sagte, ich hätte schon zugesagt, ohne *leider*. Und jetzt kommt's. Ich fügte hinzu, dass ich auf jeden Fall darauf bestehe, dass ich mein Wort halte.«

»Na ja, ist auch nicht besser«, maulte sie, aber dennoch machte sie seine Erklärung glücklich.

»Ach, Schatz …« Er hielt inne, kein bisschen verlegen. »Ich darf dich doch Schatz nennen?«

»Ist das auch so eine Tausend-Meter-Kuriosität bei euch Tirolern, jede Touristin nach exakt sieben Tagen so zu nennen?«

»Das gilt schon ab fünfhundert Metern, und auch nur für die liebsten und hübschesten.«

»Dann von mir aus«, brummte sie und kuschelte sich an ihn. »Einem Retter in finsterer Nacht erlaubt man doch alles.«

Gespielt entzückt riss er die Augen auf. »Wirklich alles? Hmm?«, raunte er in ihr Ohr.

»Übertreib's nicht.« Sie funkelte ihn an.

Er lachte glücklich und zog sie noch näher an sich. »Schatz!«

»Luis!«

»Schatz. Es ist ja nun so …« Er hielt inne.

»Ja?« Bitte mach weiter, aber schnell, ich bin so aufgeregt, flehte sie innerlich.

»Es ist so, dass ich mich verliebt hab.« Er hielt einen Moment inne, sichtlich erleichtert, die verzwicktesten Worte hervorgebracht zu haben. »In dich. Und … ja, ich weiß, wir kennen uns noch nicht richtig. Aber … ich weiß, dass du … dass wir … dass wir zueinanderpassen würden. Und nur, weil es mit meiner ersten Frau damals nicht glücklich endete, muss es uns doch nicht genauso ergehen.«

Sie zuckte scheinbar gleichgültig die Schultern. »Und was, meinst du, sollen wir tun?«

»Entscheide du. Ich bin dafür, dass du bleibst und wir die Dinge auf uns zukommen lassen. Du ... du bist nicht mehr jung ... Äh, also ich meine, du bist kein junges Ding mehr, das heißt ...«

»Das heißt, dass ich nicht spontan sein kann? Oh, da kennst du mich aber schlecht«, lachte sie zärtlich. »Jetzt sei mal still, du Südtiroler Spitzbua. Also ...« Sie spitzte den Mund und schaute zur holzgetäfelten Decke. »Ich ... hab mich auch in dich verliebt«, überwand sie schließlich ihre Scheu. Wie lange war es her, dass auch sie diese Worte über die Lippen gebracht hatte! »Wir zwei sind gestandene Erwachsene. Wir wissen ... ach, Unsinn ...« Sie schüttelte den Kopf und blickte ihm tief in seine wunderschönen braunen Augen. »Also, lieber Schatz, um es kurz zu machen: Lass uns heute Abend erst mal gemeinsam auf den Ski-Ball gehen, dann sehen wir weiter.«

»D-das hatte ich doch sowieso vor«, entgegnete er heiser und sichtlich verwirrt.

»Na siehst du, das wäre ja zumindest mal ein Anfang.«

»Ich ... ich hatte da eigentlich an etwas anderes gedacht, nachdem mir Roman klargemacht hat, dass er keine ernsten Absichten mit dir hat. Also, dass er nicht ... äh ... in dich verliebt ist.«

Sie lächelte ihn zärtlich an. »Einen Schritt nach dem anderen«, endete sie, dann näherte sich ihr Mund seinem Mund, und alle Verwirrungen und Verunsicherungen verflüchtigten sich sofort.

»Fürs Erste hat Karla mir eine Stelle in ihrem Hotel angeboten. Ich finde, das ist doch schon ein guter Anfang.«

Er fuhr abrupt hoch. »Aber ... aber das mit uns und hier, dass du uns helfen willst, das ... das ist jetzt aber doch abgemacht. Oder nicht?«

»Klar ist es das«, strahlte sie, vergnügt angesichts seines Stammelns. »Sie braucht mich nur halbtags, denn sie will kürzertreten. Und morgens bin ich hier für deine Eltern und schmeiße den Haushalt. Nachmittags bin ich drüben. Und dazwischen gibt es immer noch dich, und auch Karla würde zur Not helfen, hat sie versichert.«

Erneut nahm er sie in den Arm. »Also ... sind wir jetzt ein Paar?«

»Ab sofort.«

»Und für immer ... so Gott hilft«, fügte er schmunzelnd hinzu. »Und bei den ersten Anzeichen eines Almkollers gibst du Bescheid.«

»Versprochen.«

Epilog

Drei Jahre später, wieder an einem ersten Advent, saß die Familie wie stets in den letzten Jahren am ersten Sonntag im Monat in Josefas und Hermanns Küche zusammen, wo gemeinsam mit Luis und Konstanze, Mila und Simon, Kurt, Karla und Roman zu Mittag gegessen wurde. Schon vor längerer Zeit hatte es sich zur Tradition entwickelt, dass sie reihum an den Sonntagmittagen bei einem anderen Familienmitglied zu Gast waren. Der zweite Sonntag gehörte Konstanze und Luis oben im Haus, der dritte Mila, Simon und Roman, bei dem die beiden auch seit zwei Jahren gemeinsam wohnten. Am vierten Sonntag eines Monats wurde bei Kurt und Karla im Hotel gespeist.

»Ihr Lieben, Simon und ich … wir haben eine freudige Nachricht für euch«, begann Mila, nachdem sie die Vorsuppe gelöffelt hatten, mit einem Leuchten in den Augen. »Es ist so, dass ihr im Juni einen weiteren Stuhl an den Tisch stellen müsst. Na ja, erst mal nur bildlich gesprochen. Jedenfalls ist da der Geburtstermin.« Sie machte eine kleine Pause, als von allen Seiten lachenden Glückwünsche einsetzten.

»Genauer bedeutet es, dass Mila und ich natürlich vorher heiraten werden«, mischte sich Simon mit lauter Stimme ein. »Wir dachten, dass der

April nicht schlecht wäre. Dann sind die meisten Gäste abgereist, und Mila und ich hätten noch Zeit für eine Hochzeitsreise, ehe das Baby kommt«, endete er und hob sein Glas.

Konstanze gelang es nur mit Mühe, die Tränen zurückzuhalten. Wie gut sich alles gefügt hatte. Auch aus ihr und Luis war endgültig ein Paar geworden. Ihre Hochzeit lag allerdings schon zwei Jahre zurück. Sie wohnten in Luis' Elternhaus, und die Umbaumaßnahmen waren glücklicherweise überschaubar geblieben. Josefa hatte ihr Zimmer oben gegen den Frühstücksraum im Erdgeschoss getauscht, da nun keine zahlenden Gäste mehr kommen würden. Konstanze und Luis hatten im Obergeschoss zwei Wände eingerissen und so ein großzügiges Schlafzimmer und ein, wenn auch winziges, eigenes Zimmer für Konstanze gewonnen, während das kleinste der Gästezimmer unverändert verblieben war. »Damit meine Freundinnen mich hier immer besuchen können«, hatte Konstanze gesagt.

Das Verhältnis zu ihren Schwiegereltern entwickelte sich bestens, wie sich zu ihrer Erleichterung herausstellte. Am Morgen, als ihr Urlaub damals hatte zu Ende gehen sollen und sie mit ihrer Tochter noch eine Weile im Frühstücksraum zusammensaß und plauderte, war Josefa hereingekommen und hatte mit Konstanze wie zufällig ein Gespräch begonnen:

»Ich möchte mich übrigens noch bei dir, entschuldigen, dass ich vor drei Wochen für die leichte Verwirrung zwischen Luis und dir gesorgt habe. Doch jetzt freue ich mich natürlich, dass du uns und vor allem mich in den kommenden Wochen unterstützen willst. Und ... und was das Verhältnis zwischen dir und Luis betrifft ... Ich bin mir fast sicher, dass ihr beiden es wirklich gemeinsam schaffen werdet.« Mit diesen Worten stand sie auf und umarmte Konstanze. »Ich begrüße dich hiermit auf das Herzlichste in unserer Familie.« Dann trat sie zu Mila. »Und selbstverständlich bist auch du von ganzem Herzen in unserer Familie willkommen. Ich freue mich so, dass du und Simon sich gefunden haben.«

Konstanze räusperte sich gerührt. »Wir lassen es langsam angehen und haben alle Zeit der Welt«, versicherte sie schlussendlich.

Die »Probezeit« beendete sie übrigens kurzerhand nach zwölf Monaten und machte ihrem begeisterten Liebsten einen Heiratsantrag, denn sie war sich ihrer Sache völlig sicher. Sie liebte die Seiser Alm und war auch dank Josefas und Karlas Zuwendung rasch in das Gefüge der nunmehr großen Familie eingebunden. Sie war glücklich!

Josefa und Hermann zuliebe trafen Luis und sie sich jeden Nachmittag zum Kaffee in Josefas Küche, nachdem Konstanze nicht mehr nachmittags, sondern am Vormittag in Karlas Hotel arbeitete, während sie am Abend in dem großzügig ausgebauten Dachgeschoss für Luis und sich kochte. Josefa war immer noch rüstig und benötigte für die häuslichen Arbeiten keine weitere Hilfe, nachdem sie die schwierige Zeit nach der Hüftoperation gut überstanden hatte. Als Konstanze vor ihrem

Einzug bei Luis ein wenig verlegen anfragte, wie sie es mit dem Kochen und dem gemeinsamen Essen halten sollten, hatte Josefa entschieden, dass Luis und Konstanze ihren eigenen Haushalt führten. »Solange ich noch so gut beisammen bin wie jetzt, ist das die beste Lösung«, hatte sie mit einem liebevollen Blick zu Konstanze gemeint. Und dann hatten sie die gemeinsamen Sonntagsessen eingeführt und dafür zu ihrer Freude die völlige Zustimmung der anderen Familienmitglieder erhalten.

Mila hatte ebenfalls ihren Frieden gefunden. Die Arbeit im Hotel füllte sie völlig aus. Die Pläne für eine eigene Physiotherapiepraxis lagen vorerst auf Eis, doch bisher vermisste sie nichts in ihrem Leben, das mit der baldigen Heirat und dem ersten Kind seine nächsten großen Höhepunkte finden würde.

Im Rosenheimer Verlagshaus bereits erschienen

Ein Dirndl zum Verlieben
272 Seiten
ISBN 978-3-475-54826-0

Schon als junges Mädchen wünschte sich Seraina nichts sehnlicher, als eine Dirndlschneiderei zu betreiben. Jahre später erfüllt sie sich endlich ihren großen Traum und eröffnet einen eigenen Laden in Thaur, am Fuße der Tiroler Alpen, der sofort ein riesiger Erfolg wird. Als sie dann auch noch die beiden Freunde Max und Til kennenlernt, scheint ihr persönliches Glück zum Greifen nah. Obwohl sich Seraina zu beiden Männern hingezogen fühlt, kann letztendlich der lebhafte Steuerberater Max ihr Herz erobern. Ihrer Sache sicher, beschließt die junge Frau, Max zu heiraten. Doch hat Seraina wirklich die richtige Entscheidung getroffen?

Informationen zu unserem Verlagsprogramm finden Sie unter www.rosenheimer.com